AF295217

Tidigare utgivna titlar av författaren:

9 Små Skönheter (del ett)

Jesusdjävulen (del två)

Förlag: BoD – Books on Demand, Stockholm, Sverige

Tryck: BoD – Books on Demand, Norderstedt, Tyskland

Omslag: Gabriella Iregren

ISBN: 978-91-8007-646-3

Trofébarnet

Läs långsamt, kära läsare.

Det finns ingen brådska i världen.

Först när vi minns var vi kommer från,
först då kan vi se vår framtid.
Först när vi blir till barn igen,
först då kan vi mogna och växa upp.
Först när vi lyssnar på hjärtats sång,
först då blir vi hela.

Till alla er som vill hitta hem.
Den här boken skrev jag för er.

Prolog

Det finns en liten stuga på en klippa där vinden ständigt tjuter och havets vågor ständigt brusar. Där finns en lycka som söker sig in i själens allra mörkaste vrå och driver ut all ondska. Där finns inga hus, endast hav.

Långt från civilisationens fabriker, långt från röken från skorstenarna och långt från skriken från dödshusen. Nära allt som är gott, men ändå så kargt.

I luften svävar doften från det salta havet. Mot de sargade klipporna slår vågorna och mot huden känns regndroppar. Himlen gråter, men inte kvinnan. Är hon lycklig? Är hon tillfreds med enskildheten i stugan? Omgiven av inget annat än karga klippor och hav?

Är det nog att se höstgräset på klippkanten svaja i vinden och se valar blåsa upp vatten långt ute i havet? Blir hon inte uttråkad? Dör hon inte av tristess?

Vad sker när en människa inte nås av omvärldens oljud? Blir hon sorgsen? Blir hon ensam? Eller blir hon lycklig?

Är det att vara naiv, att ignorera? Eller är det ett sätt att överleva?

Är valet att utesluta sig själv, oansvarigt? Eller är det frihet?

Finns det glädje att finna i det karga? I det sargade nuet och i det ärrade förflutna? Eller är det enda svaret till lycka, solidaritet? Hur mycket sanning finns att söka i våra förfäders historia? Är samhörighet verkligen allas sanning och innebär samhörighet verkligen människor?

Det finns en liten stuga på en klippa. Där vinden susar, åskan mullrar och regnet faller. Där vågorna piskar mot klipporna och doften av salt är ständigt närvarande. Utanför stugan står en kvinna, sargad av livet, men hel för första gången på länge. En kvinna som ler mot havet medan tårar rinner nedför kinderna. Det korpsvarta håret och den gamla, ljusa linneklänningen blåser i vinden. Så länge som sorgen hållit henne fången, så länge skall hon gråta. Kalla vindar omfamnar hennes kropp och smeker hennes hud. År av flykt, år av längtan.

Äntligen är hon hemma.

1

Hon lyssnade till sången i sitt hjärta. Den som sjöng med vågornas rytm och genljöd genom skogarnas djupa mörker. En sång som gav resonans i luften omkring henne och fick själen att dansa i bröstet. Någonstans blåste en kvinna i ett horn. Det dova ljudet drev tårarna ur hennes ögon och sorgen ur hennes inre. Hon såg snön falla ner från en levande, grå himmel och landa mjukt i hennes fårade handflata. Vinden ven i samma ton som sången endast hon kunde höra. Hon kände en välkomnade hand på sin axel och lät den föra fingrarna genom det långa, svarta håret. Hennes läppar formade sig efter de outtalade orden och släppte endast ut svaga ljud som härstammade från den allra djupaste rytmen inom henne. Det väsen hon hållit inlåst så länge bröt sig fri och satte eld på buren omkring sig. Dess skrik hördes som viskningar från hennes strupe. Hjärtat slog i takt med trumman den lät sin brinnande själ dansa på. Bakom henne blåste rået i hornet igen och lät vinden föra dess ljud så långt det fanns någon som ville lyssna. Höga träd knakade och gnisslade melodiöst när kastbyarna bjöd upp dem till vals på klippan vid havet.

En evighetslång väntan var över för det väsen som brann inom henne. Skuggorna blev dränkta i fagert ljus. En uråldrig sång hade kallat henne hem likt vargens ylande. Trolska skogar hade lockat henne tillbaka till rötterna som givit henne liv. Monstren som försökt hålla henne nere hade fallit ner i skärselden igen. De hade försökt forma henne, de hade försökt göra henne till en soldat, likt alla de andra. De hade tagit en ängel och försökt göra henne till en demon. De trodde de hade brutit ned henne. De trodde att hon skulle vittra sönder och bli lydig. Att hon skulle bli en av dem. De trodde de hade lyckats. Så fel de hade.

Hur länge hade hon trott sig vara fastkedjad i marken? Hur länge hade hon trott sig inte ha något annat val än att anpassa sig? Hur länge hade inte rösten inom henne tigit? Hur länge hade hon vägrat lyssna på sitt hjärtas sanna mening? Nu sjöng hennes inre likt en kulla som kallade hem kreaturen på höstens rand. Hon sjöng för att avskräcka rovdjuren som krävde blod. Hon sjöng för att fylla tystnaden med mening. Hon blåste i hornet för att väcka de slumrande instinkter som hon så länge lärt sig att förtränga. Hon sjöng för att ingjuta kärlek i ett annars tomt kärl. Sången ekade mellan berg och genom dalgångar. Dess eko svävade högt ovan trädtopparna och flög med falken i det vida himlavalvet. Det var starkt nog att tränga genom dimma och att färdas ner i de djupaste av hav. Ekot av hennes sång nådde de mest dolda varelser i underjordens mörka värld. De blev som trollbundna av hennes sång. Runt ett brinnande bål dansade de tillsammans när ekot vibrerade i rötternas trådar. De sjöng med i hennes sång med minnen av ett annars förglömt språk. Ovan jord hörde andarna deras främmande röster och stämde in med ljuva toner. Tonerna enade klaner från alla riken och gav dem en förevigad gåva. De gav gåvan av minnet från när ängeln kom hem, och hela världen sjöng med henne.

Världen låg frusen kring henne när Hedda sakta lämnade klippan för att följa ljudet av hornet. Djupt inifrån skogen hördes dess dova sång och drog hennes väsen närmare. Hon beträdde varsamt marken som bar minnen från hennes förflutna och kände ständigt andarnas närvaro i sin själ. Hennes fötter bar henne över fallna grenar och genom täta snår av björkskog. Hon klev mellan stora stenbumlingar och kröp under granar. Allting såg så annorlunda ut mot vad hon mindes, men var samtidigt så bekant. Hennes farmor hade lärt henne att känna till skogen kring stugan på samma sätt som man lär känna sin egen kropp. Trots att minnena var för avlägsna för att hon skulle nå dem, så fanns det en del av henne som visste vart alla gropar och rännilar fanns. Någonting inom henne hindrade henne från att trampa fel och ramla omkull. Någonting hindrade henne från att sätta foten där det var som blötast. Någonting inom henne visste hur hon navigerade sig i en skog som för andra kanske hade varit som en labyrint.

Det dröjde inte länge förrän hornets sång blev allt högre. I en liten skogsglänta endast några få meter från Hedda syntes kvinnan som blåste i hornet. Hennes hår var silvergrått och var samlat i en tjock fläta som nådde ner över rumpan. En grön scarf var virad kring hennes huvud och var fastknuten under hakan. Kläderna hon bar tycktes ha härstammat från en svunnen tid. Från de snäva höfterna föll en yllekjol som släpade i den frusna mossan och under den stora filten hon använde som kappa så skymtades en ljusgrå skjorta.

Alltsammans var hopknutet i midjan med hjälp av ett egenhändigt läderbälte. De starka händerna som höll i hornet var vita av kölden och på dess fingrar skimrade flera silverringar.

Hedda smög försiktigt närmare men ville inte störa den vackra sången, så hon förblev tyst tills den gamla kvinnan till slut lät de sista tonerna dö ut och sänkte hornet. Ansträngningen gjorde att hon tog väldiga andetag och blåste ut ett moln av varm ånga. När hon fick syn på Hedda så blev hon så överraskad att hon drog efter andan och tog ett steg bakåt. Hedda log mot den bekanta kvinnan och sade:

"Så det är du som är skogsrået."

"Det kan inte vara…" sade kvinnan lågmält och satte sina frusna fingrar mot läpparna i ren och skär häpnad.

"Jag tror gudarna försöker spela mig ett spratt. Inte kan det väl vara min korpunge som står här framför mig?"

"Jo, då. Det är jag." svarade Hedda och skrattade.

"Jag tror knappt mina ögon. Sist jag såg dig var du så ung. Hur många år sedan var det?" Kvinnan vågade ta ett tveksamt steg framåt när hon talade.

"Jag tror det var åtminstone fem år sedan. Jag har inte varit här sedan farmor gick bort."

"Åh, din rara lilla farmor. Jag tänker på henne nästan varenda dag. Jag tillägnade faktiskt hornets sång till henne idag."

"Det tror jag hon uppskattade. Hon älskade att lyssna på hornet. Jag trodde nästan inte det kunde vara sant när jag hörde det, därför var jag tvungen att komma hit och se dig med egna ögon. Att du fortfarande orkar hålla på." Kvinnan skrattade lågmält innan hon svarade:

"Vissa dagar känns det som om hornet är det enda som får mig att stiga upp ur sängen… Jag hoppas jag inte är för nyfiken nu, men får jag fråga vad det var som fick dig att återvända hit efter så många år."

"Jag kände bara att det var dags för mig att komma hem. Jag kom hit med mitt flyttlass för kanske ett par timmar sedan, jag har inte ens vågat gå in i farmors stuga än. Alla mina grejer står utanför." Kvinnan nickade långsamt. Hon blickade ut i skogen när hon sade:

"Det låter som om du tänker stanna här ett tag."

"Ja, det är tanken. Jag vet inte riktigt hur det ska gå med allt runtomkring däremot. Det får jag väl ta med tiden, antar jag."

"Ja, är det en sak vi lider brist på härute så är det brådska. Det ordnar sig nog, ska du se. Jag är bara glad att du är hemma igen, och det vet jag att Sigurd också kommer att bli när jag berättar för honom att du är tillbaka."

"Hur är det med honom? Har ni fortfarande kvar korna?"

"Nej, gode gud det blev för mycket att göra. Vi har bara fem kvar nu, men allesammans har sinat och de får leva så länge de behagar. Mitt gamla hjärta klarar inte av att skicka fler av våra flickor till slakteriet, så nu har vi bara tanterna kvar och några hönor. Men du ska inte tro att vi får några ägg för det, för tuppen fick vi nacka i våras efter han rivit min stackars Sigurd i ansiktet. Han kom in en kväll efter att ha stängt in hönorna och var alldeles blodig, så när jag plåstrat om honom så gick jag ut och vred nacken av den där gamla saten. Men det gjorde inte särskilt ont i själen för han hade levt i hela tio år och hade en fjäderdräkt som såg ut som en trasmatta, så det skulle ändå ske förr eller senare. Vad gäller den andre gamla saten så kan jag säga att åldern inte har varit min Sigurd nådig, men han håller i. Han är gjord av segt virke, min gubbe, så än blir jag inte av med honom. Vad jag pladdrar på, jag vet vad du brukade tycka när jag pratade på det här viset med din farmor. Håller du fortfarande på med det där att bara äta grönsaker?" Hedda skrattade innan hon svarade:

"Ja, då. Det kommer jag aldrig att sluta med, fast jag äter betydligt mycket mer än bara grönsaker, annars skulle jag nog bara vara skinn och ben."

"Jo, jag förstår ju att det ska vara nyttigt för en. Din farmor som levde på fisk och rotfrukter hela sitt liv verkade till och med tycka det var en god sak att du bara åt fågelmat. När du kommit tillrätta så kanske du vill komma hem till oss på lite middag. Sigurd skulle bli så lycklig av att få se dig igen."

"Kanske det" sade Hedda frånvarande och huttrade av kylan.

"Hur är det med dina föräldrar förresten?"

"Mamma gick bort i cancer för fyra månader sedan, pappa mår så bra han kan må."

"Åh, jag beklagar. Bor din far alldeles ensam på den där stora gården nu alltså? Inte har han väl några djur där längre?"

"Nej, han gick i pension för länge sedan, men han har kvar en katt."

"Jaså. Ja, en katt är väl bättre än ingenting. Men kära vän, så du fryser." Kvinnan lade varsamt ned hornet på mossan och drog loss filten från skinnbältet så hon kunde ta av sig den. Hon svepte filten runt Hedda som trots att hon gärna hade mottagit värmen sade:

"Men, Adina. Jag klarar mig, det är du som behöver värmen."

"Äsch, jag är tåligare än vad jag ser ut." Adina lade armarna i kors över bröstet och lät ett mjukt leende spridas i det väderbitna ansiktet. Hedda ville inte lämna tillbaka filten, men när den gamla kvinnans knotiga axlar började skaka så tog hon genast av sig den och svepte den kring Adina igen. Hon lät händerna stanna på Adinas armar en kort stund medan hon sade:

"Tack, men jag ska ändå gå tillbaka nu. Promenaden gör mig varm."

"Som du vill, då" sade Adina i något tvär ton och stoppade ner filtens kanter i det breda bältet igen.

"Det var väldigt trevligt att se dig igen, jag kommer gärna och hälsar på hos er snart" sade Hedda och lät sina händer falla.

"Ja, det hoppas jag. Nu får du kila hem och tända brasan innan snön är så djup att du får pulsa. Du har väl sett till att någon rensat skorstenen åt dig?"

"Ja, då. Sotaren fick extranyckeln och kom hit förra veckan."

"Det är bra det, för du vill inte råka sätta eld på ett gammalt fågelbo."

"Nej, då." sade Hedda betryggande och skrattade.

"Iväg med dig nu, och nästa gång du går ut så ser du till att klä dig ordentligt och ha en lykta med dig, är det förstått?"

"Ja, då. Hej då, Adina."

"Hej då." Hedda vände sig om och började gå tillbaka samma väg som hon kom. När hon efter några meter vred på huvudet för att vinka till Adina, så var den gamla kvinnan redan försvunnen. Endast spåren från hennes stövlar på den nyfallna snön vittnade om att hon någonsin ens varit där. Hedda skakade på huvudet och suckade, men kunde ändå inte låta bli att le. Adina hade sagt hem. Hedda skulle gå hem. Vilken fantastisk känsla.

2

Hedda stod framför den ljusblåa dörren utanför den gamla stugan, med handen på handtaget och väskan slängd över ena axeln. Hon ville så gärna gå in, men ändå kändes det så svårt att trycka ner handtaget. Inte för att låset kärvade eller för att gångjärnen var rostiga, utan för att hon var rädd för vad som skulle hända när hon väl öppnade dörren och klev in. Hur hade hon tänkt sig att livet skulle kunna bli bättre när hon inte ens förmådde att öppna dörren? Tänk om hon ångrade sig? Hon hade ingen plan b.

Kanske var hon rädd för att bli lycklig, eftersom det var en okänd känsla för henne. Å andra sidan kanske hon bara tänkte för mycket. Hon beslutade sig för att tränga undan orostankarna och istället fokusera på att komma i ordning därinne. Ett par djupa andetag senare tryckte hon slutligen ned handtaget och tog det första steget in i sitt förflutna. Inuti stugan var det mörkt och kallt och en oidentifierbar doft slog emot henne, men ändå kände Hedda inget annat än värmen som spred sig inom henne. Varenda liten pryl stod precis där hon sist sett den stå. Allting var som det alltid varit. Till vänster hängde farmoderns gröna yllekappa och hennes gråa kofta. De blåa gummistövlarna hon alltid burit stod på den slitna trasmattan på det gamla trägolvet. Hennes virkade strumpor och handskar hängde på tork på de lediga metallkrokarna och hade sedan länge stelnat. Hedda lät den enda väskan hon tagit med sig falla till golvet innan hon tog några steg längre in i stugan och lät ögonen vila på allt som var bekant.

Det fanns två sovrum och ett allrum i stugan. Sovrummen låg vägg i vägg med varandra i husets bortersta del, så allrummet var ett enda stort rum som hon kom in i direkt när dörren öppnades. Rakt framför sig såg Hedda den stora drömfångaren som hängde på den vitmålade träpanelen. Likt det mesta i hemmet så hade farmodern själv gjort drömfångaren av överbliven fiskelina, vitt garn och aspgrenar hon böjt till ramen. Den var säkert över en meter i diameter och hade lika många snäckskal, snigelskal, grenar och fjädrar i sig som ett barn skulle kunna samla på sig under hela sin barndom. På varenda tråd i drömfångarens nät hade farmodern trätt på skal och pärlor. I dess mitt hängde till och med en liten fågelskalle med svarta fjädrar fastknutna omkring sig. I trådarna som hängde från nedre halvan av ramen hade hon knutit fast små grenar från en mängd olika sorters träd och små djurben hon hittat på sina många strövtåg i skogen. Lite varstans i drömfångarens nät hade farmodern också bundit fast vit mossa och skägglav med grått garn.

På vardera sida om drömfångaren fanns dörrarna till de två sovrummen och under den stod en brudkista. I hörnet bredvid det högra sovrummets dörröppning stod en liten byrå med den gamla grammofonen på. Hedda och farmodern hade haft många trevliga stunder när de lyssnat på vinylskivor och värmt sig framför brasan, så det gav henne ett styng av sorg över det faktum att grammofonen troligen hade tagit skada av alla år av försummelse. Till höger om grammofonen stod den orangea, lilla tvåsitssoffan under det kvadratiska fönstret. Framför soffan fanns ett litet rektangulärt bord där en assiett med kruttorra skorpsmulor stod bredvid en av farmoderns älskade blommiga koppar. I koppen fanns ringar från teet som dunstat, och på dess fat låg en sked som var så oxiderad att den såg ut att vara gjord av koppar istället för silver. De hade verkligen bara övergivit stugan efter att de tagit farmoderns kropp därifrån. Ingen hade ens tagit sig tid att ta hand om disken.

Hedda suckade men lät sig inte helt försjunka i sorgen ännu, istället lät hon blicken vandra vidare till den murade öppna spisen i hörnet. Där hade vinden svept ned genom skorstenen och spritt ut aska över de närmsta golvplankorna. Ett par vedträn som inte helt brunnit upp låg kolsvarta i askans mitt och såg lika sorgset kalla ut som hela stugan var. Spiselkransen var vitkalkad och på den låg en liten ekorres kranium bredvid ett glas med snödroppar i som sedan länge hade skrumpnat ihop och förtorkat. Framför den öppna spisen stod gungstolen som farmodern hade suttit i var eviga kväll innan hon gått och lagt sig. Nu var den lika tom som vedlåren bredvid. Tyget i gungstolens sits var av grönt linne och själva trästommen var av furu från skogen utanför. Heddas gammelfarfar hade gjort gungstolen till sin fru när hon blivit gravid med deras första barn. Då hade det inte funnits någon bra stol för henne att vila i, så han hade helt enkelt gjort en åt henne. Historien om hur möblerna som fanns i stugan var gammelfarfaderns verk var en historia som Hedda hade fått berättad för sig många gånger om, men ändå värmde det fortfarande hennes hjärta att tänka på det. Trots att hon inte hade några blodsband till människorna hon kallade familj, så var de ändå hennes ursprung. Familjernas historier var lika stor del av henne som de hade varit för dem.

Hedda gick vidare till köksdelen av allrummet. Köket var enkelt uppbyggt, men på något vis ändå så oerhört fullt av skrymslen och vrår att anspråkslösheten gick åskådaren förbi. På långa hyllor och i alla hörn hade farmodern ställt sina glasburkar med örter och torkade blommor, lavar och mossa. Under några lösa golvbrädor hade hon ställt ned sina burkar med fermenterade grönsaker och rotfrukter. Hedda behövde inte ens kolla för att veta att de fortfarande stod där, troligtvis fulla av mögel. Från små krokar i taket hängde kryddor som basilika, chokladmynta, persilja och oregano. Ett kvadratiskt fönster som var centrerat i mitten av alla hyllor skänkte tillräckligt med ljus för att Hedda skulle kunna se risporna i den gamla ekträskivan och den smutsiga tallriken som stod i porslinshon. På fönsterbrädan låg några kokböcker som allesammans var tryckta långt före Hedda ens blivit född. Bredvid böckerna stod den emaljerade, ljusblå vattenkannan. Farmodern hade målat dit små vita blommor som Hedda hade fått förklarat för sig skulle se ut som brudslöja, men som mest liknade vita prickar. Alltsammans i det lilla köket, från den svarta järnspisen och locken på alla burkar, till gardinkappan i ljusgrön spets och plåthinken som stod på golvet bredvid vedlåren, var täckt av ett tjockt lager av damm. När Hedda strök med fingret utmed köksbänken så lämnade hon efter sig ett tydligt spår i dammet. Omedvetet så rynkade hon på näsan, men samtidigt så var hon tacksam över att det inte verkade ha kommit in så mycket fukt i stugan som hon hade befarat, så lite damm störde henne egentligen inte.

Inne i det, så kallade stora sovrummet var det så mörkt att Hedda fick treva med händerna för att hitta yllefilten som hängde över glasdörrarna. Hon ställde sig på tå och greppade tag i filtens kant så hon kunde trä den av krokarna som höll den på plats. Eftersom år av fukt från de dåligt isolerade dörrarna hade ansamlats i den gamla yllefilten så blev den så tung att Hedda bara lät den falla till golvet så fort den var av krokarna. Ljuset flödade genast in genom glaset som täckte två tredjedelar av de smala dörrarnas yta. I trädgården utanför flög en korp hastigt iväg när filten föll och skrämde iväg fågeln. Hedda följde den med blicken i några sekunder innan hon riktade sin uppmärksamhet till stugan igen. Bägge dörrarna bestod av två glasrutor och en nederdel av vitmålad furu där två identiska motiv av en klippa vid havet fanns inristade i träet. Även dessa avbildningar var enligt ryktet gammelfarfaderns verk. Dörrarna var inte mer än en knapp halvmeter breda, så den som ville gå igenom fick oftast öppna bägge två samtidigt. På somrarna hade dörrarna alltid fått stå vidöppna dygnet runt. Hedda mindes med värme i hjärtat hur hon som barn hade sprungit in och ut genom dörrarna med lortiga fötter och sommarknän. Hon vågade inte erkänna det för sig själv, men djupt inom henne fanns det en del som önskade att det en dag skulle finnas fler barn som skulle få springa genom dörrarna och rakt ut i frodiga odlingar.

Fönsterkittet i glasdörrarna var nästan helt borta och på sina ställen flagnade färgen efter år av försummelse och slitage. På bägge sidor om dörrarna hängde gamla oljelampor på väggen, och från dörrkarmen hängde en torkad bukett med vildrosor. Till vänster hängde ett par hyllor med svartvita fotografier på, och i hörnet stod ett mörkt hörnskåp. Tätt intill hörnskåpets kant stod dubbelsängen med sängramen som var en samling av vitmålade, snirkliga grenar som blivit hyvlade och hopknutna med hampatråd. Sängen var likt alltid bäddad och hade dess vita spetsöverdrag över sig, samt det färggranna ruttäcket som låg hopvikt vid fotänden av sängen. Till vänster om sängen stod det lilla nattduksbordet med två lådor. Ovanpå på det fanns ännu en oljelampa samt farmoderns runda glasögon. På bägge sidor om sängen låg två trasmattor och utmed väggen som skiljde köket från sovrummet så stod tre höga bokhyllor. Allesammans var lika knökfulla med böcker som hyllorna i köket var med burkar. Hedda visste att hennes farmor hade läst varenda bok som fanns i stugan minst två gånger, och så fort hon glömt bort vad en bok handlade om, så hade hon läst den igen. Det hade inte spelat någon roll om det varit prosa eller facklitteratur, för så länge hon haft något att läsa efter sina strapatser i skogen, så hade hon varit nöjd.

Hedda svepte vidare med blicken och lät den vila på garderoben som stod fastspikad i väggen mittemot sängen. Garderoben var stor nog för en vuxen människa att krypa in och gömma sig i, vilket Hedda prövat mer än en gång när hon varit liten och satt sig bland lavendeldoftande linnes- och bomullsklänningar i granna färger. Det kröp i Heddas fingrar av viljan att få öppna garderoben och dyka ned i det förflutna, men eftersom solen sjönk utanför glasdörrana tvingade hon sig att lämna sovrummet för att inte frestas. Det skulle finnas gott om tid att minnas när hon väl hade kommit iordning.

Till slut så gick hon in i det mindre sovrummet och betraktade vad som en gång i tiden varit hennes rum. Med ömhet i blicken såg hon enkelsängen med florstunn sänghimmel kring sig. Hon såg vaggan som stod i det motsatta hörnet som farmodern aldrig förmått göra sig av med, och hon såg det lilla skrivbordet och garderoben och byrån. Hon såg den långa trasmattan som låg diagonalt över hela rummet. Hon blickade ut genom fönstret där småfåglar suttit i plommonträdet utanför och hälsat henne god morgon vareviga dag. Den ljusgröna tapeten med tryck av olika löv hade lossnat här och var och från det sluttande taket hängde kottar, kvistar och blommor som farmodern hade hängt upp när Hedda skulle flytta in. Framför sängen stod tvättkorgen och däri låg det rosa nattlinnet som farmodern brukade sova i och tofflorna hon alltid hade på sig när hon var inomhus.

Där Hedda en gång i tiden hade räddat sig själv, hade nu spindlar spunnit sina hänförande vävar mellan allt som de kunde få fäste i. Medan Hedda lät sig iaktta de tunna trådarna som hängde mellan kottarna och kvistarna i taket, så nåddes hon av en insikt. Det första som slog henne var tystnaden. Hon hörde svaga ljud från vinden och sin egen andning, men utöver det hördes ingenting. I stugan fanns inget surrande från element, inget kluckande från vattenledningar och inget pip från maskiner som var färdiga. Det andra som slog henne var den ljuvliga ensamheten. Ingen annan än hennes far, Arvid, visste ens var hon befann sig, och eftersom det var troligare att Arvid skulle dö, än det var att han skulle besöka Hedda, så fanns det ingen risk att någon störde henne. Den enda som skulle ringa henne var Estrid, och det hade Hedda inget emot. För en gångs skull så var hon helt och hållet ensam, och hon älskade det.

Insikten om både tystnaden och ensamheten fick Hedda att le medan hon lämnade sovrummet och istället återvände till köket. Där letade hon fram tändstickor och burken med töre innan hon lade in några smala vedträn i järnspisen som hon hittade i vedluckan. När det väl hade börjat ta sig så stängde hon översta luckan på spisen och tog med sig plåthinken för att aska ur den öppna spisen. När hon var färdig med det, så gick hon ut och slängde askan i en av odlingslådorna och tog med sig en famn med ved från det fallfärdiga vedförrådet in igen. Hon väntade tills det hade börjat ryka i vedträna i den öppna spisen innan hon gick runt i allrummet i stugan och tände varenda oljelampa hon hittade. Medan hon med lättnad hörde hur det började knastra om elden i järnspisen så började hon bära in de tio flyttlådor med matproviant som hon hade tagit med sig in i sitt nya liv. Tack vare provianten hade Hedda haft en ursäkt att hyra flytthjälp så hon kunde få skjuts till stugan utan att behöva ta bussen, men när tio stora lådor skulle få plats i den lilla stugan utan att riskera att fatta eld, började Hedda ångra sitt beslut att ta med sig så mycket mat. Hennes ursprungliga tanke hade varit att hon skulle överleva vintern utan att behöva handla en enda gång, och från början hade det känts som en strålande idé. Nu undrade hon om det inte faktiskt hade varit värt att tvingas pulsa genom djupsnö de tre kilometer som skiljde hennes stuga från närmsta busshållplats, om det hade inneburit att slippa leva i trängsel i över ett halvår.

När den tionde lådan slutligen var inne i stugan och brasan i både järnspisen och den murade eldstaden hade börjat sprida sin värme, så var det kolsvart utanför fönstren och stjärnorna tindrade på himlavalvet. Hedda sprang ut och lättade sig innan hon slutligen sjönk ner i soffan med en djup suck. Hon var utmattad, men lycklig. Äntligen var det dags för henne att få kontroll över sitt eget liv. Äntligen hade hon varit modig nog att faktiskt följa sitt hjärta och låta gamla sår läka. Trots att det hade gått fem år sedan farmodern gått bort, så rann tårarna ändå när Hedda återigen vilade blicken på den gamla gungstolen. Den stilla gråten släppte på de allra sista fästena som höll henne vaken, så när hon lät ögonen slutas, så dröjde det inte länge innan hon somnade.

3

Torgny Aldorsson satt vid köksbordet och drack kaffe ur trämuggen han själv hade täljt för några år sedan. Utanför det lilla huset i skogen tjöt vinden och skakade om vindspelet som hängde på altanen. De första veckorna han hade bott där hade ljudet av rasslande snäckskal som slog emot varandra gjort honom orolig, men efter tre år var han van vid det. På den rödvitrutiga duken framför honom låg dagstidningen uppslagen trots att han inte hade något större intresse av vad som stod däri. Han läste förstrött om den nyrenoverade lekplatsen vid friluftsområdet som hade invigts tidigare samma dag. På den suddiga bilden syntes ett barn i fyra- eller femårsåldern som med måttlig glädje i blicken åkte nedför en rutschkana. När han betraktade barnet drog det lätt i hans högra mungipa. Barnet var så sött, fast än det inte log. Torgny hade alltid tyckt om barn, därför sörjde han fortfarande det faktum att han aldrig hade fått några. Visst hade han ett par brorsdöttrar, men de var vuxna nu och dessutom så var det inte samma sak att vara farbror som det var att vara far. I femtio år hade han gått och väntat på att träffa någon som ville skaffa barn med honom, men någonstans på vägen hade han gått vilse. Andra män i hans ålder hade redan barnbarn eller till och med barnbarnsbarn. Allt Torgny hade var sitt lilla företag, men sedan han flyttat så hade till och med det tagits ifrån honom. Hans plan med flytten hade varit att sakta ner och hitta en fin plats att dö på, inte att köra företaget i botten. Hans äldsta kunder var fortfarande honom trogna, men problemet var att de istället började bli för gamla för att jaga. Yngre kunder hade han svårt att nå ut till, och dessutom så blev det allt färre jägare som ville ha troféer. I alla fall av honom.

Egentligen borde han väl inte klaga, tänkte han. Han hade levt ett långt, om än något torftigt liv. Hans far hade lärt honom konsten att konservera redan när han varit en skral och långbent yngling. Han hade arbetat tillsammans med fadern i företaget tills han dött vid sextiofem års ålder, och efter det hade Torgny fortsatt på egen hand. Svälta hade han aldrig behövt göra och ibland hade han till och med fått hållas med en kvinna. Vid sextioåtta års ålder hade han tagit beslutet att hitta sig en sliten stuga att renovera någonstans där det var lugnt och stilla, så han skulle ha någonting att sysselsätta sig med när han väl gick i pension.

Det var fyra år sedan som han hade sålt huset inne i staden och flyttat närmare havet. Bland träd och starka kastvindar trivdes han. Där kunde han få arbeta ifred när han väl hade något att göra. När han var färdig med det kunde han snickra vidare på utbyggnaden eller ta en promenad förbi den övergivna stugan uppe på klippan och blicka ut över havet. Ibland kunde han råka på Adina och Sigurd i skogen, men de störde honom inte. Stannade han hemma så kunde det dröja veckor innan han såg en annan människa än sin egen spegelbild, och trots att han i sin natur var en social varelse, så uppskattade han ödsligheten. Den gav honom tid och ro att fundera över ålderdomens alla små och stora bekymmer, varav ett var varför han hade sett en flyttlastbil kånka sig uppför den smala vägen på förmiddagen. Kanske var chauffören fruktansvärt vilse. Torgny hoppades innerligt att det var så det stod till, för det sista han ville ha var sällskap.

Hur hade han blivit en så bitter gammal gubbe, tänkte han dystert. Visst hade han alltid varit en enstöring och tystlåten, men att sky andras närvaro så mycket att han blev upprörd bara vid tanken på att någon mer skulle flytta in i skogen, det var inte likt honom. Han blickade ut genom köksfönstret och såg endast mörker. I hans tankar kvardröjde fotot av den lilla flickan i rutschkanan. Kanske vore det en bra sak att se lite folk, tänkte han. Kanske var det dags att bege sig ner till staden nästa dag, och utföra lite ärenden och gå förbi lekplatsen. Att höra lite barnaskratt skulle kanske driva bort demonerna som ville få honom allt bittrare. Kanske kunde det till och med göra honom gott att se rosenkindade småungar ränna runt i sanden och klänga på en klätterställning. Ja, det var nog allt en bra idé, tänkte han och drack ännu en klunk av whiskeyn. Kanske var det just det han behövde för att sluta oroa sig över den där flyttbilen. Han kunde inte förändra någonting ändå.

4

Hedda vaknade plötsligt nästa morgon av att vinden ven utanför stugan. Det första hon tänkte på var kylan. Elden hade givetvis brunnit ut för flera timmar sedan, och nu fanns inte ens glödbädden kvar. När hon reste sig upp från soffan hon legat hopkrupen i hela natten så värkte hela kroppen av stelhet och huvudet bultade av att hon hade skallrat tänder i sömnen. Att vakna i ett rum som var nästan lika kallt som det var utomhus var en de få saker som hon låtit sig förglömma, kanske för att farmodern alltid hade vaknat vid fem för att lägga in i järnspisen och eldstaden. Nu gjorde sig insikten smärtsamt påmind, och det var på frusna fötter som hon tassade fram till ytterdörren och tog på sig farmoderns gråa kofta. Hedda gick sedan till köket och lade in de sista vedträna hon hittade i vedluckan och tände med stela, skakande fingrar eld på en bit töre som hon lade in bland veden. Utan att stänga den översta luckan så tassade hon sedan vidare in i sitt gamla sovrum där hon plockade ur tofflorna ur tvättkorgen och klev i dem. När hon var på väg till ytterdörren igen för att hämta in ved till eldstaden, så insåg till sin förtret att elden i järnspisen hade slocknat omedelbart. Vinden som kom ner genom skorstenen hade släckt lågan innan den hunnit få fäste i träet. Hedda svor högljutt och hörde hur magen morrade av hunger. Hon återvände till köket och upprepade processen med att försöka tända i järnspisen ännu en gång. Den här gången satt hon kvar framför

spisen tills det åtminstone började ryka. Därefter klev hon i
farmoderns gamla stövlar, som var så kalla att hon lika gärna hade
kunnat klivit ner i en snödriva, och tog på sig yllekappan. Hon ville
så gärna att kappan skulle ha doftat lavendel och rosmarin, som den
alltid brukade göra, men istället kände hon ingen annan doft än den
av fuktig ull. Trots att kylan och hungern förstärkte sorgen hon
upplevde över en så obetydlig sak som kappans doft, så bet hon ihop
och gick med bestämda steg ut genom dörren. Under natten hade de
få snöflingor som fallit dagen innan blåst omkring och samlats i
vackra drivor här och var framför den lilla stugan på klippan. I
horisonten reste sig solen i makligt tempo och kastade tillräckligt
med sken för att Hedda skulle hitta vägen till vedförrådet. Där lade
hon ner vedträn i den gamla vedkorgen tills den var så full att hon
knappt orkade bära den. Genom att delvis dra den och delvis bära
den så lyckades hon kånka med sig vedkorgen hela vägen in i
allrummet. Utan att ta av sig varken stövlar eller kappa så gjorde hon
upp eld i den öppna spisen och staplade sedan den överblivna veden
i vedlåren. För att det inte skulle bli så trångt inne i stugan bland alla
flyttlådor så ställde hon den tomma vedkorgen utanför dörren och
gick sedan till köket för att se till elden. Återigen tvingades hon inse
att det hon trodde skulle ta sig, istället hade slocknat. Så hon
upprepade processen med att tända i järnspisen en tredje gång, och
stängde inte luckan förrän hon såg riktiga lågor och ansiktet började
bli varmt av brasan. Först när det brann i bägge spisarna vågade hon
slå sig ner på en av de dammiga stolarna vid det lilla köksbordet och

med tårar i ögonen inse vad det var hon hade gjort mot sig själv. Hon grät och svor en kort stund över sitt dåraktiga beslut, men sedan torkade hon sina kinder med de fortfarande frusna fingrarna och försökte ta sig samman. Det fanns ingen mening med att bli hysterisk, det var trots allt det här hon ville. Hon ville få utsätta sig själv för svårigheter och riktiga bekymmer. När hon såg sig omkring i stugan var det som om någon hade dragit undan slöjan som romantiserade alltihop. För första gången så kunde hon se allting för det som det verkligen var. Hon tvingades inse att skulle hon klara sig i stugan, så skulle hon vara så illa tvungen att göra den till sin egen. Farmoderns hem var Heddas hem nu, att försöka behålla allting så som det en gång varit skulle inte fungera. Hedda torkade undan snoret med kappärmen och tog ett djupt andetag innan hon slutligen reste sig från den dammiga stolen och började öppna ena flyttlådan. Från lådan plockade hon upp ett paket med bönor som hon sedan åt direkt ur paketet medan hon stod framför järnspisen. När hon ätit upp så slängde hon skeden och paketet i porslinsbaljan innan hon sjönk ner på golvet och med hjälp av en kniv lyfte upp de lösa golvbrädorna. Som förväntat så stod därunder flera glasburkar med mögligt, oidentifierbart innehåll. När Hedda lyfte upp burk efter burk från kallutrymmet under golvet så insåg hon så småningom att hela dagen skulle komma att tillägnas åt städning. Allra först fick denna uppenbarelse henne att sucka och vilja slå näven i väggen, men efter stormen kommer solskenet, så även i detta avseende. Hedda tog ett djupt andetag, plockade med sig burkarna i en flätad pilkorg och gick ut till komposten.

All resterande vaken tid den dagen spenderade hon med att kompostera det som skulle komposteras, vilket utgjorde majoriteten av allt som Hedda kunde finna i glasburkar, hängande från taket eller i jordkällaren. Hon diskade alla glasburkar, lock och allt annat som stått framme och ansamlat damm i fem år. Diskvattnet värmde hon på järnspisen, och vattnet hämtade hon från vattenpumpen i trädgården. Hon fick stå och pumpa i en kvart innan något vatten kom överhuvudtaget, och sedan tog det henne ytterligare en timme av pumpande innan vattnet som kom i alla fall började bli mer genomskinligt än jordbrunt. Hon skurade golvet i alla tre rum så hennes knän sved och axlarna värkte. Hon skakade och piskade alla trasmattor, filtar och sängkläder och bar ut samtliga stolar för att försöka slå ur dammet ur tyget på sitsen. Hon skurade och torkade av alla hyllor, bänkar, dörrkarmar, fönsterbrädor, bord och stolsryggar, samt resten av alla tomma ytor hon kunde hitta. När det behövdes lade hon in mer ved i eldarna så de ständigt brann eller i alla fall glödde, och ett par gånger unnade hon sig att äta någonting från en av alla sina flyttlådor. Efter många långa timmar så föll mörkret utanför fönstren igen och när Hedda väl hade fyllt på bägge vedlåren igen så kollapsade hon i gungstolen framför brasan. Allt ihärdigt skurande och flängande hit och dit för att flytta lådor som stod i vägen och allt spring mellan vattenpumpen, komposten och köket hade gjort att Hedda inte längre frös, utan snarare svettades.

Ändå hade hon fortfarande sin farmoders kofta och tofflor på sig, men det var mest för att det kändes bra. När hon äntligen tillät sig själv att pusta ut och hon kunde se sig omkring och inte se ett enda spår av försummelse, så återvände det ljuvliga lugnet till hennes själ. Lika fel som hennes livsval hade verkat när hon hade vaknat stelfrusen och uthungrad, lika rätt kändes det nu när hon kände doften från böngrytan som puttrade i en kastrull på järnspisen och hörde elden knastra och vinden yla. Det fanns ingenting att betvivla längre, hon var hemma för gott.

5

Estrid gick längs med den breda promenadstigen som slingrade sig uppför en brant backe i skogen och hörde på avstånd ljudet av barnaskratt som färdades med vinden mellan träden. Det var samma stig som hon hade gått på nästan varenda dag sedan hon flyttat till sin moster för att undkomma sin våldsamma, alkoholiserade far. Han hade varit försvunnen i snart fyra och en halv månad. Det fanns inte ens någon som letade efter honom längre, och det hade Estrid inget emot. Hon mindes fortfarande med plågsam klarhet hur han hade dunkat hennes huvud i väggen och slagit henne med en stekpanna för att få henne att säga vart kvinnan som övergivit honom hade tagit vägen. På vissa kvällar när hon slöt sina ögon så såg hon för sitt inre hur han hade lämnat henne utan att så mycket som ens kasta en sista blick på dottern som satt och blödde på köksgolvet. De första två månaderna efter att hon flyttat till sin moster hade minnena och mardrömmarna från all ondska som tycktes förfölja henne vart än hon vandrade hållit henne vaken. Numera lyckades hon allt oftare somna om igen. Att tiden skulle läka alla sår var en vedervärdig lögn, men tiden kunde åtminstone lindra.

Efter en stund blev marken under hennes fötter sånär på platt igen och framför henne bredde den stora naturlekplatsen ut sig. Ett tiotal barn klängde i klätterställningar och hoppade på stubbar eller kastade sig ner i en förälders vidöppna famn. Eftersom delar av lekplatsen hade restaurerats de senaste veckorna så hade platsen varit folktom utöver enstaka byggnadsarbetare, så Estrid hade hunnit vänja sig vid tystnaden och stillheten. Men trots att hon hade uppskattat ödsligheten, så tvingade det henne att le när hon såg ungar i alla storlekar tumla runt i den snöblandade sanden. Iklädda färgglada overaller och fodrade vintermössor som inramade deras frostbitna, runda kinder så kunde inte ens Estrid låta bli att tycka de såg söta ut. Utan att veta varför så sökte hon med blicken tills hon fann killen som satt på en av bänkarna och hjälpte vad hon antog var hans lillebror att ta på sig ena vanten. Pojken kunde inte vara mer än fyra år gammal och han stod tålmodigt och väntade medan storebrodern trädde på handsken. När den väl var på så vände han sig om och rusade tillbaka till klätterställningen där han började klättra uppför ett nät. Bortsett från de senaste veckorna så hade Estrid sett de två bröderna vid lekplatsen så gott som varenda dag sedan hon flyttat dit. När den äldre brodern fick syn på henne så såg han på henne med igenkänning i blicken, men sekunden senare återvände hans fokus till lillebrodern. Hon hade skymtat honom i korridorerna i skolan några gånger, men i sann ungdomsanda, så agerade de bägge som om de inte visste om varandras existens.

Estrid hade omedvetet saktat ner när hon passerade lekplatsen, men när hon fick syn på den gamla mannen som alltid brukade försöka hälsa på henne så ökade hon farten igen. Mannen följde ett barn med blicken som sprang förbi Estrid, och när han då fick syn på henne höjde han sin kåsa i en hälsning och nickade åt henne med ett stort flin på läpparna. Flinet fick Estrids själ att rysa, men ändå fanns det en del av henne som var så strängt uppfostrad att vara en duktig flicka att hon smålog tillbaka. Därefter fäste hon blicken i marken framför sina fötter och lyfte den inte förrän hon en dryg halvtimme senare stod framför dörren till det lilla gröna radhuset där hennes moster och kusin bodde. Att kalla det hem hade kanske varit överflödigt, men det ingav i alla fall tillräckligt med trygghet för att Estrid skulle kunna börja om i sitt liv. Hon och hennes moster hade aldrig varit särskilt nära varandra, och efter Estrids mor tagit livet av sig så hade hennes moster inte hört av sig. Men två år efter begravningen hade socialtjänsten ringt mostern och bett henne ta hand om sin systerdotter, och givetvis hade hon sagt ja. Samma dag som de hade ringt henne så hade hon hämtat Estrid, och fastän det kunde tyckas vara ädelt, så var Estrid övertygad om att mosterns agerande mer hade att göra med dåligt samvete än kärlek. Under de fyra månaderna som Estrid tillbringat i mosterns hem så hade ingen utav dem utväxlat många ord med varandra. De talade om det som var avgörande för en fungerande vardag, men inget mer än så. Ingen hade sagt ett ord om moderns död eller Estrids förflutna, och i ärlighetens namn så skulle Estrid inte velat ha det på något annat vis. Behövde hon prata om svårare saker än middag och hemläxor så hade hon Hedda, och för Estrid så räckte det. För trots att deras relation mest bestod av ömsesidig tystnad, så hyste Estrid en djup tillgivenhet gentemot mostern och sin två år yngre kusin. De hade givit henne den ovärderliga gåvan som det innebar att kunna lämna de destruktiva krafterna som hotade att förgöra henne, och för det var hon evigt tacksam. Mostern lät henne ströva omkring fritt och frågade aldrig efter anledningar när Estrid omedelbart lämnade huset när hon kommit hem från skolan. Estrid fick vara den hon var, utan förbehåll, så vad mer kunde hon kräva?

Estrid öppnade dörren och klev in i den trånga hallen. Där tog hon av sig sina ytterkläder och smekte alla tre katterna som kom tassandes med högburna svansar genom den smala korridoren. Två av dem spann högljutt när hon klappade dem, medan den tredje bara strök sig mot hennes ben en gång innan han klev ut genom kattluckan. Estrid plockade upp den katt som hon visste tyckte om att bli buren i famnen och nästlade in näsan i dess gråa päls medan hon började gå mot köket. Inifrån köket hördes mosterns mjuka, hjärtliga röst. När Estrid väl klev över tröskeln till det lilla köket med vita skåpsluckor och bitvis sönderrivna trasmattor på golvet så tittade den trettiosjuåriga, mörkhåriga kvinnan upp från matteläxan hon hjälpte sin dotter med och mötte Estrids blick med ett genuint leende. Hon sade:

"Hej, hjärtat. Hade du en trevlig promenad?" Samtidigt som hon talade så strök hon varsamt sin fjärde katt över ryggen där den låg i hennes knä och spann så hon dreglade. Alla fyra katter som fanns i hemmet var omplaceringar från det lokala katthemmet, men den gamla kattan som låg i mosterns knä var den enda som bar synliga ärr från sin tid av försummelse och vanvård. Kattan kallades Matronan och var hela sjutton år gammal. Hon hade levt hos Estrids moster de senaste fem åren av sitt liv. Hennes långa, mörka och spräckliga päls såg alltid lika tovig ut, oavsett om hon kammades varenda dag eller aldrig. Halva svansen, bägge öronen och vänstra ögat saknade hon. Det var högst oklart vad som gått förlorat i köld och vad som gått förlorat i strid. Matronan var så kräsen att hon aldrig åt någonting annat än färska räkor och lax, kanske kunde en skiva smörgåsskinka slinka ner om det var nöd. Hon gick aldrig på lådan inne utan skulle alltid uträtta sina behov utomhus, även om det så krävde att hon jamade så högljutt att hela bygden vaknade för att kattluckan var stängd mitt i natten. Hon litade heller inte på någon annan än Estrids moster, så ingen annan fick röra henne. Estrid hade gjort misstaget att försöka klappa Matronan samma kväll som hon flyttat dit, mostern hade inte hunnit stoppa henne, och tack vare det så hade hon nu ett ärr tvärs över hela högerhanden. De andra katterna höll sig alltid undan Matronan, och efter den kvällen gjorde även Estrid det.

"Hej. Ja, jag gick förbi lekplatsen, som vanligt. Det har blivit väldigt fint där nu" svarade Estrid och släppte ner den gråa katten på en av mattorna. Hon började genast klösa upprört innan hon slutligen med piskande svans gick därifrån.

"Det är bra det… Du, det finns mat i mikron till dig att värma, om du vill ha. Jag har inte dukat till dig eftersom jag inte visste om du ville sitta här eller i vardagsrummet."

"Tack, jag äter helst därinne framför teven, om det är okej."

"Ja, ja. Självklart, det behöver du inte ens fråga om. Jag lade förresten in lite rena kläder i ditt rum förut och så har jag gjort iordning en liten fruktsallad åt dig som står i kylen inför imorgon, så kanske du får i dig lite frukost. Behöver du någon hjälp med läxorna ikväll?" sade mostern medan Estrid värmde sin mat och plockade fram glas och bestick åt sig själv.

"Nej, jag klarar mig. Men tack ändå. Säg till om det är något ni behöver hjälp med sen" svarade Estrid samtidigt som hon tog med sig sin mat och lämnade köket. När hon till slut sjönk ner i soffan med katter på vardera sida om sig och de lågmälda ljuden inifrån köket och från teven, så njöt hon fullt av lugnet. Där fanns inga vrål, inga skrik, ingen synlig ondska. Hur tråkig Estrids nya vardagsrytm än kunde te sig ibland, så skulle hon för alltid föredra tråkig före våldsam. När hon tog den första tuggan av sin varma måltid och den gråa katten kröp ännu lite närmare henne, så tänkte hon för sig själv att om bara resten av hennes liv blev lika ljuvligt händelselös och ordinär som de senaste fyra månaderna hade varit, så kanske livet faktiskt var värt att leva. Kanske skulle hon till och med kunna bli lycklig. Inom sig bad hon en stilla bön till alla de gudar som kunde tänkas vilja lyssna, att de skulle låta marorna som krävde hennes blod få drunkna i sina egna tårar. För hon ville aldrig mer veta av dem. Hon tänkte inte låta sin historia bli det enda hon hade.

6

Det var Heddas tredje dag i stugan på klippan. Samma morgon hade hon vaknat i ett hem där det bara var tio grader inomhus på morgnarna och där det enda ljusskenet kom utifrån eller från gamla oljelampor. Före brasornas uppvaknande så hördes inget annat än hennes egen andning och havets siande sång. Bortsett från den ständiga närvaron av en gammal själ så var hon alldeles allena. Var sekund frodades hennes upproriska inre i ödsligheten som belägrat sig omkring henne. Den längtan inom henne som så länge törstat efter att få dricka ur stillhetens bäck av frihet kunde äntligen få bli tillfredsställd. Den hunger som krävde att få känna smaken av vildsinthet kunde äntligen bli mättad. I tystnaden fanns en sanning att berättas. I ensamheten fanns en ständig följeslagare att finna. I kylan fanns en eld som måste få brinna. I vinden fanns en sång som måste höras. I ingenting så fann hon allt.

Hedda satt på en av trasmattorna i farmoderns sovrum och strök sina fingrar över en av alla de klänningar och kjolar som hon lagt på golvet framför sig. Den stora garderobens dörrar stod vidöppna och avslöjade år av minnen som etsat sig fast i fibrer av linne och bomull. Hedda visste inte hur länge hon hade suttit så, men utanför glasdörrarna brann himlen och solen sjönk långsamt i horisonten. Större delen av dagen hade hon spenderat med att packa upp all sin matproviant. Några saker hade hon lagt i jordkällaren, och resten hade hon ställt in i skåpen eller på hyllorna i köket. Det som hade gått att hälla över i glasburkarna hade hon gjort så med och åter ställt in i kökets alla små vrår. En av flyttlådorna hade hon tänkt att använda som skräpförvaring för plastförpackningar som skulle återvinnas. Resten tänkte hon skulle rivas i småbitar och använda som fnöske när töret väl tog slut. När våren till slut kom så skulle hon kunna gå ut och hämta hem mer töre och annat fnöske från naturen, men så länge vintern varade så var hon tacksam över att kunna använda kartong.

De få ägodelar som hon hade haft med sig som inte bestod av någonting ätligt hade hon också hittat en plats för, och efter att hon vikit ihop samtliga lådor och ställt in dem i sitt sovrum så var det återigen möjligt att röra sig fritt i stugan. Hedda satt på golvet och gick igenom farmoderns gamla kläder därför att hon ville se vilka klädesplagg som hon skulle kunna använda. Hon vägrade sova i farmoderns säng, det kändes fel på något vis. Kläderna däremot kunde hon övertala sig själv att använda, eftersom det skulle ge mervärde till hennes liv. Det var inte så att hon inte uppskattade alla sina mörka kläder som hon tagit med sig från sitt gamla liv, men de hade varit anpassade för en enda sak: att göra henne osynlig. Kanske var det löjligt att lägga så mycket känslor i ett klädesplagg, men på samma sätt som farmoderns klänning fick henne att minnas något lyckligt, så fick hennes svarta t-shirt henne att minnas något olyckligt.

Klänningen Hedda höll i sina händer var det sista hon kunde minnas sig ha sett farmodern bära. Trots att det bara var en bit tyg så kändes den som en helgedom för henne. Klänningen var ljust grön med små vita blommor på. Ärmarna räckte nedanför armbågen och den var skuren till ett v i halsen. Vita, platta knappar fanns att knäppa vid bysten och den var tillräckligt lång för att räcka Hedda nedför knäna. Tyget var mjukt av ålder och föll så vackert även från den mest vissnade kropp. Hedda visste inte hur länge farmodern hade haft klänningen, men hon visste att den var gammal nog för att ha större mått än vad farmodern hade de sista två åren av sitt liv. För sitt inre hägrade bilden av hennes älskade, skröpliga farmor när hon stod bland alla sina odlingslådor och drivhus och log med hela sitt väderbitna ansikte mot solen. Hedda mindes känslan av hennes magra hand i sin och hörde hennes melodiösa stämma sjunga påhittade visor om naturens nyckfullhet. I sitt hjärtas biograf såg hon jordiga fingrar smeka nyponrosornas små blomblad och gräva efter rovor i mörk mylla. Hon kände lukten av lavendel och rosmarin samt den ljuvliga doften av förmultnande löv. I alla dessa minnen fanns det ständiga bruset från havets sång. Hur många gånger hade de inte vandrat hand i hand nedför den smala, slingriga stigen utmed klippan för att stå på stranden och låta vågorna skölja över tårna? Hur många snäckor hade de funnit? Hur många minnen hade de skapat?

Hedda kände tårarna brinna innanför ögonlocken och kunde inte längre stå emot lusten att klä sig i det förflutna. Hon ställde sig upp och bytte om från sina mörka kläder till den ljusgröna klänningen.

När hon såg sig i spegeln som hängde på insidan av ena garderobsdörren var det som att se en annan verklighet. Hon släppte ut sitt långa, svarta hår och betraktade hur de mörka lockarna omslöt hennes kraftfulla axlar. Att se sig själv i farmoderns klänning var att se sig själv som den hon var, och inte den hon hade försökt att bli alla dessa år. Det var att hitta hem till en plats hon inte ens visste hade existerat. Visst, det var bara en klänning, men minnena den bar fick henne att se sig så som hon var ämnad att se sig själv: Vild, vacker och otämjd.

En gång hade hon försökt passa in i en mall. Hon hade försökt bli den som kunde formas och omformas gång på gång likt en klump lera. Någonstans på vägen hade hennes försök att bli och vara allt som innebar rätt och normalt, gjort henne döv för sitt hjärtas sanna mening. Hon blev förlamad inför allt det som hände utanför henne, medan allt det som skedde inom henne hotade att förgöra henne. Utåt sett kanske hon hade verkat nonchalant eller till och med elak, och hur skulle hon kunna vara något annat när hela hennes väsen gjorde uppror? Ingen föll offer för vånda och ängslan utan orsak. Sättet en människa levde påverkade direkt vad som skedde inom dem, i deras själar, deras hjärtan och deras sinnen. Det innebar aldrig att det fanns en regel för vad som skulle göra henne lycklig och hel, och en regel för vad som skulle göra henne miserabel och trasig. Däremot så innebar det att det inte bara fanns en enda sanning, en enda anledning till misär. I alla väsen fanns en inneboende längtan om att vara tillfreds och att leva i ro, men där fanns också krafter som ständigt drog sinnet till att kräva, begära och önska efter mer, mer, mer. Att låta dessa krafter styra den inre vägledaren skulle för alltid vara så otroligt mycket enklare än att bara lyssna på den del av väsendet som ville henne gott. Det fanns inget ont i att inte vilja kämpa, att inte orka stå emot, men så det kanske också innebar att tomheten och vilsenheten aldrig skulle försvinna. Inom alla människor fanns en spirituell kompass vars enda uppdrag var att leda dem dit lugnet fanns, men långt ifrån alla människor lärde sig att lyssna på denna kompass.

7

Zaafir satt på kanten av bryggan och betraktade med dyster blick solnedgången. Vid hans sida låg Skrållan, hans tigrerade malinois, och suckade djupt av tristess. Han strök henne varsamt över huvudet utan att släppa blicken från den brinnande solen och funderade, som han så ofta gjorde, om Hedda såg den vackra solnedgången, vart än hon befann sig.

Det hade gått över fyra månader sedan den där ödesdigra kvällen i trapphuset, när hon så tydligt visat att hon inte ville ha honom. Vad än han kunde erbjuda henne, så skulle det aldrig ha varit tillräckligt. All hans kärlek, all hans omsorg, all hans tid, ingenting hade varit nog för att få henne att älska honom. Trots att han inte kunde förstå varför, så hade han varit tvungen att inse att han inte kunde ge henne det enda hon sökte; Frihet. Zaafir var inte säker på hur många dagar sedan hon flyttade, men han hade inte sett henne på jobbet på snart en vecka, och när han hade gått förbi hennes gamla hem tidigare samma dag, så hade lägenheten ekat tom. Han hade gått uppför trapporna där hon berättat för honom att hon skulle flytta därifrån, kanske för alltid. Han hade stått i samma hall där hon svarat nej på frågan om det gjorde någon skillnad att han älskade henne. Han hade öppnat samma dörr som han hade öppnat när han hittat henne efter missfallet, hopkrupen på golvet med ett blodspår bakom sig. Han hade gått runt i den gamla salen som hon hade kallat hem och försökt att komma på vad det var han hade gjort för fel. Vad det var han hade gjort som hade fått henne att fly, istället för att älska. Han hade hört mössen springa i väggarna och känt stanken från ruttnande råttor. Han hade sett den flagnade tapeten i trapphuset och hört golvbrädorna knaka så högt under sina fötter att han trott att de skulle braka samman. Han hade tillåtit sig själv att helt och fullt hänge sig åt minnena av henne; Hur hon sett ut när det mörka hårsvallet fallit nedför den starka ryggen; Hur hon hade doftat av ingenting och allting på samma gång; Känslan av hennes hud mot hans fingertoppar; Sättet hon log mot honom; Hennes skratt och hennes tårar. Känslorna som minnena frammanade hade varit så överväldigande att det hade krävts all styrka för att inte kollapsa. Han var tvungen att komma ihåg att det var hon som hade lämnat honom, inte tvärtom. Den enda som egentligen kunde ångra sig var Hedda, och för var dag som gick när hon inte hörde av sig till honom, så tvingades han inse att ånger inte var en känsla hon var bekant med.

Zaafir visste att det var dags att glömma Hedda och gå vidare med livet, så varför var det då så förbannat svårt? Trots att han fortfarande var sårad, så var det inte vrede som han kände när han tänkte på henne. Var gång han lät sig minnas henne så var det med kärlek, inte med hat. Hur gärna han än ville förneka det för sig själv, så älskade han fortfarande henne mer än vad som var klokt. En del av honom visste att eftersom han hade klarat sig alldeles utmärkt före Hedda, så borde han också kunna återgå till detta efter Hedda. Det enda problemet var väl att det fanns så otroligt mycket motstånd kvar i honom. Innerst inne så ville han inte släppa taget om henne. Hur gärna Hedda än verkade tro motsatsen, så var hon hans enda kärlek. Hans livs kärlek. Trots att han visste att han inte hade något val, så ville han inte leva utan henne. De hade aldrig ens legat med varandra, men ändå visste han att han aldrig ville vakna upp i en säng där hon inte låg bredvid honom. Varenda morgon hade blivit till en plåga sedan hon lämnat honom. Han önskade att det inte var så, men hans hjärta behövde få ha henne hos sig. Han behövde ha henne i sitt liv för att vilja leva. Utan henne hade världen blivit blek och tråkig, trots att ingenting runtomkring honom egentligen hade förändrats.

Det var väl därför som han satt på bryggan och betraktade solnedgången den kvällen. Det fanns många bryggor utmed den lilla sjöstadens hamn, men just den han satt på var den som Hedda oftast hade sökt sig till. Hans själ drog honom till de platser där han kunde få minnas. Trots att han visste att hon fortfarande levde, så hade han förlorat henne. Hon hade lika gärna kunnat vara död, sorgen hade varit lika svår ändå. Den lilla ljusglimt som sken inom honom av hoppet om att en dag få hålla henne i sin famn igen kunde han knappast se genom alla de svarta slöjor som fördunklade hans sinne. Vad skulle han inte ge för att få henne tillbaka?

Efter alla de gånger som han hade gått igenom varenda konversation de någonsin haft så stod det klart för honom att han hade pressat henne att älska honom. Även om han visste att han inte var den huvudsakliga katalysatorn för hennes tillflykt, så hade han bidragit till det hela. Det fanns inte nog med ord för att beskriva hur mycket han ångrade sig och hur hårt han försökte få henne ur sitt medvetande. Han tog ut sin frustration på arbetsuppgifter, träning och till och med städning, men vad han än gjorde så var distraktionerna aldrig nog för att få henne att försvinna. Inom honom utkämpades en ständig kamp om vad som var det rätta att göra. Ena delen av honom ville bara låta tiden gå och att åren skulle få Hedda att falla i glömska, medan den andra delen enbart ville göra allt som stod i hans makt för att hitta henne. Beroende på om det var morgon eller kväll så kändes bägge alternativen lika lockande.

Givetvis förstod han att det var galenskap att älska någon så mycket som han älskade Hedda. Hans kärlek balanserade konstant på gränsen mellan tillgivenhet och besatthet. När han var som mest klartänkt insåg han att allting var så enkelt som att han hörde samman med Hedda, men hon kände inte likadant. Då kändes det nästan hanterbart. Dessvärre var hans stunder av klarsynthet flyktiga och inte särskilt varaktiga, så för det mesta gick han omkring som i en dimma där allt han visste var att han älskade henne, men att han borde glömma henne. När han kände sig som mest sorgsen och sårad, hatade han sig själv för att han älskade henne. Då tänkte han alltid att livet skulle ha varit så mycket enklare om han aldrig ens hade mött henne, men sekunden senare släppte ilskan och kärleken flödade återigen. Den oavbrutna strömmen av velande fram och tillbaka kring vad som var rätt och vad som var fel, gjorde honom så förvirrad att han ibland inte hade något annat val än att sluta ögonen och låtsats som om han var någon helt annan.

När Skrållan till slut började tjuta över att Zaafir inte verkade bry sig om det faktum att hon var uttråkad, så väcktes han tillfälligt ur sin sömn av tilltrasslade tankegångar. Han mötte tikens mjuka blick och sade lågmält:

"Ja, ja… Vi ska snart gå."

Innan de lämnade bryggan för att bege sig hemåt så kastade Zaafir en sista blick på solnedgången. Snart skulle solen helt ha slukats av nattens mörker och både Heddas och hans värld skulle vara lika dunkla. När de var så långt ifrån varandra så var solen, månen och stjärnorna det enda de hade gemensamt. Zaafir kunde inte låta bli att hoppas att var än Hedda befann sig, så skulle hon en dag se solen stiga och inse vem som var hennes själsfrände. Lika stark som hennes längtan var efter ödsligheten och vildmarken, lika stark var hans längtan efter henne. Det enda hopp han kunde finna i det var att kanske, bara kanske, om Hedda inte längre längtade efter det hon nu hade, så kanske hon skulle komma tillbaka till honom.

Kanske, bara kanske, så skulle hon äntligen bli hans för evigt.

8

Hedda klev utanför sin stuga, tog ett par steg bakåt och lät sig åtnjuta åsynen av det gamla stenhuset i morgondiset. Bakom stugan reste sig solen sakta och kastade ett nästintill magiskt sken över trädtopparna. Ur de två skorstenarna som stack upp bland grästuvorna på taket så steg röken stillsamt upp mot himlen. Det hade snöat under natten, men inte tillräckligt för att stoppa Hedda från att bege sig ner till staden för att träffa Estrid för första gången på över fyra månader. Trots att det var kallt nog för att hon skulle andas ut ånga, så frös hon inte det minsta. Hon älskade känslan av kylan som nafsade henne i kinderna och råheten i luften omkring henne. Hon var klädd i sina egna vinterkängor och sina egna vantar och mössa, men halsduken och kappan var hennes farmors. Innan hon vände på klacken för att börja gå nedför den snötäckta vägen, gav hon sig ro att insupa allt det vackra framför henne. Det var så enkelt, men ändå var det allt hon kunde önskat sig. Hon hade en ständig känsla av eufori i själen och för första gången på väldigt länge så upplevde hon inte att livet höll henne tillbaka. Bara att låta blicken vila på de stora stenblocken som fanns inmurade i den ljusa fasaden skänkte lycka till hennes inre. Hon längtade tills våren då växtligheterna på taket skulle få nytt liv och sträcka sina små skott mot solens omfamning. Hon längtade så innerligt efter att få gå ut på klippkanten, blicka ut över havet och höra Adina blåsa i vallhornet. Det fanns så mycket att se fram emot att hon nästan hade svårt att vänta. Det skulle bli middagar hos Sigurd och Adina, vilket alltid innebar lite historieberättande också. Det skulle bli ett första vårskri, något som Hedda inte hade tillåtit sig själv att göra sedan hon var barn. Det skulle bli första sättpotatisen att gräva ner och första rödbetan att dra upp. Första äpplet att plocka och första sockerärtan att äta. Hennes liv skulle bli komplett och fulländat på ett sätt hon aldrig tidigare hade upplevt. Framför henne låg inget annat än år av tid och ro till att tänka, uppleva och njuta. Hon hade aldrig varit ämnad för det vanliga livet, och för det tackade hon alla goda gudar hon inte trodde på.

Till slut så vände Hedda sig om och började gå längs med den branta vägen med ett milt leende på läpparna. I vartenda steg hon tog så hördes snön knastra och gnissla under hennes kängor. För stunden så hade vinden mojnat, så de högresta granarna omkring henne stod stillsamt och tryggt bland mossa, ljung och blåbärsris. Deras grenar var utsmyckade med gnistrande snö och här och där hängde långa tovor av grönvit skägglav.

Efter en stund passerade Hedda den smala skogsvägen som ledde in till vad Hedda trodde var den övergivna stugan. För många år sedan hade en gammal, snäll man bott där som tillägnat sitt liv åt upptäckandets konst. Han hade rest jorden runt och bekantat sig med främmande människor och deras kulturer, samt vandrat hundratusentals mil i okänd natur. Hedda hade inte förstått innebörden av deras relation förrän hon blivit äldre, men när hon var barn så hade hennes farmor och den gamla resenären älskat varandra i ordets alla betydelser. Trots att de båda två alltid hade bott kvar i sina egna stugor så hade deras hjärtan för evigt varit sammanflätade av kärlekens band. Sorgligt nog hade resenären mist sitt liv flera år innan Heddas farmor hade varit redo att följa efter honom ner i jorden, så de år som Hedda bodde hos sin farmor när hon var ung, hade stugan stått tom. Därför antog Hedda att stugan fortfarande var övergiven, och med största sannolikhet fallfärdig, om den inte redan hade rasat. Nyfikenheten lockade henne närmare, men eftersom hon inte ville bli försenad så beslutade hon sig för att inte besöka stugan förrän hon var på hemväg.

Det hon mindes allra mest av de gånger som hon hade fått följa med farmodern till hans stuga som barn var ett vindspel, och hon undrade om det fortfarande fanns kvar. Vindspelet hade resenären gjort själv som ett minne av sin avlidna hustru. Han hade tagit hennes gamla brudkrona med torkade myrtenblad och hängt både snäckskal och pärlor från världens alla hörn i kronan. Kanske var det farmoderns fascination för vindspelet som hade skapat gnistan mellan dem? Det var mer än Hedda visste, och i stunden så ångrade hon att hon inte hade ställt fler frågor när hon hade haft chansen.

Med ett styng av sorg i hjärtat fortsatte Hedda sin promenad medan hon lät sina tankar färdas fritt. Efter att hon gått tillräckligt länge för att ha kommit fram till hur många olika fröer hon kunde plantera första året, var hon till slut framme vid bänken framför lekplatsen där Estrid hade bett om att mötas. Vid det laget hade Hedda redan gått i nästan en och en halv timme, så hon var tacksam över att få sätta sig ner på bänken och iaktta glada småungar som sprang hit och dit i snön och gjorde sandiga snögubbar. När hon väl slog sig ner så var hon förvånad över att hon hade hittat dit så enkelt. Hon hade inte ens tänkt efter vart hon gått, utan helt förlitat sig på att hon kom ihåg vilka vägar som ledde till friluftsområdet.

När hon såg Estrid komma gåendes så ställde hon sig hastigt upp och gick emot Estrid med öppna armar. Äntligen fick hon se det där milda leendet hon hade saknat så, och kunde omfamna flickan en berättare endast kunde beskriva som hennes själsdotter.

"Åh, vad jag har saknat dig" utbrast Hedda när hon inhalerade flickans ljuva doft och kände hur Estrid till slut återgäldade kramen. Med en ton som nästan lyckades dölja att saknaden varit ömsesidig så svarade Estrid:

"Vi har ju pratat nästan varenda dag."

"Ja, men det är inte samma sak. Det förstår du väl?" sade Hedda och släppte slutligen taget om Estrid innan hon fortsatte:

"Hur är det med dig idag? Har du ätit frukost?"

"Ja, lite grann. Det är helt okej, bortsett från att det är söndag."

"Jag förstår, men nu är det inte så många veckor kvar till jullovet. Du får försöka använda det som motivation."

"Mm... ska vi gå?"

"Du visar vägen" svarade Hedda med ett leende och började sedan gå bredvid Estrid. När Hedda kastade en sista blick på lekplatsen så märkte hon att en ung pojke som satt på en av bänkarna följde Estrid med blicken. Trots att det var svårt att se på flera meters avstånd och under en mössa och vinterjacka, så såg han inte ut att vara många år äldre än Estrid, och Hedda kunde inte låta bli att fråga:

"Har du märkt att den där killen tittar på dig?" Estrid såg över axeln och konstaterade vem det var i tystnad, innan hon sedan vände blicken ner på marken framför sig igen och sade:

"Ja, han är typ alltid här med sin lillebror."

"Har ni pratat med varandra?"

"Nej, varför skulle vi det? Kan vi prata om något annat nu, tack?" sade Estrid med något vass ton och ökade steget.

"Okej, hur har natten varit?" svarade Hedda och gjorde sitt bästa för att verka oberörd.

"Den har varit bra, jag sov hela natten."

"Bra… Du vet väl att du fortfarande kan ringa mig när som helst, även om det är mitt i natten? Jag vill inte att du försöker vara snäll och sen inte säger om du har haft mardrömmar igen…"

"Jag vet, men natten har varit bra. Jag lovar."

"Då får jag tro på det, men jag hoppas att du inte känner att du inte kan berätta om…"

"Men för i…" utbrast Estrid och stannade tvärt. Hon vände sig mot Hedda och sade strängt:

"Du vill väl inte att jag frågar om Zaafir eller om dina föräldrar eller ens om hur du mår? Eller hur? Och jag respekterar det, så då kan väl du vara snäll och respektera att ibland så mår jag faktiskt bra och har ingenting att gråta över. Du kan inte klämma tårarna ur mig!"

"Okej! Förlåt mig, då. Jag menade aldrig att pressa dig… vi kan prata om precis vad du vill" sade Hedda och började sakta att gå framåt igen.

"Måste vi prata överhuvudtaget?"

"Nej, självklart inte."

"Bra" svarade Estrid bestämt innan även hon till slut började gå igen.

De gick i över en timme utan att yttra ett enda ord. Istället för att tala så nöjde de sig med att få vara nära varandra och i tysthet vältra sig i vinternaturens lugn. När de till slut hade kommit till friluftsområdets parkering där de skulle skiljas åt så vågade Hedda ta till orda igen och sade:

"Även fast vi inte pratade, så tyckte jag det var väldigt trevligt att få träffa dig igen, och innan vi säger hejdå så tänkte jag bara fråga vad dina planer är kring jul. Jag vet att det blir din första jul här och jag vill vara säker på att den blir så mysig och härlig som den kan bli."

"Med tanke på mina tidigare erfarenheter av jul så har jag inte särskilt höga krav, så det blir nog bra oavsett vad. Jag hade inte tänkt göra något speciellt, utan bara stanna hos Tora och Stina och katterna. De ska inte åka någonstans, så jag tror att det kommer att bli bra." svarade Estrid som efter promenaden tycktes ha släppt all sin tidigare frustration över Hedda.

"Då så, det låter bra. Om du vill så får du självklart komma till mig någon dag då också, men det behöver du inte svara på nu, utan det tar vi senare. Nu vill jag ha en kram av dig" sade Hedda och drog in Estrid i sin famn innan hon fortsatte:

"Du får allt lova mig att ta det försiktigt hem och så hörs vi imorgon om du vill. Jag älskar dig."

"Jag ska ta det försiktigt när jag går på grusade trottoarer i ett upplyst samhälle, jag lovar. Hej då, Hedda." sade Estrid roat när hon drog sig ur omfamningen och långsamt började backa därifrån.

"Hej då, hjärtat. Vi ses snart igen."

"Visst, visst." Estrid vinkade när hon vände sig om innan hon försvann nedför trottoaren och Hedda gick iväg åt motsatt håll.

Aldrig skulle väl en annan människa kunna förstå hur eller varför den unga flickan hade en så stark koppling till Hedda, och vice versa. Därför var det tur att ingen annan behövde förstå det. Det enda någon behövde se, var att de älskade varandra likt mor och dotter, och att det var det enda som spelade någon roll. Allt annat var irrelevant, så var det bara.

9

Torgny stod vid diskbänken i sitt lilla kök och sköljde av en tallrik medan hans blick var fäst vid de snötäckta träden utanför hans köksfönster. Det hade kommit flera centimeter snö under natten, som förväntat, och han undrade om han skulle vara tvungen att skotta undan för hjulen när han skulle iväg med bilen. Han hade tillägnat hela förmiddagen med att stoppa upp en hermelin åt en av sina yngsta kunder. Det var bland det pillrigaste han gjort under alla sina år som konservator, men det skänkte honom ändå ro i själen att få arbeta. Eftersom han hade spenderat hela dagen inomhus så var hans plan att ta bilen ner till friluftsområdet. Han hade redan packat en liten matsäck till sig själv som stod redo att tas med i hallen. Det var lite märkligt även för honom själv att han kände sig så dragen till lekplatsen, men det var något med att se små barn leka ute i friska luften som kunde få även den bittraste gamla gubbe på gott humör. Därför försökte han inte överanalysera sitt beslut, utan gladdes istället över att även någon som var så ensam som han hade hittat ett nöje i livet som inte innefattade varken kvinnfolk eller arbete. Dessutom så hade vissa utav barnen redan börjat känna igen honom och sprang ibland fram för att säga god dag, så det vore grymt mot de små barnen att inte dyka upp.

I samma stund som han ställde den sista rena disken i diskstället och torkade sina händer på den sträva kökshandduken, så hoppade han till av att någon knackade på dörren. Under de år som han bott i stugan så hade aldrig någon knackat på om det inte varit ett förutbestämt möte. Medan tusen tankar snurrade runt i hans sinne om vem det kunde vara, så gick han på stela ben genom köket och ut i hallen där han tveksamt öppnade dörren. Framför honom uppenbarade sig en gräsligt ful kvinna med hår lika svart som djävulskorparnas fjäderdräkt och med hud som inte verkade kunna bestämma sig för om den ville vara ljus eller mörk. Hennes kropp såg han inte mycket av under den långa, slitna yllekappan hon bar, och trots leendet som fanns på hennes mörkröda läppar så fick det inte hennes bruna ögon att se mindre fientliga ut. Kölden hade bitit henne i kinderna, men det fick henne inte att se söt ut, som det borde, utan hon såg snarare bara ansträngd ut. Inget smink hade hon bemödat sig med att måla på och ögonbrynen var nästan lika ovårdade och buskiga som hans egna. Han suckade djupt men beslutade sig för att inte låtsats om hennes ohygglighet. Han sade med raspig stämma:

”Jaha, god dagens.”

”Hej! Ursäkta att jag stör, men jag bodde här för några år sedan. Inte här direkt alltså, men uppe på klippan, och för några dagar sedan så flyttade jag hit igen. Jag var tvungen att gå hit och se hur det såg ut nu, jag trodde det var övergivet…” Torgny avbröt henne innan hon hann fortsätta:

”Jaså, så då var det alltså en flyttbil jag såg häromdagen. Ja, då är det väl bara tillbörligt att jag presenterar mig. Torgny heter jag.” Han räckte fram en fårad hand till den avskyvärda kvinnan och så snart hon hade fått av sig sin högra handske så kände han en förvånansvärt len hand i sin. Hon sade:

"Trevligt att träffas, Torgny. Jag heter Hedda."

"Jaha, ja... och lilla fröken tyckte det verkade som en god idé att flytta ut hit mitt i karga vintern, förstår jag?"

"Ja, jag tyckte det var dags att komma hem," svarade Hedda och skrattade lågmält. Torgny återspeglade inte hennes leende, istället bara han muttrade:

"Jaja..." och såg på henne med vad han visste var en föga smickrande blick.

"Jo, som jag sade så var jag bara tvungen att titta förbi. Senast jag såg det här stället var stugan övergiven och jag blev så nyfiken på att se hur det såg ut nu. Jag ser att vindspelet fortfarande hänger där det alltid har gjort."

"Ja, det fick hänga kvar när jag flyttade hit för några år sedan, men det är också nästan det enda som jag inte gjort om. Jag skulle egentligen iväg, men om fröken hemskt gärna vill se stugan så får hon lov att stiga på." Torgny tog ett steg åt sidan och gestikulerade åt henne att komma in. Kanske var hon inte så förskräcklig som han först hade trott, tänkte han. Hon hade trots allt en väldigt behaglig röst, och det var länge sedan han hade haft kvinnobesök senast. För en sekund så trodde han att hon var på väg att kliva in, men sedan lade hon vikten bakåt igen, skakade lättsamt på huvudet och sade:

"Tack så mycket, men jag vill inte störa. Jag ville bara se om det fortfarande var övergivet, och det gläder mig att se att så inte är läget. Kanske kan jag komma in någon annan gång?"

"Jaja, det gör du som du själv vill med. Jag är nästan alltid hemma, och kommer jag inte och öppnar när du knackar på så sitter jag i mitt arbetsrum, då är det bara att stiga på och ropa efter mig. Fröken behöver inte vara det minsta blyg med mig. Gud vet att jag kan behöva lite sällskap då och då." När han lät ögonen vila på hennes ansikte igen så verkade det inte längre så groteskt, och han undrade hur hon kunde tänkas att se ut under kappan. Hon såg lite mager ut om kinderna, men kanske var hon rund och mjuk där hon skulle. Han lade märke till att hon under tiden som han talat haft blicken fäst vid någonting bakom honom, men allt som fanns på väggen där var rödrävsskinnet som hängde uppspänt mellan fem spikar. Det var den finaste räv han någonsin skjutit, i tjock, fluffig vinterskrud och med en ljuvligt rödbrun färg på pälsen. Skinnet hade hängt med i alla femton år som hade gått sedan han skjutit räven, och ännu såg den nästan dagsfärsk ut. Kanske beundrade hon den bara, tänkte han när han såg henne dra blicken därifrån. Hon såg ner på trägolvet under sina skor innan hon sedan mötte hans blick igen och sade:

"Det är bra att veta. Jag ska nog ta och bege mig hemåt nu, men du får ha en fortsatt trevlig helg, så kanske vi ses någon gång."

"Jaja, det låter fint. Hej på dig," sade Torgny lågmält och iakttog hur Hedda därefter gick nedför de två trappstegen som ledde upp till ytterdörren och med raska steg började gå därifrån. Visst såg hon ändå ut att dölja en gullig, liten figur under den där kappan? Baken som skymtades under det tjocka lagret av ylle kunde nog faktiskt vara en ärtig sak. Inte särskilt omfångsrik kanske, men nog för att förgylla en gammal skogskufs vardag.

Kanske var det inte så illa att få nya grannar ändå.

10

Hedda ryste från märg till ben och kände håren resa sig i nacken när hon med långa kliv lämnade Torgnys stuga. Det idylliska barndomsminnet hon hade av det gamla fiskartorpet var ersatt av åsynen av skallar och hudar vart än hon hade låtit blicken vila. I mitten av alltsammans hade den gamla stofilen stått och sett på henne med en blick som tycktes vilja sluka henne levande. Likt färg som förtorkat och börjat flagna så kände hon inom sig hur en liten bit av det som varit färggrant och vackert med hennes barndom föll ur målningen och trampades ner i jorden. En spillra av ett krossat paradis stack hål på hennes bubbla och tvingade bort känslan av eufori ur hennes själ. Det gjorde egentligen inte henne ångerfull eller mindre lycklig att se fiskartorpet bli bebott av någon som Torgny, men det var någonting hon inte hade väntat sig, och det var en ovälkommen överraskning. Visst förstod hon att hon inte hade någon rätt att bli upprörd över vem som bodde var, men den del av hennes hjärta som ville få ha sitt hem som sin helgedom, kände sig sårad. Som tur var så kunde hon åtminstone trösta sig själv med att skogen var stor nog för alla. Sannolikheten att hon skulle behöva möta orsaken till sitt brustna paradis på sina strövtåg var oerhört låg. Det var större chans att hon råkade på hans slaktavfall än honom själv. Kadaver, hur vedervärdiga de än kunde vara, ville henne åtminstone inget ont.

När hon nästan hade nått ända fram till vägen som ledde till farmoderns stuga, så hörde hon någon väsa och flåsa bakom henne. Hedda vände sig om och fick se Torgny springa, eller snarare halta, fram emot henne. Iförd inget mer än sina jeans, en stickad tröja och ett par gummistövlar så tog han sig allt närmare och ropade andfått:

"Fröken, vänta!" I vänsternäven höll han vad som såg ut som en bit papper som han räckte fram åt henne när han kom tillräckligt nära för att kunna stanna. Han flåsade våldsamt en kort stund innan han till slut drog efter andan och sade:

"Jo, det är som så att jag arbetar som djurkonservator. Vet fröken vad det är?"

"Ja, då. Min far är jägare och har varit storbonde i många år, så jag vet vad det är. Jag förstod faktiskt att det var det du höll på med när jag såg alla troféer."

"Jaså, ja... där hör man. Jo, i alla fall så om fröken kanske har några vänner som jagar eller så kanske det till och med är så att fröken själv jagar, och ni skulle vilja få riktigt fina troféer, så kan du väl ta mitt visitkort här, så kan ni ringa mig. Jag lärdes upp av min far och jag har gjort det här i hela mitt liv. Det finns ingenting jag inte gör; hela kroppar, huvuden, skallar, hudar, fåglar som både flyger och sitter. Hela skelett och fiskar är det sällan jag gör, men jag har kunskapen om så skulle behövas. Jag och min far har arbetat åt både skolor, museer och civilpersoner, likväl som vi vid några enstaka tillfällen har hjälpt till att bevara arkeologiska fynd. En gång fick jag till och med äran att föreviga ett missbildat föl åt ett par veterinärstudenter. Jag har gjort det här i en herrans massa år och jag har ännu inte tackat nej till ett uppdrag. Det finns inga djur jag inte gör och i kostnaden så ingår givetvis troféplattan samt säker hänganordning. Om det är en helkropp med naturinslag på plattan så tillkommer en extra kostnad."

Torgny såg på henne med stolthet i blicken och höll fram visitkortet ännu lite närmare Hedda. Istället för att ta emot det så stoppade hon händerna i fickorna och sade med en så vänlig röst hon förmådde uppbåda:

"Nej, tack. Jag är emot allting som ditt arbete symboliserar, så det skulle inte vara mycket lönt för dig att ge mig det där kortet. Du får behålla det." Stoltheten som gått att se i Torgnys blick förbyttes genast till skam. Han drog tillbaka handen med kortet och blickade ner på den snötäckta marken medan han muttrade:

"Jaha… Ja, då har vi nog inget mer att säga varandra."

Torgny vände sedan tvärt om och återgick till sin stuga. Hedda gjorde detsamma och började gå uppför vägen genom det snöhöljda landskapet. När hon väl var framme vid det gamla stenhuset så var hon andfådd av klättringen. Innan hon gick in så lättade hon sig i skogen, samt bar in mer ved och en hink med vatten. Drygt en timme senare hade mörkret återigen erövrat ljuset och lagt sig som en svart slöja utanför fönstren. Hedda satt vid det laget i gungstolen framför brasan och bläddrade igenom en av de böcker som hennes farmor hade kallat "botaniska biblar". Här och var hade farmodern gjort sina egna små anteckningar bredvid bilder och beskrivningar av vild flora. Även på växter och blommor som det stod var giftiga hade hon skrivit i kanten om de smakade beskt eller sött. Hur hennes farmor hade fått tag på alla dessa växter var bortom Heddas förståelse, men med tiden hade hon lärt sig att vissa frågor var det inte värt att ställa.

I mitten av boken låg ett recept som var nedskrivet på ett gammalt brevpapper. Receptet var en utförlig beskrivning av hur farmodern hade gjort sitt maskrosvin. Hedda hade fått smaka på vinet två gånger i sitt liv, bägge gångerna hade hon sett i kors i tre timmar efteråt. Hon bläddrade vidare i boken och fann en teckning av svalört. Författaren av boken hade givetvis beskrivit svalört som ogräs och oätlig, medan farmodern i nederkanten av sidan hade skrivit: *"Kul att koka och inhalera, eller att bunta ihop och röka. Bringar härliga hallucinationer. (Jag har aldrig tidigare sett så många regnbågar på en och samma himmel förut). Saven kan användas till orange färg. Smakar hemskt äckligt."*

Hedda log roat och bläddrade vidare. På nästa sida fanns ett kortfattat uppslag om brännässlor. Där fanns all den vanligaste informationen om brännässlor som ogräs, hur aloe vera kunde hjälpa om du hade bränt dig, samt ett enkelt recept på nässelsoppa. Överst på sidan stod farmoderns anteckning: *"Soppan smakar uselt. Den behöver mer kryddor. De små nässlorna som växer på Adinas och Sigurds skithög smakar bäst och bränns minst."*

Hedda mindes med kärlek i hjärtat de gånger hon hade följt med sin farmor till Sigurds och Adinas gård för att plocka nässlor vid gödselstacken, och hur de alltid hade ätit nässelsoppa till middag efter att ha trampat omkring barfota i skiten. Hon fortsatte bläddra och fann ännu ett brevpapper med farmoderns beskrivning på hur hon gjorde absint på malört, fänkål och anis. På baksidan av pappret hade hon skrivit ned alla de örter hon tyckte blev bäst som extra smaksättning, och i vilka olika sammansättningar de skulle användas. Hedda kunde bara minnas sig ha fått smaka på farmoderns absint en enda gång, när hon var sjutton. Då hade farmodern smaksatt drycken med mynta, citronmeliss och koriander, och hade för Heddas skull destillerat den tre gånger om. Hedda hade inte behövt få smaka någon mer gång för att veta att hon tyckte det smakade vidrigt.

I boken där farmodern hade lagt sitt absintrecept så fanns det två hela sidor tillägnade just malört, men eftersom farmodern tydligen inte hade hat något att tillägga så bläddrade Hedda vidare tills hon fann en beskrivning av nattljus. Där hade farmodern skrivit längs med vänsterkanten av sidan: *"Att mortla fröna och göra dekokt är alldeles för komplicerat. Bättre att äta hela växten i en sallad, men inte sticklingarna! Annars dör växten ut. Rötterna går att koka och ha i en soppa, föredragvis med något som neutraliserar den starka smaken, till exempel morot eller potatis."*

På andra sidan stod det om pepparrot, där hade hon skrivit i högerkanten av sidan: *"Rök fisk i bladen och ät alltsammans. Rötterna rivs och kokas till stärkande dryck vid feber eller hösttrötthet. Rötterna kan också torkas och malas till krydda."*

Därefter stod det på nästa sida om mjölkört. Där hade farmodern klottrat sina anteckningar på varenda tom liten yta. Utmed samtliga kanter och till och med mellan vissa utav raderna hade hon skrivit: *"Rallarros låter finare. Underskattad planta. Botar svampinfektioner i magen och munnen, samt underlättar plötsliga kostförändringar. Mortla bladen tillsammans med hallonblad och drick som te under menstruation. Undvik förtäring av stora mängder vid graviditet då den är sammandragande, används därav fördelaktigt om ongen är sen ut. Kan användas som dekokt tillsammans med färsk salvia om modern vill sluta amma. Skrapa ur stjälkmärgen och använd som redning av såser. Roten smakar beskt men blir god i soppa med kokosmjölk och sötpotatis. Tidig vår plockas skotten och äts i sallad eller grytor, då är den som vildmarkens sparris."*

Hedda visste att det säkert fanns fler än femton böcker som farmodern hade lusläst och klottrat i under långa, ensamma kvällar i stugan. Desto fler sidor hon bläddrade förbi i boken, desto större förståelse fick hon för hur farmodern hade stått ut i alla sina år av ödslighet. Hon hade varit en mycket mer social varelse än Hedda någonsin varit. Det hade varit att ljuga för sig själv om hon påstod att hon aldrig hade undrat över huruvida farmodern någonsin hade önskat att hennes liv sett annorlunda ut. Hedda visste att farmodern hade trivts bland det karga och det vilda, men kanske hade hon längtat efter mer. Hon hade trots allt förlorat sin make efter endast några få års tid tillsammans, och sitt enda barn hade lämnat henne samma dag som han fyllt nitton. Visst hade hon haft sina växter och sina plantor. Visst hade hon haft Adina och Sigurd. Visst hade hon på ålderns höst hittat sin sista kärlek, sin resenär. Visst var allt det underbart, men Hedda kunde ändå inte låta bli att fundera över om farmodern verkligen hade tyckt att det var tillräckligt.

Hedda bläddrade sakta framåt i bokens spröda, gulnade sidor. Hon läste vissa anteckningar noggrant och andra lite förstrött. På en av de sidor som hon läste noggrant stod det om groblad, farmoderns anteckning löd: *"Vildmarkens spenat. Används till grötomslag för mindre sår. Dämpar inflammation. Kan verka smärtlindrande och sammandragande. Droppa växtsaften i infekterade sår för snabbare läkning. Vid milda andningsbesvär gör grobladssirap och drick med varmt vatten, (se recept). Senorna i stjälkarna blir till bra snören att bunta hop sånt som ska rökas, om de flätas. Samla in fröna från fröstjälkarna och använd i matbröd."*

De sista tio sidorna i boken bestod av kortfattade beskrivningar av olika bär, givetvis hade farmodern skrivit ner sina tillägg även där. Under ett stycke om aroniabär hade farmodern skrivit: *"Smakar förfärligt sura innan de blivit frostnupna. Tillräckligt mycket björksocker så blir bären en god sylt. Blanda gärna i slånbär i syltkoket, då även dessa bär är så gott som oätliga före frosten."*

Vid sidan om en beskrivning av enbär hade hon skrivit: *"Enbär är faktiskt hopväxta kottar, inte bär (säg mig ett bär som tar tre år på sig att bli ätligt), men de används och tillagas som bär ändå. Tillsammans med smultron, jordgubbar, blåbär och en väl tilltagen mängd björksocker blir enbären till en smaklig marmelad. Koka gärna in enens barrskott i marmeladen istället för att använda pektin, så blir marmeladen tjock och go."*

Mellan de två sista bladen i boken låg ytterligare ett par brevpapper, varav det ena var farmoderns recept på grobladssirap, och det andra var hennes recept på hagtornsglögg. Hedda läste recepten flera gånger om innan hon till slut lade igen boken med varsamhet. Hon stirrade in i elden som blivit till glödbädd, det var dags att lägga in mer ved igen.

En hel vinter låg framför henne, och tur var väl det. Hur annars skulle hon ha ro att läsa farmoderns alla gamla böcker och recept och små anteckningar? När våren väl kom skulle hon ha fullt upp med att sätta all denna kunskap i användning.

Hur många år skulle det ta henne att bli lika självständig som farmodern hade varit? Hur många år skulle det ta henne att lära sig lika mycket om skogens, fjällens och kustmarkernas flora och fauna som farmodern hade vetat? Dessa två tankar spred sig inom henne likt den mäktiga granens alla rötter.

Tankesspridd och förväntansfull gick hon till sängs senare den kvällen med ett milt leende på läpparna. Medan hennes sinne svävade högt bland gullvivor, sommarvioler och kärleksörter, så trängdes all vånda hon möjligtvis hade kunnat känna undan för att göra plats för lyckan. Lyckan över att vara fri, att vara varm och trygg och ensam i stugan på klippan där brasan knastrade ljuvligt i järnspisen och där snön sakta hade börjat falla ner från himlen igen.

Det dröjde inte länge innan hon sov djupt och hon i drömmarnas värld vandrade från äng till strand, och från skog till klippa. Vid hennes sida fanns en ständig följeslagare i skepnaden av en gammal kvinna. Vacker som en vind var hon, med alla sina rynkor och leverfläckar. I vartenda andetag kände Hedda doften av lavendel och rosmarin, och när hon såg på skepnaden möttes hon av ett varmt, kärleksfullt leende.

11

Julen hade äntligen anlänt och bringade några få dagars vila till de som behövde den som mest. Estrid var utan tvekan en av dessa arma själar som bar på ett konstant inneboende behov av lugn och ro. Himlen var grå ovanför henne när hon gick uppför den branta backen som ledde till Heddas stuga. Julaftonen hade hon spenderat med sin moster och sin kusin framför tv-skärmen, där gamla barnfilmer hade spelats oupphörligt hela dagen och ett överflöde av godsaker hade dukats fram på det lilla soffbordet. Inga gäster hade varken kommit eller gått och Estrid hade kunnat gå klädd i sin pyjamas hela dagen. Det hade varit stillsamt och långtråkigt, men utan tvekan var det den bästa jul hon någonsin hade haft. I julklapp hade hon fått en dagbok att skriva i och en liten ritbok att skissa i, för som hennes moster hade sagt, så behövde alla skolbarn något att göra på lektionerna, medan lärarna hade fullt upp med att försöka tjata in kunskap i de ungas sinnen. Klapparna hade varit inslagna i ett par slitna tygstycken och hade inte haft någon fin rosett på sig, men för Estrid hade de varit alldeles perfekta.

Estrid hade fått skjuts av sin moster så långt vägarna hade varit skottade, men när den snäva avfarten in i skogen hade kantats av en halvmeter hög snödriva, så hade Estrid fått kliva ur och förlita sig på sina ben. Hedda hade bara beskrivit vägen för henne och sagt att hon skulle möta henne, men efter att Estrid hade pulsat uppför den slingriga vägen i vad som kändes som en halv evighet, så började hon ge upp hoppet om att Hedda skulle komma. Hon var fortfarande osäker på om hon verkligen hade tagit rätt beslut när hon gått med på att komma till Hedda på juldagen och sova över hos henne. Trots hennes tvivel hängde dock en ryggsäck med de nödvändigaste tillhörigheterna på hennes axlar, och i sina behandskade händer bar hon en plåtburk med en liten del av gårdagens överblivna sötsaker att bjuda på. Det var förmodligen en ganska dålig idé, men som tur var så var det inte en tillräckligt dålig idé för att få henne att vända.

Estrid gick genom det snöhöljda skogslandskapet tills hon nådde den lilla stugan högst upp på klippan. Hade inte den ljusblåa dörren funnits där hade Estrid knappt ens sett stugan med den vitputsade fasaden och de stora stenblocken. Ur de två skorstenarna steg röken upp mot det trista himlavalvet och bakom magra björkar och tjocka tallar och granar hördes bruset från havet. Det var ett ljuvligt ljud som fyllde själen med näring, men Estrid hade blivit så van vid det att hon knappt ens lade märke till det längre.

Hon stannande några meter framför stugan och insöp all ro som vilade kring stugan. Vart än hon vände blicken fanns vildvuxen skog i vinterdvala och på marken syntes fotspår i snön från någon som gått kors och tvärs mellan stugan, det lilla vedskjulet till höger och jordkällaren, vars ingång låg i en jordsänka till vänster. Estrid stod mellan två stora stenar som markerade trädgårdens gräns, framför bägge stenarna brann ljusmarschaller. I samma stund som hon lyckades samla tillräckligt med mod för att ta ett steg framåt så flög den ljusblåa dörren upp och i gläntan uppenbarade sig Hedda. Hela hennes ansikte sken upp likt solen när hon fick syn på sin själsdotter. Hon vinkade till Estrid och utbrast:

"God Jul, kära vän. Kom in nu. Skynda dig på, det är kallt ute." Estrid tog några långa kliv och var snart inne i den omhuldande värmen inne i stugan. Medan Hedda hjälpte henne av med ryggsäcken och jackan så sade hon upprört:

"Förlåt mig så otroligt mycket för att jag inte kunde komma och möta dig. Av någon anledning så vaknade jag mycket senare idag än vad jag brukar, så när jag väl var vaken så var jag tvungen att få fart på brasorna så jag kunde börja laga mat. Hade du inte kommit snart så skulle jag givetvis sprungit ut för att möta dig, men jag hann inte. Förlåt mig."

"Det är lugnt. Det var inte svårt att hitta, precis som du sade. God Jul, förresten", svarade Estrid och höll fram kakburken till Hedda. Hon tog emot burken och kramade om sin själsdotter medan hon sade:

"Åh, tack, snälla du. Du får gärna låna ett par sockar som ligger där…" Hedda släppte taget om Estrid och gestikulerade ner mot en korg med yllestrumpor som stod på golvet.

"Golvet är så dragigt här och det blir så kallt om fötterna. Jag vill inte att du får ont ikväll."

"Tack, jag kanske lånar ett par senare."

"Ja, ja. Det gör du som du vill. Men nu får du ta och komma in och sätta dig här vid matbordet. Jag har försökt att göra det så mysigt som möjligt, men att dekorera har aldrig varit något jag varit särskilt bra på." Hedda vände hastigt på klacken och återvände till spisen där grytor och kastruller tycktes kämpa om det lilla utrymme som fanns. Dofterna som nådde Estrid var lockande, men hon kunde inte avgöra exakt vad det var. Hon satte sig ned på ena stolen och hörde den knaka under hennes tyngd. På bordet framför henne låg en mörkröd duk som pryddes av små tomtar, och i mitten stod några glittrande änglar av stål och gnistrade i det svaga skenet från de brinnande ljusen. Estrid såg sig omkring i den gamla stugan och letade efter mer julpynt, men bortsett från en yvig grankvist som hängde från gardinstången över köksfönstret så tycktes stugan vara naken. Trots frånvaron av glitter, girlanger och stjärnor så var Heddas hem mer ombonat än Estrid hade väntat sig. Hon lät blicken vila på den stora drömfångaren som hängde på ena väggen. Det var en fascinerande, udda skapelse. På enstaka ställen i nätet fanns stora hål, som om någon hade klippt loss små delar av den. Estrid kunde inte veta varför, men hade hon gjort det så hade hon varit tacksam. Hedda hade klippt bort samtliga skelettbitar och lagt ner dem i skogen igen, där de hörde hemma.

I samma stund som Estrid öppnade munnen för att fråga vem som hade gjort drömfångaren, så hördes en knackning på dörren och sekunden senare klev två främlingar in. Hedda vände sig hastigt om och sade lågmält till Estrid:

"Jag bjöd in mina grannar, de har känt mig sedan jag var barn. Jag hoppas det är okej." Estrid log vänligt som svar, men ville helst fly därifrån. Hon hade förväntat sig att det bara skulle vara hon och Hedda, och hon var inte det minsta angelägen om att lära känna någon annan. Estrid vred på huvudet och iakttog hur Hedda gick iväg för att möta sina gäster. Paret som kom in genom dörren var förmodligen två av de mest unika människor som Estrid någonsin hade sett. Bägge två var klädda som om de nyss anlänt från en annan tidsålder. De fick Estrid att känna sig som den normala i rummet, och det var en mycket ovanlig känsla för henne. Utan att egentligen veta, så var Estrid övertygad om att de säkerligen var över åttio år gamla. Kvinnan hade ett grånat, magert ansikte och en lång, silvrig fläta som föll ner över hennes högra axel. Istället för en jacka så bar hon en stickad rutponcho ovanpå sin gråa skjorta, och från hennes höfter hängde en mörkbrun kjol som var lång nog för att släpa med sig snö in i stugan. Hon log milt och i hennes grumliga ögon så var glädjen genuin när Hedda steg fram till henne och omfamnade henne. Hon knöt loss sjalen som hon haft runt huvudet istället för en mössa och hängde upp den på en av krokarna, medan hon sade:

"God Jul på er! Vad trevligt att vi fick komma. Sigurd här har med sig potatisgratängen jag har gjort, som lovat." Adina tog över den vita gratängformen och räckte den åt Hedda som tackade. Sedan hjälpte hon sin make av med hans hatt, halsduk, kappa och skor innan hon varsamt placerade sin hand på hans arm och sade med den vänaste röst Estrid någonsin hört:

"Sigurd, älskade... minns du vem Hedda är?" Den långe, gamle mannen hade dittills bara stått i hallen med frånvarande blick och ett orörligt ansikte, men när Adina tilltalade honom så lyfte han blicken till Hedda, bugade försiktigt och sade med skrovlig röst:

"Jo, visst, jo visst. Visst minns jag lilla fröken Hedda, vad hon har blivit vuxen. Jag trodde jag sade åt dig när du var äna´ litta´ barnonge´ att du inte fick stå på skithögen i regnet. Då skulle du växa för fort! Se hur det blev med det!"

"Se, jag tror att jag har vuxit i alldeles lagom fart, förstår du. Det kanske är Sigurd som blivit för gammal för fort. Men God Jul på er båda två, i alla fall. Kom in bara, maten är nog färdig snart. Kanske är den till och med ätlig", sade Hedda och skrattade lågmält medan hon vände sig om för att gå tillbaka till köket.

"Det här är Estrid, förresten… men, kära Adina, vad är det?" I hallen stod Sigurd med armen om sin hustru och gjorde tafatta försök att trösta henne. Adina hade börjat snyfta i samma stund som Hedda hade vänt sig om. När Hedda ställde ifrån sig gratängformen och tog några steg närmare det gamla paret så satte Adina upp händerna avvärjande framför sig och sade:

"Åh, inte ska ni bry er om mig. Förlåt mig att jag gråter så här, nu när det är jul och allt… jag kunde bara inte hålla tillbaka tårarna när Sigurd kände igen dig. Jag blev så lycklig. Du förstår… minns du det jag sade om att ålderdomen har drabbat min käraste väldigt hårt?" Hedda nickade och Adina fortsatte:

"Jo, han har nog varit sjuk längre än jag har förstått, men för ett par år sedan så diagnostiserades han med demens. Desto längre tid som gick, desto mindre mindes han. Vi kunde sitta och titta i våra gamla fotoalbum, och hela tiden så pekade han på foton på sina egna släktingar och undrade vilka de var. För några veckor sedan så vaknade han och kom för första gången inte ens ihåg vem jag var. Hela vårt liv tillsammans var borta. Det kändes förfärligt, och jag visste inte vad jag skulle ta mig till…" Adina tog ett djupt andetag för att samla sig och fortsatte sedan tala medan hon och Sigurd långsamt rörde sig längre in i stugan för att till slut sätta sig ned vid matbordet.

"Men signa Gud för att jag har mina systerbarnbarn. De hjälpte mig använda internet för att leta fram sätt att hjälpa demenssjuka, och det är fortfarande ett under för mig hur allt det där fungerar, men tänk att de lyckades hitta flera studier på hur kosthållningen kan påverka sjukdomsförloppet. Vi har träffat så många läkare, och alla har sagt samma sak om och om igen. Det finns inget vi kan göra för att hjälpa honom. Det finns inget sätt att hindra det. Det går inte att tillfriskna från demens, oavsett vad man gör. Jag ska aldrig ta råd från internet. Ingenting kan jag göra, säger de allesammans. De säger att det är lönlöst, och i bästa fall så skickar de hem oss med ett nytt läkemedelsrecept att ta till apoteket. Men jag kunde inte, jag ville inte leva på det sättet. Jag hade förlorat den jag älskar allra mest, och jag visste att jag skulle ge vad som helst för att få honom tillbaka. Så när jag läste igenom alla dessa studier och vetenskapliga artiklar som mina systerbarnbarn hittade, så kände jag ett litet hopp. Kanske skulle det åtminstone inte bli värre för honom. Men det var inte lätt att förstå sig på det jag läste, må ni tro. Det var det mest motsägelsefulla jag någonsin träffat på. Alla var de överens om att animaliskt protein och animaliskt fett förvärrade situationen och snabbade på sjukdomsförloppet, men samtidigt påstod de att fisk, vitt kött och till och med mjölkprodukter var bra. Hur kunde det gå ihop sig, tänkte jag. De betonade vikten av att få i sig tillräckligt med vitamin B12 och omega tre, eller snarare DHA, fettsyran som är så avgörande för hjärnans funktioner. Men deras motsägelsefulla argument var så ologiska, att jag låg vaken hela nätter och försökte förstå mig på det hela. Påståendet att vi skulle behöva äta kött och mjölkprodukter för att få i oss omega tre och B-vitaminer är urlöjligt. Alla bönder som känner jorden de odlat i vet att det inte är djuren vi äter som naturligt producerar B12 i sina kroppar, utan det är mikrober i myllan som skapar B12. Varför skulle vi annars häva i våra landbruksdjur B-vitamintillskott? Hade djur kunnat producera alla nödvändiga vitaminer självmant, så skulle vi människor också kunna göra det, eftersom vi också är djur. Dessutom, så om människor fortfarande förvarade vår mat i gropar i jorden, och inte hade tillgång till rent vatten, och skulle vi inte använda bekämpningsmedel som utplånar hela ekosystem, så skulle vi enkelt få i oss B12 utan problem. Och tanken att vi måste äta fisk för att få i oss de essentiella fettsyrorna, är också helt befängd. Anledningen till att det finns omega tre i fiskarnas muskelvävnad är för att de äter alger, som i sin tur producerar omega tre och sex. Så om jag nu ville ge min man de allra bästa förutsättningarna för att kunna må lite bättre, och kanske till och med minnas mig, varför skulle jag då ge honom animaliskt protein och animaliskt fett, när alla studier hade bevisat att det inte skulle göra honom friskare, utan snarare sjukare? Det var frågan jag ställde mig själv, och till slut så beslutade jag mig för att pröva att bara ge honom grönsaker, frukt, nötter, frön, bär, baljväxter, rotfrukter, gryn och algolja eller algpulver. Det kändes helt galet i början. Varenda måltid fattades ju det där som vi i alla år hade producerat och sålt till andra. Jag började givetvis äta allt det som han åt, och jag trodde att vi båda skulle magra av och svälta till döds. För det var det vi växte upp med. Mjölken, äggen och köttet var det som fick folk att överleva. Det var vad vi fick höra hela vår uppväxt, och det var vad vi tog med oss in i vårt arbete som lantbrukare och matproducenter. Så ni förstår väl hur jag häpnade när jag efter endast en vecka började se små, små förändringar hos honom. Han började le åt mig efter fem dagar. Efter nio dagar strök han min bak för första gången på ett och halvt år, och efter femton dagar mindes han vem jag var igen. Han har inte glömt mig sedan dess."

Gråten hade stillnat en kort stund medan hon hade talat, men nu vällde tårarna upp i ögonvrån igen och hon såg på sin man, strök honom över kinden och lät de falla. Hon fortsatte med sin ljuva stämma:

"Efter tre veckor ville han på eget bevåg gå ut och sitta hos hönorna, något han inte gjort på tre år. Så då satt vi hos hönorna i ett par timmar. Han ville inte säga något, men jag bara visste i mitt hjärta att jag hade fått min man tillbaka. Nu, efter fyra veckor, så mindes han vem du var, Hedda. Det ger mig hopp om att kanske kommer han att fortsätta att bli bättre. Ni får inte tro att jag är naiv eller dum. Jag intalar mig inte att han kommer att bli helt frisk igen. Jag vet att han har demens och det kommer han att ha tills den dag han dör, men kanske ger det här oss några fler år tillsammans."

Estrid hade inte en aning om vad hon skulle säga eller göra. Det var första gången som hon sett en främling gråta inför henne. Hon visste att någon borde reagera på något vis, men var osäker på om det var rätt eller lämpligt att hon gjorde något. Därför var hon oerhört tacksam när Hedda, som under tiden Adina hade talat hade satt sig ner på stolen bredvid Estrid, sträckte sig fram över bordet och fattade tag om Adinas späda hand. Hon såg djupt in i den gamla kvinnans tårfyllda ögon och sade mjukt:

"Det är väl helt fantastiskt. Jag är så glad för er skull." Adina klappade hennes hand och svarade:

"Åh, tack. Det är jag med. Men vet ni vad det allra värsta är med allt det här?" Både Estrid och Hedda skakade på sina huvuden.

"Jo, det är skammen över vad vi har gjort mot så många helt i onödan. Det första djuret jag slaktade var en höna. Jag var fjorton år gammal och visste inte hur jag skulle vrida nacken av henne, så istället skulle jag sätta yxan i henne. Jag gjorde det, alltihop. Jag högg huvudet av henne, rensade henne, plockade henne, flådde henne och styckade henne. Sedan hjälpte jag min mor tillaga delarna av henne, och slängde resterna åt hundarna. Jag grät hela tiden och mådde fruktansvärt illa. Jag åt ingenting på tre dagar efteråt. Jag lovade mig själv att jag aldrig skulle göra något så ohyggligt mot någon igen, men så skulle galten slaktas, och far tyckte att jag skulle hjälpa till. Jag vägrade först, men då gav han mig en rejäl utskällning och smällde till mig i ansiktet med baksidan av handen, så då kände jag mig tvungen. Medan jag såg blodet forsa efter att vi hade hissat upp honom i bakbenen och satt kniven i halsen, så började jag gråta igen. Då lade far armen om mig och sade att det var okej att må dåligt och inte vilja slakta ett djur, men jag fick aldrig någonsin visa det. Så då gick jag bakom husknuten och kräktes, snöt mig i det blodbefläckade förklädet och gick tillbaka med torra kinder. Det slutade inte vara hemskt svårt för mig att döda en annan varelse efter det, men med tiden slutade jag tänka och lärde mig att stänga av mina känslor. Sedan blev det ju allt vanligare att bulta de stora djuren, och det gjorde saken något enklare. Det är mycket mer opersonligt att sätta en bultpistol i kalvens panna och trycka av än det är att svinga en yxa i huvudet på honom. Efter några år hjälpte jag till med slakten utan att bekymra mig över deras skrik och panikslagna blickar. Ibland, om det var någon som inte svimmade direkt utan fortfarande var vid medvetande när vi hängde upp henne för att avbloda, så fick jag väldigt dåligt samvete, men det sade far och mor till mig att det skulle man alltid ha som bonde. Så länge man hade dåligt samvete över det så gick det bra att slakta. Sedan träffade jag ju Sigurd, och eftersom vi var överens om att vi ville kunna leva på lantbruket, så blev vår produktion så pass stor att vi sålde de uttjänta korna och tjurkalvarna till slakteriet. Så då var det bara enstaka individer vi behövde avliva, och så hönorna vi hade för oss själva, så klart. Men tänk så många tårar jag har hållit tillbaka i alla dessa år. Vi hade inget val eftersom levande djur inte bringar någon inkomst. Den äldsta kon vi skickade var drygt åtta år gammal, då började hennes mjölk bli sur. Den yngsta hade bara producerat mjölk i ett halvår innan hon började sina, så vi fick låta henne åka också. Inte ska vi heller förglömma alla de kalvar och kvigor som vi hittade döda eller var så sjuka att de behövde avlivas, innan de ens blivit två år gamla. Jag har inte ens hållit räkningen på hur många vi har utnyttjat och sedan sålt, men jag vet att det inte var en enda av alla de där djuren som var en dag över nio år. Och tänk att sinkorna vi har låtit leva kvar är nitton år gamla nu, och de lär leva minst ett par år till. Förstår ni hur fruktansvärt det är? Inte bara med mjölkindustrin, utan med all form av industriell djurhållning. Det finns inget stopp för lidandet. Oavsett om man vänder blicken åt fläskproduktionen eller åt kapplöpningsindustrin, så finns där obarmhärtigt, oändligt lidande. Och varför? För att vi tror att vi behöver det? För att vi har gjort så här mot dem i tiotusentals år? Jag kan inte gå tillbaka i tiden och ångra allt det jag har gjort, men jag tänker inte spendera en enda dag till i förnekelse. Åttio är väl en bättre ålder att skaffa sig lite moral än aldrig, tänker jag. Och tänk, så många år som jag och Sigurd hade roligt åt ditt sätt att bete dig och äta. Tänk att vi aldrig förstod, inte förrän nu, det vill säga."

Adinas kinder hade torkat under tiden som hon talat, men bredvid henne började Sigurd vagga fram och tillbaka på stolen, med ansiktet begravet i handflatorna. Han viskade:

"Ossera… ossera…ossera." Adina höll om honom och viskade tillbaka:

"Se så, min kära. Jag vet att det är hemskt jobbigt, men allt kommer att bli bra. Det finns inget du kan göra för att gå tillbaka i tiden nu, hjärtat. De kommer inte tillbaka."

"Varför säger han ossera?" frågade Estrid lågmält. Hon hade förblivit tyst länge, men till slut tog nyfikenheten över. Adina log sitt varma leende mot henne och sade:

"Åh, jo… du förstår, varenda dag under betessäsongen när Sigurd skulle ta in korna, så ropade han ossera-ossera-ossera, istället för kossorna. Det är bara så enkelt. Jag tror han minns lite för mycket på en och samma gång just nu, så han blir lite överväldigad. Han har också drabbats av skuld, fast på sitt eget vis. Varenda gång vi skickade iväg djuren till slakteriet, så var det han som grät, inte jag. Han var alltid så ömsint med djuren, medan jag mest bara ville få jobbet gjort. Jag tror aldrig han riktigt kände att det var rätt, det vi höll på med. Det gjorde väl inte jag heller, men man blir så skicklig på att förtrycka sina känslor, så att man kan förtrycka djuren, att man till slut bara slutar tänka på vad som är rätt eller fel. Det enda man påminner sig själv om är att människor måste äta, och då måste det finnas mat på bordet. Det faktum att människor i grunden är primater, och så gott som aldrig borde äta animalier, eftersom det gör oss som är växtätare sjuka, det tänker man aldrig på."

"Stackars lilla 3471," viskade Sigurd.

"Men älskade vän, intc ska du tänka på henne nu. Det var ju så länge sedan," svarade Adina.

"Ho´ borde få ha behållit sin kalv, de borde allihopa få behållit sina barn," sade Sigurd med barsk stämma. Estrid vågade göra sin röst hörd för en andra gång och frågade lågmält:

"Vem var 3471?" Adina, som i Estrids ögon alltmer framträdde som någon som var oförmögen att bli upprörd, svarade henne med blicken i bordet:

"3471 var individnumret på en av våra kor som vi fick skjuta för att hon inte lät oss ta kalven. Du verkar vara en klipsk flicka, så nog vet du väl att i traditionell mjölkproduktion så insemineras korna med jämna mellanrum så de får en kalv vartenda år. Annars skulle det inte finnas någon mjölk för oss att ta. Så fortsätter det. År efter år, tills vid omkring fem års ålder, då kon är så utmattad att hon inte uppfyller sin dagliga kvot av hur mycket mjölk vi vill att hon producerar, och är hon någorlunda frisk så får hon åka till slakteriet då, oavsett om hon är dräktig eller inte. Givetvis så finns det vissa regler om hur långt dräktigheten får ha fortskridit för att hon ska få transporteras. Kor är dräktiga i nio månader, precis som människor, och om det för sent för att låta henne åka, så får hon antingen föda kalven och sedan slaktas, eller så avlivas hon på gården. Det vet du väl?" Estrid nickade tveksamt innan Adina fortsatte:

"Ja, och i mjölkproduktionen så föredrar man alltid kor som inte är särskilt goda mödrar, eftersom det gärna blir en konflikt annars när vi separerar ko och kalv. Du ska veta att både jag och Sigurd har blivit rejält sparkade och stångade av mödrar som velat få behålla sina barn, men så ser verkligheten ut. Skulle korna vi födde upp få behålla sina kalvar så skulle det inte finnas mjölk för oss att sälja till mejerierna. Så vi tar deras kalvar och låter dem växa upp i små boxar. Vissa kor hanterar det bra, och med bra menar jag att de blir så vana vid att kalven försvinner att de inte ens försöker röra sin kalv. Oftast tittar de bara bort när vi kommer. Andra kor har svårare att hantera det. De kan bli aggressiva och råmar och gråter i flera dagar, om inte veckor, efter att vi tagit kalven. Det var det som skedde med 3471. Hon hade haft tre tidigare kalvningar, men då hade hon kalvat inomhus, så vid de tidigare födslarna så var det enkelt för oss att ta kalven ifrån henne. Men den fjärde kalven födde hon i hagen, och när vi kom in några timmar senare för att hämta hennes kalv, så vägrade hon låta oss komma nära, eftersom hon visste vad som skulle hända. Så som vilken annan mor som helst så flydde hon och lyckades bryta sig ut ur hagen. När vi väl hittade dem tre timmar senare så var hela hennes ben, mage och juver blodigt och sårigt, eftersom de hade gått över taggtråd. Kalven var alldeles utmattad, men orkade ändå dia. Kon hade sökt sig till skogen, och där hade hon vågat stanna för att låta sin bebis äta. När vi hittade henne så gjorde hon sig redo att fly igen. Då insåg vi att vi aldrig skulle kunna ta kalven så länge hon var vid medvetande, och eftersom hon var skadad och vi inte hade någon veterinär med oss, så distansavlivade vi henne medan kalven diade. Alltså sköt henne med ett gevär från avstånd. När vi sedan gick fram till henne och vi lyckades fånga kalven, så insåg vi att det var en tjurkalv, vilket vi inte hade någon användning för, så vi sköt honom med."

Plötsligt hördes en högljudd smäll när Hedda drämde ner en stor gryta på bordet. Under tiden som de andra hade fortsatt att prata, så hade Hedda rest sig och dukat fram med slitet, vackert porslin. För Estrid var det ett rent mirakel att maten som tillagades inte hade bränts vid, med tanke på all tid den hade spenderat på och i järnspisen. Hedda hade hållit sig tyst och sval hela tiden, men nu stod hon inte ut längre. Så hon ställde ner den sista grytan på bordet med en smäll och riktade en argsint blick åt Adina. Trots att hon visste att hon misslyckades kapitalt, så gjorde hon sitt bästa för att låta samlad när hon sade:

"Varför måste ni sitta här och berätta så fruktansvärda historier? Det här skulle vara en trevlig kväll! Jag är verkligen glad för er skull, Adina, att ni äntligen har fått lite medkänsla i era hjärtan. Det är sannerligen fantastiskt, men jag tål inte att höra sånt hyckleri! Det var inte länge sedan du sade till mig att du vred nacken av en tupp, och att du inte ens hade dåligt samvete över det! Hur i hela världen kan du då sitta här och tycka synd om alla andra? Hade inte han ett värde också? Jag vill gärna ha er här, men om du tänker leva i förnekelse, så vet du vart dörren är." Estrid befarade att det skulle bli ett stort gräl, och förberedde sig för att sjunka ner under bordet, men till hennes förvåning så tycktes Adina endast vara milt chockad, och inte alls arg. Hon mötte Heddas blick med värme och sade stolt:

"Se där ja! Där är du ju! Jag undrade just varför du betedde dig så annorlunda, så himla snäll och timid och mild. Så beter sig inte korpungen jag minns som sprang näck genom sin farmors jordgubbsland när hon var liten. Nu känner vi igen dig, inte sant, Sigurd?" Hon klappade Sigurd på axeln och lyckades få honom att återvända till nuet tillräckligt länge för att han skulle sluta snyfta och titta upp på Hedda. Han lät Adina torka undan tårarna från hans kinder och slutade vagga fram och tillbaka. Ett retligt leende drog till och med i ena mungipan på honom när han sade med sin sega, mörka röst:

"Jo, nog är det inte vår Hedda om ho´ inte ger oss äna´ redig avhyvling! Ho´ vet allt om hur det ska va, den där ongen." Han skrattade hest innan hans blick sjönk ner i bordet igen och han återigen försvann in i sin egen dimma.

"Snälla sätt dig ner nu, Hedda. Du har slitit så, och allting ser ljuvligt gott ut," sade Adina och gestikulerade åt stolen bredvid Estrid innan hon fortsatte:

"Det var verkligen inte min mening att uppröra dig, men jag måste få förklara för mig, eftersom du undrar. Är det okej?" Hedda nickade motvilligt och satte sig ner på stolen. Estrid iakttog situation med ren och skär häpnad, detta sätt att inte bråka med varandra var verkligen inget hon var van vid, men hon älskade det.

”Jo, jag förstår att du blir upprörd och kallar mig hycklare, men om jag ska vara ärlig så har jag inte låtit all denna skuld och insikt nå mitt inre förrän de senaste två veckorna. När du talade med mig, dagen då du flyttade hit, så hade jag fortfarande inte mycket hopp om att Sigurd skulle må bättre. Det var så tidigt och vid det laget var jag inte ens säker på om de där små förändringarna jag lade märke till, verkligen var en förbättring eller om det bara var tillfälligheter. Så därför hade jag inte släppt förnekelsen, och därför lät jag så nonchalant. I sanningens namn så tyckte jag faktiskt väldigt mycket om den där tuppen, även fast han hade ett temperament ibland som fick en att tro att han var ett hår av hin… Kan du förlåta mig, för allt dumt vi någonsin sagt till dig? Visserligen käftade du alltid emot, men det var ändå inte rätt att vi betedde oss så illa mot dig. Du var ju bara ett litet barn.” Heddas hårda ansiktsuttryck mjuknade. Hon suckade ljudligt och sade:

”Givetvis förlåter jag er. Det var inte så hemskt egentligen, ni var två av de snällaste människorna jag växte upp med. Ni ska ha dåligt samvete över mycket, men hur ni behandlade mig är inte något ni behöver känna skuld över.”

”Åh, fina Hedda. Du är barnet, eller snarare barnbarnsbarnet, vi aldrig fick.” Adina log sitt älskliga leende mot Hedda innan hon fortsatte:

”Men nu har vi haft nog med tårar för att räcka hela natten, så nu vill jag prata om något trevligare. Säg mig, Estrid var det du hette, visst?" Adina vände blicken åt Estrid, som tveksamt vågade sträcka på sig litegrann och nickade.

"Ett så vackert namn, Estrid hette faktiskt min gammelfarmor. Om jag har förstått rätt på vad Hedda har berättat om dig, så är ni inte släkt, och ändå står ni varandra så nära. Hur kommer det sig? Berätta för all del." Estrid sneglade på Hedda i hopp om att hon skulle svara, men när Hedda förblev tyst så sade Estrid långsamt:

"Vill du veta hur vi träffades?" Adina nickade uppmuntrande och Estrid fortsatte:

"Det är en ganska lång historia, jag vet inte hur jag skulle börja ens."

"Åh, men du förstår, det är de historierna som är de allra bästa att höra. Så om du vill berätta, så vill jag gärna höra den. Vi har gott om tid, vet du."

"Men först ska alla ta sig mat och börja äta, annars kommer allting att kallna." Hedda såg den desperata blicken som Estrid gav henne och började genast sleva upp mat på allas tallrikar. När ett berg av bönbiffar, potatisgratäng, lingonsylt, aubergin-sill, sallad och nybakt bröd fanns på varderas tallrik så höjde Hedda sitt glas. Utanför hade havets karga vintervind tilltagit i kraft. Stormbyarna ylade och drog och slet i den lilla stugan på klippan, så golvbrädorna knakade som om spöken gick omkring på dem. Hedda lyssnade njutningsfullt på den underbara vinden, betraktade själsdottern vid sin sida, och för en flyktig stund så var hennes lycka total. Hon utbringade sin skål och sade med gnistrande glädje i blicken:

”God Jul, allesammans. Nu äter vi.”

12

Adina och Sigurd hade stannat tills efter midnatt. Då hade Hedda skickat hem dem med varsin brinnande lykta så att gammelfolket inte skulle gå vilse i den frusna, mörka skogen. Hedda och Estrid hade gått och lagt sig strax därefter. Trots att det känts fel, så hade Estrid fått sova i farmoderns säng, eftersom Heddas säng var för liten för båda två. Hedda hade lagt in mer ved i eldarna och medan hon tassat omkring i köket så hade hon hört de kvävda snyftningarna från det stora sovrummet. Havsvinden som var så älskad av Hedda, skrämde livet ur Estrid. Det hade inte funnits något annat alternativ för Hedda än att överge sin ovilja att sova i farmoderns säng, så Estrid kunde få närhet och trygghet. Hedda hade inte gjort mycket mer åt det än att smyga in i rummet, fråga Estrid om hon ville ha sällskap och när hon sedan fått tillåtelse, krupit ner under täcket. För varenda våldsam kastby så hade själsdottern kommit allt närmare. Till slut somnade hon alldeles intill Hedda, och vaknade inte förrän vid tolv på förmiddagen. Hedda däremot låg vaken så gott som hela natten. Att få ha Estrid så nära kändes alldeles för värdefullt och ömtåligt för att hon skulle kunna somna. Kanske var det att få höra Estrid skildra hur deras liv blivit sammanflätade genom de mest oväntade händelser, som gjorde Hedda så känslosam den natten. Att minnas vissa stunder i livet, var att återuppleva dem om och om igen. På gott och ont. Trots att hon låg vaken och insöp all Estrids närvaro, så drömde hon att hon sprang genom den där skogen igen. Hon drömde att hon fann det övergivna spädbarnet igen, att hon räddade det genom att hålla det nära sitt hjärta. Hon drömde om och sörjde återigen stunden då ambulanssjukvårdarna hade ryckt barnet ur hennes famn, som om hon skulle ha skadat det. Hedda var ingens mor, men en liten del av hennes själ skulle för alltid förbli Estrids mamma. Hon hade drömt om tretton år av plågsam ensamhet, för att sedan återfinna sin själsdotter i det mest sargade tillstånd en människa kunde befinna sig i. Återigen hade hon räddat Estrid från ett annat monsters händer, och återigen så hade *de* tagit henne ifrån den som älskade henne som mest, men kände henne som minst. Hedda kände sig som den mest tursamma människan i världen när hon vaknade tidigt på morgonen och fortfarande kunde känna Estrids varma kropp mot sin.

Zaafir hade så enträget tvingat henne att älska honom. Han hade gjort allt som stått i hans makt för att få henne att spegla hans känslor, men vad han aldrig hade förstått, var att Hedda inte behövde någon i sitt liv som hämtade ner månen åt henne. Hon ville bara få ha sin själsdotter hos sig. När hon hade det, så värkte hennes hjärta efter honom. Det var en fruktansvärd längtan som hon visste kunde fängsla henne för evigt. För första gången i sitt liv så hade hon allt hon någonsin hade önskat. Hon hade stugan på klippan. Hon hade friheten och självständigheten. Hon hade skogen och havet och en trädgård som väntade på att fyllas med liv när våren kom. Hon hade sin själsdotter. Vad mer kunde hon begära? Ingenting. Så hon fördrev alla tankar på honom, för där han fanns, fanns också kedjorna som skulle ta friheten ifrån henne. Alla visste väl att priset för kärlek ibland var högt att betala, men i Heddas fall så var det omöjligt att betala.

Den där vedervärdiga, hånande, viskande rösten inom henne som längtade efter hans omfamning, hans röst, hans hud, hans tankar och hans kärlek, den gjorde hon sitt bästa för att förringa och förneka. Hon hade varit väl medveten om vad och vem det var hon lämnade bakom sig när hon valde att förändra sitt liv. Det fanns inget sätt att ångra sig, och hon ville inte ens ångra sig. Det var bara den där fruktansvärt irriterande längtan inom henne som hotade att sakta driva henne till vansinne. Varför kunde det aldrig vara tillräckligt? Varför krävde hennes hjärta ständigt mer, mer, mer? Mer kärlek, mer tillit, mer närhet, mer trygghet. Hon var den hon var och skulle aldrig bli någon annan. Precis som han var den han var och aldrig skulle bli någon annan. Det spelade ingen roll vad hennes hjärta viskade i de få stunder när allting blev tyst och stillsamt nog för att hon skulle kunna höra det. Hon hörde hemma just där hon var, i gungstolen framför brasan med en gammal bok i händerna. Zaafir passade inte in i hennes hem. Hon var ämnad att leva ensam, inte utan vänner och bekanta, men utan någon som skulle störa hennes liv. Den som inte ville ha henne som den hon var, hade inget i hennes tillvaro att göra. Eftersom hon uteslutit möjligheten att någon med den inställning existerade, så var hennes öde att gå bland sina odlingslådor allena, och det borde göra henne lycklig.

Estrid hade gått hem tidigt på eftermiddagen. De hade inte hunnit göra så mycket mer tillsammans än att äta och lägga ett enkelt pussel som Hedda grävde fram från djupet av sin garderob, så Hedda hade följt med Estrid ända ner till den skottade vägen, där hennes moster hade väntat på henne med bilen. När de sagt farväl hade Hedda vänt sig om och långsamt påbörjat vandringen uppåt igen. Hon hade gått hela vägen upp till kanten av klippan, och där hade hon stått i en timme och låtit vinden lufta hennes själ. Sedan hade hon återvänt hem, tänt brasorna som brunnit ut på nytt och stoppat i sig en del av resterna från julmiddagen. En stund senare satt hon framför brasan och försökte tyda vad farmodern hade klottrat ner i en av sina dagböcker. Det var en dagbok hon fört som ung, under den period i sitt liv när hon blivit förälskad, följt efter sin käraste och flyttat in i stugan på klippan med en mage som enligt hennes egna beskrivningar hade varit *"lika stor och rund som en av de där makalösa luftballongerna jag har sett bilder på"*. Sättet farmodern förklarade sin kärlek till sin unga make och till barnet som växte inom henne, fick Heddas tankar att färdas i riktningar hon ville undvika. De fick henne att tänka på Zaafir, och undra vad som kunde ha blivit, om allting hade varit annorlunda. För att försöka förtränga sina egna känslor, så fokuserade hon helt på vad de snirkliga, små bokstäverna skapade för ord. Långsamt bevittnade hon genom bläcket på pappersarket hur farmoderns liv såg ut innan Hedda ens varit en tanke i någons sinne. Hon läste:

"Jag kände pyret röra sig igår. Jag haver känt något fladdra tidigare, som om jag faktiskt hade haft fjärilar i magen, men igår förstod jag verkligen vad det varo. Det varo som om pyret kittlade mig därinne, och jag fantiserar om att han (eller hon) försökte skoja med mig. Det varo en så oväntad, överrumplande känsla, att jag brast i lyckogråt direkt. Volmar varo till havs, som vanligt, så honom berättade jag det inte för förrän han kom hem sent på kvällen. Vad han blevo glad! Han varo trött och sliten, som alltid, men jag såg allt att han fällde en tår i skenet från brasan. Han plockade upp mig och snurrade runt så jag blevo alldeles yr och mådde illa resten av kvällen, men det varo det värt för att få se honom så lycklig. Han kommer att bliva en fantastisk far, det bara jag vet i mitt hjärta. Själv går jag och oroar mig för än det ena, än det andra, medan han bara låter livet ha sin gilla gång och är nöjd med det. Aldrig i livet, hade jag väl sagt om någon frågat mig för två år sedan om jag skulle vilja gifta mig med en fiskare, som ständigt stinker rå fisk och rök och som smakar salt när jag kysser honom, men nu skulle jag inte vilja ha livet på något annat sätt. Mor tror att det bara äro fem eller kanske fyra månader kvar tills pyret kommer, och vad jag längtar. Varenda dag som jag får en liten stund bara för mig, när jag inte har någon mat att laga, ingen hylla att damma och inga kläder att tvätta, så går jag en liten promenad upp till klippan och sätter mig ned där. Jag lägger händerna om magen och tager djupa andetag och bara vältrar mig i denna lycksaliga känsla jag haver över att snart få bliva mor. Att bära ett barn under sitt hjärta äro nog det mest givande och underbara en kvinna kan få göra.

Jag måste också skriva ned den glädjande nyheten att vi snart ska få grannar. Någon som heter Adina skrevo mig ett brev där det stodo att hon och hennes nyblivna make, Sigurd, tror jag han hette, skall restaurera den lilla bondgården som ligger en bit bort, alldeles invid mon. Hon skrevo att hon äro arton år gammal, och att Sigurd äro nitton. Tänk om jag hade träffat min Volmar när jag varo så ung. Vilken välsignelse det hade varit! Det bliver nog trevligt med lite nytt folk här i bygden. Många har flyttat härifrån för att bo i staden, så många hus står tomma och kommer snart rasa ihop. Därför känns det väldigt fint att det kommer ett par bönder hit, kanske får de många barn och kan göra vår lilla by levande igen."

Zaafir gick längs med sjöhamnen bredvid sin mor, Rania, och hade blicken fäst på de två hundarna som gick framför dem. Han lyssnade frånvarande på vad Rania pratade om medan hans sinne var någon annanstans. Han betraktade med slö blick hur den vetefärgade, lilla borderterriern studsade upp och nafsade i den tigrerade malinoistikens nackskinn. Skrållan bara skakade på sig och ignorerade terrierns lekinviter, inte ens hon var immun mot sin husses allt dystrare humör.

Trots att det var slutet av januari, så låg sjön isfri och dess vågor slog mot hamnsbryggornas stommar. Snön som kommit hade smält bort efter endast några dagar, och vart än Zaafir vände blicken, tedde sig världen blek och trist. Inom sig dagdrömde han om ett mörkt, böljande hårsvall. Livfulla, kritiska ögon och ett skratt som fick själen att lysa. Han drömde att han funnit ett sätt att vara med henne, att han en dag vaknade bredvid henne igen, och att hon ville ha honom där. Han visste att det bara var en illusion, men eftersom saknaden efter henne inte tycktes försvinna, utan istället ständigt tilltog i kraft, så fann han tröst i fantasin.

Plötsligt slungades han ur sin dröm när Rania skrattade åt sina egna ord. Hon försökte förgäves möta hans blick, och snart förbyttes leendet på hennes läppar till ett smalt streck. Hon sade:

”Zaafir… hörde du ens ett ord av vad jag nyss sade?” Zaafir försökte imitera ett leende, men det kändes så onaturligt numera, att han genast lät spänningen i mungiporna släppa igen.

”Förlåt, jag gick i andra tankar. Vad var det du berättade om?” Rania suckade högljutt.

”Det var inget viktigt… men du måste göra någonting åt det här, du går ju alltid i andra tankar. Du är riktigt korkad om du tror att jag inte vet vad du menar med det. Hur länge sedan var det hon gjorde slut med dig, va? Flera månader sedan! Det är dags att komma över det nu.”

”Hon gjorde inte slut med mig, för vi var aldrig tillsammans. Hon bara… lämnade mig.”

”Ja, ja… kalla det vad du vill, det förändrar ingenting. Men jag förstår inte, älskling… jag ser ju att du mår fruktansvärt dåligt, du är inte ens samma människa längre. Ändå vill du inte prata med mig om det, så hur ska jag då kunna få dig att må bättre? Snälla, du… berätta varför det här är så jobbigt för dig. Det är inte första gången någon har gjort slut med dig, men du har aldrig gått och ältat det så här länge förut, så vad är det som står på? Varför vill du inte släppa taget om henne?”

Zaafir förblev tyst en lång stund. Han ville inte svara sin mor, för han visste inte hur han skulle kunna beskriva det han kände. I ögonvrån såg han hur hennes gröna sjal fladdrade i den milda vintervinden, och hur oron för sitt barn gnistrade i de svarta ögonen. Han visste att hon bara menade väl, men han förstod inte hur hon skulle kunna hjälpa honom. Det enda han ville var att få träffa Hedda, och det var omöjligt. Till slut så svarade han:

"Jag vet att jag borde gå vidare och glömma henne, och tro mig, det vill jag verkligen kunna göra. Men av någon anledning så är hon en del av mig, och bara jag tänker tanken att släppa taget om henne, känns det som om att jag förlorar halva mitt hjärta. Jag kan inte fortsätta utan henne. Hon är allt jag har." När han yttrade den sista meningen så stannade Rania tvärt och klappade till honom i bakhuvudet. Hon utbrast:

"Sluta upp med det där! Jag vet alldeles säkert att jag inte uppfostrade dig till att tro att det enda vi har i livet är vår partner. Du är så mycket mer! Så du älskar henne, va? Är det vad du säger? Du älskar henne av hela ditt hjärta och du vill inte leva utan henne, är det så?" Zaafir rörde omedvetet vid bakhuvudet där hon klappade till honom, trots att det egentligen inte gjorde ont, och svarade henne med tveksam röst:

"Ja... men, det är inte bara så... jag vet att jag borde..." Rania klappade till honom igen innan han hann avsluta meningen.

"Ja, du vet så mycket, mitt barn. Du vet att du borde göra si och du borde göra så, och ändå förstår du inte vad du gör med dig själv. Har tanken någonsin slagit dig att kanske inte helgonförklara en kvinna du bara kände i några veckor innan du beslutade dig för att du älskade henne? Hon lämnade dig, Zaafir! Få in det i huvudet! Hon vill inte leva med dig. Hon älskar dig inte! Åtminstone inte på samma sätt som du älskar henne."

"Varför är du så elak mot mig? Jag är inte dum! Jag vill bara inte leva utan henne. Hon är min själsfrände." Zaafir mötte till slut Ranias blick och såg hur hon mjuknade. När hon svarade honom igen så var hennes röst fortfarande sträng, men innehöll ändå någon slags värme. Hon sade:

"Zaafir, älskade, älskade barn… Jag har stått ut med ditt dåliga humör i flera månader nu, och jag har tröttnat på att se dig må så dåligt. Det är nog nu. Jag vet att du älskar henne, det såg jag redan när jag först träffade henne, och om jag ska vara ärlig, så trodde även jag att ni hörde samman. Det verkade så… men ibland så har universum andra planer för våra liv, och då får vi bara acceptera det. Vem vet vad som händer i framtiden? Om ni två verkligen är ämnade för varandra, så kommer hon att komma tillbaka. Det betyder däremot inte att du ska gå och vänta på henne. Du måste leva ditt liv, precis som du måste låta henne leva sitt liv."

"Vad tror du det är jag har gjort varenda dag sedan hon stack? Jag vet allt det där, och jag har sagt det till mig själv om och om igen, ändå är det en del av mig som vägrar lyssna. Allting vore så otroligt mycket lättare om jag bara kunde fortsätta med livet, som jag levde innan jag mötte henne, men sanningen är den att jag inte vet hur jag hittar tillbaka dit, för jag minns inte hur mitt liv var innan henne. Så om du kan lära mig hur jag går tillbaka i historien, så kommer jag gladeligen att göra som du säger. Tro mig, mamma. Jag har gjort allt jag kan för att gå vidare, men det är omöjligt. Om jag bara kunde få henne att ge mig en enda chans till, så vet jag att jag skulle få henne att älska mig.”

”Men, hjärtat… Lyssna på vad det är du säger. Ska du få henne att älska dig? Hur skulle det gå till? Vi kan inte tvinga andra människor att älska oss, oavsett hur mycket vi försöker.”

”Du förstår inte… Jag vet att hon egentligen älskar mig.”

”Nej, just nu är det du som inte förstår. Varför tror du att hon lämnade dig, och flyttade så långt bort? Det var inte ditt fel. Det var inte på grund av dig, och det var definitivt inte för din skull. Har tanken någonsin slagit dig att hon flyttade helt och hållet för sin egen skull, utan inflytande från varken dig eller någon annan? Den här besattheten du har av att vara med henne, den är inte hälsosam. Värst av allt är att den är så oerhört respektlös gentemot Hedda. Hon har all rätt i världen att välja vart hon vill leva och vem hon vill dela livet med. Du säger att du inte kan gå vidare, att det är omöjligt… jag tror dig inte! Jag tror att du inte vill släppa taget om henne, och därför intalar du dig själv att det är omöjligt. Men du har inget val. Hon är inte din, hon är bara sin egen.”

”Jag vet… men…” Zaafir sjönk långsamt ner på knä och lade armen om Skrållan när hon kom närmare honom för att slicka undan tårarna som han motvilligt fällde. Rania suckade uppgivet och satte sig på huk framför honom. Hon lyfte hans haka med sina fingrar, så han tvingades se in i hennes ögon när hon sade:

"Jag önskar att jag kunde få all din smärta att försvinna… Jag vet att det är svårt nu, men det kommer att bli lättare, det måste du våga tro."

"Men, hur? Jag kan leva utan henne, men jag vill inte det. Det enda jag vill är att hon låter mig älska henne, är det verkligen så hemskt?"

"Nej, raring… Men tyvärr så måste du älska henne utan att ha henne i ditt liv. Det är allt du kan göra just nu, resten är upp till henne."

"Men jag kan inte bara ge upp! Du såg inte blicken i hennes ögon när hon log mot mig. Det finns någonting oförnekligt mellan oss, hur ska jag bara låta det vara?"

"Inshallah, min son. Inshallah." Zaafir reste sig hastigt och kastade upp armarna i luften.

"Åt helvete med det! Jag måste få se henne igen!" Rania ställde sig upp och satte trotsigt händerna på höfterna. Strängheten i hennes röst var tillbaka och hon spände blicken i sin son. Hon sade:

"Jaha, men vad väntar du på då? Jag förstår inte vad det är du velar så för…Om du nu vet vad det är du måste göra för att må bättre, så gör det bara! Gör vad du kan för att hitta henne, och om hon kör bort dig igen, så har du i alla fall försökt och du kan gå vidare med ditt liv med vetskapen om att du gjorde allt som stod i din makt för att det skulle bli ni två."

"Jo, det är sant." Zaafirs aggressiva min förbyttes genast av häpnad, och han följde efter Rania när hon sakta började gå framåt igen.

"Ja, så kan du lyssna på min historia nu?", sade Rania barskt.

"Ja, ja. Visst." Rania började med lättsam ton berätta hela sin tidigare historia om igen, och återigen så färdades Zaafirs tankar långt därifrån. Han hade inte en aning om hur han skulle kunna hitta Hedda, men för första gången på länge så hade han hopp om att lyckan skulle återvända till honom.

14

Hedda gick nedför stigen som ledde till den skymda viken nedanför klippan. Långa, spetsiga istappar hängde från de små nyponbuskarnas taggiga grenar. Under hennes fötter låg inget annat än frusen sand och stenar, och omkring henne tycktes världen stå stilla. Hon hörde suset från havet och lät det höga ljudet dränka rösterna i hennes huvud. Då och då hade minnen börjat skölja över henne likt en våldsam tidvattenvåg, och var gång det skedde, så kände hon sig tvungen att lämna stugan. Det fanns inte nog med vidd inuti hemmet för att låta tankarna löpa fritt, så därför hade stigen ner till havsviken blivit väl upptrampad igen, efter år av vila.

Eftersom floran utmed stigen var hårt ansatt av den kraftfulla vinden dag som natt, så växte där nästan inget annat än små bärbuskar, yviga vildrosor och magert, gult strandgräs. Vände hon blicken bakåt fanns där den omhuldande skogens alla granar, enar och tallar. Vände hon blicken framåt fanns där bara hav. På några betryggande meters avstånd så traskade en ensam gråtrut omkring bland lingonris och rosenkvitten. Den vackra fågeln höll ett ständigt vaksamt öga på Hedda, och om hon tittade på den för länge så hoppade den ytterligare en meter bort. Gråtruten fick Hedda att le inombords, men då den inte tycktes uppskatta hennes närhet lika mycket som hon gjorde, så gick hon förbi den.

Väldigt långsamt så tog hon sig ner till den steniga stranden och satte sig på en av de större stenbumlingarna. Hennes blick var fäst vid den grå horisonten, men ändå ville friden inte infinna sig. Vad än hon gjorde för att omdirigera tankarna, så leddes de ständigt tillbaka till samma ämne. I hennes undermedvetna gjorde sig saknaden av någon särskild ständigt påmind. Det spelade ingen roll hur många vandringar hon begav sig ut på, minnena ville inte falla i glömska. Aldrig i livet att hon ångrade sitt beslut att förändra sitt liv och lämna honom. Det var inte ånger som var bekymret, det var bara… han.

Hon intalade sig själv om och om att hon inte behövde honom, och kanske var det sant. Hon kunde faktiskt leva utan honom, och ändå vara lycklig, men varför kändes livet inte fulländat? Det gjorde henne illamående att tänka tanken att hon skulle vara beroende av någon annan, ändå fanns han alltid där, inom henne. Hon trodde att hon inte ens skulle ägna honom en tanke, men för var dag som passerade, så blev hans frånvaro allt mer märkbar. Desto lyckligare och mer tillfreds hon blev, desto starkare växte sig saknaden. Idén om att så länge hon hade friheten, så skulle hon aldrig sukta efter något mer, visade sig vara en illusion. Ändå var hon inte redo att ge upp, för hur skulle han passa in i hennes liv?

För första gången i sitt liv så hade hon hittat hem, och där tänkte hon stanna. Hon hörde samman med jorden som skulle ge hennes kropp näring. Hon hörde samman med vinden som smekte hennes hud. Hon hörde samman med skogen som gav hennes själ ro, så hon vågade vila. Hon hörde samman med allt det som fanns omkring henne där hon satt på sin stenbumling i viken, men där hon satt, fanns inte Zaafir. De levde vitt skilda liv, hur skulle de någonsin kunna få ett harmoniskt samliv? Hedda förstod att det aldrig skulle fungera, så saknaden efter honom var meningslös. Det fanns inget annat att göra än att släppa taget, så varför vägrade hjärtat ge vika? Hon hade allt hon någonsin skulle behöva i stugan på klippan, så varför var det ändå inte nog? Det enda hon kunde finna hopp i var att tiden sakta skulle kväva saknaden efter honom, tills inget annat kvarstod än vaga minnen. Vad hjärtat än ville lura henne att tro, så visste hon att de inte var ämnade för varandra.

I djupa andetag inhalerade hon den salta luften i sina lungor och kände den svaga doften av vinter. Tårarna rann nedför hennes kinder och hjärtat var ömt av längtan, men ändå fann hon tröst i det frusna landskapet. Om endast ett par månader skulle våren vara på intågande, och världen skulle bli ljus igen. Ingenting varade för evigt, inte ens kärlek. Kanske skulle hon längta efter hans närhet, men hon längtade hellre resten av sitt liv, än förlorade sin frihet. Kanske skulle hon aldrig sluta älska honom, men hon skulle vara lycklig.

15

Torgny stod vid utkanten av den stora lekplatsen och iakttog de få barn som lyckats släpa med sig sina föräldrar ut i snön. Ett par barn hade vågat sig upp på den istäckta och hala klätterställningen, resten tumlade runt i snön och kämpade med rosiga kinder för att få sina snöbollar så stora som möjligt. Det stod redan två snögubbar utanför lekplatsen som var klädda i mössa och halsduk, och barnen var på god väg att göra tre till. Torgny kände igen vartenda ett av barnen och deras föräldrar och syskon. Motvilligt hade han gjort det till en vana att stå vid lekplatsen närhelst ensamheten blev för mycket. Julen hade varit sånär på outhärdlig. Tredje advent hade han fått ett ynka julkort från sin ena brorsdotter, men efter det hade han fått fira jul alldeles allena. Inte ens ett telefonsamtal hade någon tillägnat honom. Hela julhelgen hade han spenderat inne i sitt lilla hus, sittande vid köksbordet och förätit sig på butiksköpta pepparkakor och lussekatter. På egen hand hade han druckit upp sju flaskor dyr glögg, men inte ens berusningen kunde få sorgen att försvinna. Det enda sällskap han haft var de döda djuren på väggarna, och om han stirrade tillräckligt länge på deras mörka ögon, så tyckte han ibland att de glimtade till.

Torgny hade aldrig varit särskilt religiös, men på juldagen hade han tagit sig till kyrkan, bara för att få se andra människor. Att sitta i en kyrkbänk och höra prästen predika Guds ord hade varit lika tråkigt som han mindes från när han varit barn och blivit tvingad till det, så därefter hade han sökt sig till lekplatsen istället. Omedvetet så hade det blivit allt oftare som han tog sig till friluftsområdet för att höra barnens skratt. Det fanns nog inget barn som inte hade vågat sig fram till honom. Ibland ville de höra en av hans historier, som egentligen bara var gamla folksagor som han hade memorerat från böckerna han hade hemma. Han ändrade alltid vissa detaljer i sagorna så de var mer lämpliga för barn, och han lyckades alltid få sina lyssnare att fnittra. Ibland ville de tigga sötsaker av honom, och därav såg han till att så gott som alltid ha med sig karameller. Vissa föräldrar gav honom skarpa, dömande blickar när han räckte barnen godis, men eftersom de aldrig faktiskt bad honom att sluta, så fortsatte han. Vid enstaka tillfällen hade han inget att ge, men då grävde han fram små puttekulor som på något vis alltid låg ytligt gömda i sanden under snön.

En av pojkarna som brukade springa fram till honom var lilla Hilmer, den söta gossen som alltid hade en nalle instoppad under overallen. Torgny hade under deras korta möten fått lära sig att Hilmer var fem år gammal, att han hade en storebror som följde med honom överallt, och att han tyckte särskilt mycket om kolakakor. Hilmer och hans bror var ofta vid lekplatsen, och även de mest kyliga dagar kunde Torgny hitta Hilmer bakom en stor snöboll. Pojken var stark, han skulle bli en riktig karl en vacker dag. Vad skulle inte Torgny ha gett för att få ett barn som Hilmer? Tänk hur lycklig han skulle ha blivit med en liten gosse som han.

Även denna vinterdag kom storebrodern gående från busshållplatsen med Hilmer i hand i hand. Femåring skuttade fram vid hans sida och drog honom framåt. Torgny iakttog belåtet hur bröderna rörde sig allt närmare honom. När Hilmer fick syn på honom så hoppade det lilla livet rätt upp i luften av glädje, och Torgny vinkade tillbaka. Storebrodern tycktes dock ha blicken fäst vid den unga flickan som stod vid andra änden av lekplatsen. Torgny kände igen henne också, men hon verkade inte vara särskilt vänligt inställd till honom, så han hade alltid lämnat henne ifred.

Efter mycket stretande och klagande så lyckades Hilmer bryta sig loss från broderns grepp så han kunde springa fram till Torgny. För ett ögonblick så trodde Torgny att storebrodern faktiskt skulle ta mod till sig och äntligen gå fram till den unga flickan, men som alltid så fegade han ur och gick och satte sig på en av träbänkarna istället. Torgny suckade uppgivet och sjönk sedan ner på knä och mötte det livliga barnet med ett varmt leende.

"Hej på dig, lille vän", sade Torgny när Hilmer stannade framför honom. Barnet log blygt mot honom och svarade:

"Hej, fajbo Toggy. Haj du något godis till mig idag?" Torgny skrockade lågmält.

"Ja, tänk för att jag har det. Här har du", sade Torgny och räckte fram en liten, färggrann polkagrisklubba åt pojken, som mottog sötsaken med hungrig blick. Dragkedjan på hans overall var bara uppdragen halvvägs, så med varsamma rörelser drog Torgny igen blixtlåset medan han sade:

”Du kommer frysa om du springer omkring såhär.”

”Det va vamt på bussen.”

”Jo, jag förstår det. Men du kommer ändå frysa. Gosse lille, säg mig, vart har du gjort av din nalle? Han är ju inte i overallen.” Det var alldeles för lätt att dra igen dragkedjan utan gosedjuret innanför, konstaterade Torgny, och kikade bakom Hilmer för att se efter om han bara hade tappat det. Pojken slickade sin polkagris och sade frånvarande:

”Han hetej Bjön, och han äj med Fjej.”

”Jaså, ja då har han det ju bra. Men heter nallen Björn? Det har du väl inte sagt tidigare?” Hilmer skakade stillsamt på huvudet och svarade honom med ett fånigt leende på läpparna:

”Mammi sa att hon såg en bjön en gång som såg ut pecis som nalle, så nu heter nalle Bjön.”

”Jo, jag förstår. Du tycker mycket om djur du, inte sant?” Barnet nickade intensivt medan blicken tycktes hänföras av de olika virvlarna av färger i polkagrisen.

”Vet du, jag har massor av djur hemma hos mig.” Plötsligt skiftade Hilmers fokus till Torgny. Han mötte hans vänliga blick med stora, förvånade ögon och sade:

”Vejkligen? Typ så många?” Han höll upp alla fingrar han kunde utan att tappa klubban. Torgny flinade åt honom och svarade med lättsam ton:

”Åh, ännu fler.”

"Äj de sant? Fåj jag se dem?" Hilmer ställde sig ännu närmare Torgny och tycktes helt ha glömt bort sin polkagris som han tappade i snön. Torgny plockade upp klubban igen, blåste bort det mesta av snön och stoppade sedan in den i pojkens öppna mun igen innan han sade:

"Det är klart du får, någon annan gång. Ge dig iväg nu och lek. Men inte springa med godis i mun!" Hilmer stönade uppgivet innan han slutligen vände sig om och gick därifrån med vad Torgny antog skulle se ut som upprörda steg.

När han såg det lilla barnet gå ifrån honom så kände han hjärtat värka av saknad. Hela hans väsen kontraherade vid tanken av den oundvikliga sanningen att han aldrig skulle få erfara kärleken det innebar att bli älskad av ett barn. Torgny var dömd att leva sitt liv i ensamhet, hur plågsamt det än var. Desto äldre han blev, desto värre tycktes längtan efter sällskap och närhet bli. För var dag som passerade så kom han ännu lite närmare övertygelsen om att han hela sin existens hade varit oälskad. Kanske hade hans föräldrar älskat honom, visst var det nog så. Men det skulle aldrig bli detsamma som att få skaffa sig en alldeles egen familj, med själsfrände, barn och barnbarn.

Vad hade han ens att leva för om ingen skulle sörja hans bortgång? Skulle någon ens märka att han dog, eller skulle han bli en utav de övergivna stackarna som inte återfanns förrän flera år efter deras frånfälle? Fanns det verkligen någon mening med ett liv som levdes så oberört och ostört? Torgny önskade så innerligt att det hade funnits någon där som ville gå honom på nerverna. Någon som fanns där för att irritera, uppröra och frustrera honom. Alltför många timmar om dagen spenderade han allena i total tystnad. Tänk om där istället kunde få finnas någon att dela vardagen med. Någon som ville ta del av all hans glädje och all hans tristess, och som kunde älska honom för den han var. Det vore nog att be om för mycket, ändå hade tanken etsat sig fast i hans sinne, och vägrade släppa taget.

Det var inte så mycket att han längtade efter en livskamrat, som det var att han längtade efter ett barn. Kvinnor hade han aldrig begripit sig på, och han hade heller aldrig hittat någon som varit bra nog för att vilja gifta sig med. Dessutom ansåg han sig vara alldeles för gammal för alla äktenskapliga förbindelser. Den tiden var nog förbi, det förstod han motvilligt. Det förekom honom oerhört mycket svårare att förstå sig på att även tiden för faderskap var sedan länge fördriven. Ständigt bar han inom sig en känsla av förrädisk avund och bitterhet gentemot alla de människor han mötte som kånkade runt på bebisar i bärsele och småbarn i kärror. De hade allt han aldrig skulle få, och ändå tycktes de vara konstant missnöjda med sin tillvaro. Det låg bortom Torgnys förståelse hur någon som fått bli förälder kunde vara så olycklig. De försakade gåvan de blivit givna, i tron om att det borde vara lättare. Ibland undrade Torgny om anledningen till deras dystra blickar kunde vara att de inbillade sig att livet skulle varit bättre om de aldrig fått sina barn. Blotta idén fick ursinnet att stiga inom honom, för hur kunde någon tro att ett liv som hans eget, på något vis skulle vara bättre än det liv som innebar föräldraskap?

Torgny betraktade hur Hilmer efter en stund sprang fram till sin bror för att stoppa ner nallen under overallen igen. Storebror Frej hjälpte honom med vana rörelser och tog emot polkagrisklubbans pinne för att slänga den. Klubban hade slunkit ner i pojkens mage förvånansvärt fort, och när han återigen begav sig iväg på äventyr så hade han sådan fart i benen att sockret tycktes ha färdats rätt ner till fötterna. Han såg så bedårande ut där han pulsade omkring i sön och rullade en snöboll som redan var hälften så stor som honom, att Torgny inte kunde låta bli att le. Åter kände han tomheten eka i hans smärtande hjärta, och det krävde allt han hade för att inte förlora all besinning. Vem visste hur länge till han skulle leva? Troligtvis hade han flera långa år framför sig med skuggorna som sitt enda sällskap, hur skulle han stå ut?

En svag röst tog till orda inom honom. Den talade så fina lögner:

"Tänk hur enkelt det skulle vara att ta med sig pojken hem. Tänk hur bra det skulle kännas. Äntligen skulle din ensamhet vara över. Du skulle uppfostra honom som din egen son, tänk vad ni skulle bli lyckliga tillsammans, bara du och din son. Du skulle lära honom att jaga och konservera djuren, precis som din far lärde dig allt det där. Han skulle må så mycket bättre hos dig, det vet du om. Ni hör samman. Ni är familj. Du ser hur glad han blir varenda gång han ser dig, det är för att han känner dig. Han vet vem du är, och du är hans far. Ta med honom hem. Det är det enda rätta, det vet du. Ingen annan kan älska honom så som du älskar honom. Han är din son. Du ska ta med honom hem och låta honom växa upp med dig. Vad väntar du på?"

Det vore galenskap att lyssna på rösten, inte sant? Det var bara lögner, eller hur? Fast kanske… Nej, han visste bättre än så. Men ändå… Längtan förvandlades till ett brinnande begär som inte tycktes kunna hindras. Torgny visste hur fel det var, ändå förmådde han inte stoppa sig själv. Innan han ens själv förstod varför han gjorde det, så ropade han till sig Hilmer igen. Den lyckligt ovetande femåringen upphörde villigt sitt snöbollsrullande och skuttade fram till Torgny som sjönk ner på knä framför honom. Torgny kastade en blick åt storebrodern, men som förväntat så satt Frej fortfarande och växlade mellan att kolla på sin mobiltelefon och att i smyg iaktta flickan med det bruna håret.

Torgny ville inte låta orden lämna hans mun, men det var lönlöst att försöka göra sig själv stum. Trots att samvetet protesterade högljutt inom honom så ljöd rösten ännu högre, och i desperationens grepp så var han alldeles för svag för att motstå dess ljuva stämma. Han sade till Hilmer:

"Vill du se mina djur redan idag?" Hilmers ögon blev vidöppna och förförda av häpnad, han nickade ivrigt, började hoppa upp och ner på stället och svarade:

"Ja! Jedan nu?"

"Jo, visst. Men då måste du följa med mig hela vägen hem, och du får inte ta med dig storebror." Torgny kämpade emot sig själv med allt han hade. Vad i hela friden hade det flugit i honom? Vad höll han på med egentligen? Han borde sluta med detsamma. Han borde genast gå därifrån och aldrig mer återvända. Det var det enda rätta… men åh, sådan fullkomlig lycka och lättnad han upplevde när pojken bara fortsatte nicka och sade:

"Okej, då gåj vi!" Torgny borde inte göra det, han visste hur illa det skulle sluta. Han bröt inte bara mot lagen, utan mot allt han intalat sig själv att han var. Han var en godhjärtad, förnuftig man med hög moralisk standard, det sista han borde göra var att bortröva ett barn. Han gjorde allt han kunde för att få sig själv att sluta lyssna på rösten som drev honom framåt, ändå kände han hur läpparna drogs till ett leende och som om det inte ens vore hans egen röst, hörde han sig själv säga:

"Ja, då går vi. Men tyst! Du måste lova mig att du ska vara tyst. Och så skyndar vi oss på, kom nu. Snabbt!"

Som om han levde alla föräldrars värsta mardröm, så försvann Torgny med det lilla barnet skyndsamt in i skogen. Ingen såg när de lämnade lekplatsen, så ingen följde efter. Stigen de vandrade på var så upptrampad, då den ledde till parkeringen, att ingen ens kunde se deras fotspår i snön. Snart skulle kaos och tumult uppstå när pojken upptäcktes vara spårlöst försvunnen, men djupt inne i skogen kände sig barnet ändå tryggt. Hilmer fnittrade lågmält när Torgny svingade upp honom i famnen så de skulle kunna fly därifrån fortare. Han lade armarna om sin åldrande kamrat och trots att det var läskigt, så var det ändå ett äventyr, och Hilmer älskade äventyr.

Den gamle mannen kände hur ånger och panik grep tag i honom, men för vartenda lugnande ord som den inre rösten yttrade, så drunknade sakta det dåliga samvetet. Till slut kvarstod endast de lögner han misstog som sanning. Om och om hörde han tonerna i låten som innebar slutet för hans ensamhet, och hur gärna han än skulle ha vänt om, så fanns det inte längre någon återvändo. Kanske hade det varit bättre om han hade kunnat förhindra sig själv, men det var så mycket lättare att bara fortsätta ge vika. Därför gick han beslutsamt med hastiga steg framåt, och för vart kliv han tog så kom han allt närmare befrielsen från desperationens kedjor. Närhelst tvivel sökte sig in i hans sinne, så lade han bara all sin tillit i sången han hörde inom sig, och kapitulerade inför dess budskap:

"Du gör det rätta, för du är hans far. Tillsammans ska ni bli lyckliga. Du vet att det är sant. Bara fortsätt gå, det är dags för din son att komma hem."

16

"Trettonde oktober

Det äro sent. Jag sitter framför brasans sken med mörkret omkring mig. Min käraste Volmar ligger redan till sängs och sover djupt. Det vore kanske en god gärning att göra honom sällskap, men hur skulle jag förmå att somna en kväll som denna? Vindarna äro milda och väna i natt, så huset äro alldeles tyst. Trots att det äro oktober och kylan hägrar utanför, så äro min kropp och själ varm och omhuldad. Idag äro årsdagen för mitt giftermål med min älskade Volmar, och för min skull så stannade han hos mig hela dagen. Fisket finge vila en stund, så vi kunde fira vår kärlek. Hur kunde jag bliva så lycklig? Välsignade Gud, aldrig kan jag tacka Dig nog för att Du lät mig möta min bästa vän i livet. Barnet som slumrar under mitt hjärta äro den finaste gåva Herren kunde ha givit mig. Så länge jag haver min familj i livet med mig så vet jag att jag aldrig må rädas varken mörker eller kyla, ty min käraste Volmar kommer för evigt att hålla mig trygg och kär.

Idag varo en sådan ljuvlig dag. När sommar förvandlas till höst, och vintern nalkas, så frodas algblomningen i kusterna. Sent på eftermiddagen bad Volmar mig att packa ned de nygräddade kanelbullarna i en korg, och så gingo han för att hämta en av våra dyrbara flaskor med jordgubbssaft som jag kokade i somras. Han lade ned saften i korgen och lade en liten duk över. Sedan knöt han

varsamt min skära huvudduk om mig, och iklädde mig sin stora rock.
Så tog han mig under armen och korgen bar han med sig. Utan att
säga ett ord när jag frågade vad som stod på, så ledde han mig
långsamt nedför klippan. Utmed stigen bland rosenkvitten, ljung och
hallonbuskar, gingo vi tillsammans i den stillsamma
hösteftermiddagen. Han log sitt fåniga leende och förde mig till ekan
han en gång ärvt av sin äldre broder. Som om jag hade varit lätt som
en fjäder så lyfte han upp mig och satte ned mig i den lilla båten,
sedan knuffade han ut den från stranden innan han hoppade i själv.
När han började ro ut från viken så blevo mina misstankar allt
större, men så mindes jag augustikvällen för dryga året sedan.

Då hade vi endast sällskapat i några veckor, ändå tog han mod
till sig och rodde ut mig till en enslig vik, som av människan endast
kunde nås sjövägen. En sådan trolsk, underbar kväll det var, givetvis
förstod jag nu att han tänkte giva mig samma upplevelse om igen.

Så denna höstdag rodde han oss utanför viken, inte långt, men
tillräckligt långt för att de magiska algerna skulle dansa och skimra
för oss. Efter en stund så drog han in årorna och lät ekan färdas
såsom den behagade i det lugna vattnet. Då jag kikade över skrovets
kant så syntes de blågröna ljusblixtarna som flimrade under
vattenytan likt lysande älvor. Trots att jag endast sett det ett par
gånger i livet, så äro mareld ändå det vackraste jag någonsin haver
sett. Det äro sannerligen ett av naturens underliga fenomen, hur
dessa spektakulära vidunder kan te sig så fagra i skymningen.

När jag smög närmare kanten så satte sig Volmar bredvid mig och viskade i mitt öra:

"Vet du hur mycket jag älskar dig, min finaste Tyra?" Jag vände mig om och smekte hans kind, en tår rann nog nedför min kind. Jag svarade honom:

"Nej, jag kan endast hoppas att du älskar mig lika mycket som jag älskar dig." Då tog han mig i sin famn och sade innan han kysste mig:

"Jag älskar dig så mycket som jag älskar dig." Det äro min Volmar det, alltid lika fåordig.

Vi satt i ekan ikväll ända tills ljuset från solnedgången falnade. Vi ritade ringar i vattnet och såg det vackra skenet lysa upp under våra fingerspetsar. Vi åt av bullarna och drack av saften, vilken jag tror Volmar hade låtit spetsas med litet sprit, för den smakade för starkt och gjorde mig alldeles yr av kärlek. Vi omfamnade varandra många gånger och mindes tillbaka på vårat första år tillsammans som man och hustru. Tänk att mitt liv finge bliva så härligt och lyckligt! Vilket äventyr det haver varit, och många fler väntar."

Hedda satt där skribenten av dagboken en gång hade suttit och sörjde någon hon önskade att få tillbaka. Ändock gjorde sorgen henne inte ledsen, kinderna var torra och ett svagt leende drog i mungipan. Trots att känslan ännu verkade ovanlig och kanske lite skrämmande, så hade hon långsamt kommit till insikt att hon inte ångrade någonting. De sista spillrorna av hennes söndriga hjärta hade sakta återfunnit varandra och läkt hennes inre på ett vis hon aldrig tidigare hade upplevt. För första gången så fanns alla känslor där, men de krigade inte med varandra. Själen hade till slut funnit frid. Bit för bit, steg för steg så blev hon lite starkare. Hon kunde sörja sin farmors frånvaro utan att bryta ihop. Hon kunde bli arg på omvärlden utan att egentligen bli upprörd. Hon kunde undra hur livet hade varit om hon stannat hos Zaafir, men ändå veta att hon tagit rätt beslut, och sedan släppa taget om tanken.

Utan att hon ens lade märkte till det så skedde en stor förändring av hela hennes väsen. Samma dag som hon beslutat sig för att komma hem och hitta tillbaka till sina rötter, så hade en flegmatisk läkningsprocess påbörjats i hennes kropp och sinne. Det hade tagit flera månader för henne att ens se skillnad, men för varenda tanke som snuddade vid hennes sinne utan att rubba hennes fokus i livet, så blev resultatet allt tydligare. Dag för dag så blev hon alltmer hel. Havet och dess vindar, skogen och dess djur, Adina och hennes horn, stugan och dess tystnad, allesammans tog de del i att föra Hedda närmare sig själv. De hjälpte henne bemöta sig själv med tålamod, förståelse och empati, och det i sig genererade läkning likt inget annat. Ingen medicin i världen kunde göra för Hedda, vad snällhet och lugn gjorde för henne.

Något så simpelt som att vinka till en liten hackspett på morgonen kunde göra henne lycklig för resten av dagen. En promenad allena bland träden kunde skänka henne mer stillhet än vad sömnen någonsin gjorde. Att läsa farmoderns gamla dagböcker berörde henne så djupt att hon ibland kunde gapskratta i sin ensamhet. Orden skapade kontakt med det inre känslolivet, och när väl den inlärda disciplinen var förgäten, så blev hon som ett litet barn igen. Hon började le med hela ansiktet och skrattade utan förbehåll när hon kände för det. Var hon innerligt ledsen så grät hon floder och sjöng ut alla sina klagosånger tills sinnet var redo att fyllas på med livslust och värme igen. Trots att hon visste att hon var en förfärligt dålig sångerska så fann hon sig allt oftare gå och gnola på gamla barnvisor som hon trodde sig ha glömt. En del av dem var farmoderns egna påhittade visor, och var gång hon lät orden sjungas högt så vibrerade hennes inre av en närvaro som inte var hennes egen.

Hade någon frågat henne så kanske hon inte skulle haft mod nog att erkänna det, men i flyktiga stunder av klarhet så kunde hon inte längre ljuga för sig själv. Det som skett med henne var ett mirakel, hon hade råkat bli lycklig. Livet kändes vänligt och givmilt och uthärdligt. Döden var fortfarande hennes vän, hon hade inget emot att hålla honom nära sig. När den dagen väl kom, då jorden ville ha henne åter, då skulle hon fortfarande välkomna stunden med öppen famn. Det enda som var annorlunda nu, var att hon inte längre längtade dit. Att leva var dag tills dess kändes som en välsignelse, istället för en förbannelse.

De skulle kanske kalla henne fattig om de fick chansen, alla de där människorna som alltid visste bäst. För hon hade väl ingen familj? Ingen man. Inga barn. Inga husdjur. Inte ens ett redigt arbete hade hon att kalla sitt. Det var kanske vad de trodde, men de skulle aldrig förstå. Hedda var inte fattig, tvärtom så var hon förmögnare än någonsin tidigare. Hon var fri. Hon var lycklig. Hon var allt och ingenting och alldeles tillfreds med sin tillvaro. Sättet hon levde gav henne ork och kraft istället för att ta den ifrån henne. De fick tycka vad de ville. Hon skulle ingenstans, hon var hemma.

17

Estrid svepte med blicken över det frusna landskapet med barnen som tultade omkring i snön och de högresta träden som gav skydd mot den ankommande stormen. Det var dags för henne att gå tillbaka hem snart, och visst var det märkligt, tänkte hon, att hon där och då, helt plötsligt upptäckte att hon inom sig hade börjat kalla det lilla radhuset i kuststaden, för Hem. Kylan var bitande och nöp i kinderna. Hon hade redan stått stilla för länge, så tårna och fingrarna var stela av köld. Den enda värmen hon kände var från den främmande pojkens blickar. Trodde han att hon inte visste? Han var inte så subtil som han kanske själv ansåg sig vara, men vad gjorde det för skada? Där fanns ingenting att se, så hon kunde heller inte ha något emot det. Ville han titta så fick han väl göra det, kanske skänkte det honom en gnutta glädje.

Innan hon vände sig bort för att gå därifrån, så kastade hon en sista blick åt lekplatsen, och sökte omedvetet efter barnet som inte fanns där. Säkerligen hade han väl bara sprungit bakom klätterställningen. Den unga killen som alltid ackompanjerade barnet dit såg trots allt lugn ut, så då var det väl ingen fara? Omedvetet lade hon märke till att den gamla gubben inte heller syntes till, men hon antog bara att han, precis som hon, hade blivit kall och återvänt hem. Så hon vände sig om och började gå tillbaka åt samma håll som hon kommit ifrån, och medan hon gick så lät hon blicken kvarvara vid klätterställningen. När hon gått tillräckligt långt för att se runt den, så kände hon en spirande känsla av obehag när hon fortfarande inte kunde se det lilla barnet. I vanliga fall så hade hon bara fortsatt att gå, eftersom det faktiskt inte var hennes ansvar att oroa sig över försvunna ungar. Men den dagen var det någonting som fick henne att stanna och söka med blicken efter pojken med nallen innanför overallen. När hon inte kunde hitta honom så lät hon fötterna färdas ut i snön, hela vägen runt lekplatsen. Vart hon än lät blicken falla, så fanns han inte där. Kanske hade han bara sprungit iväg in i skogen för att kissa, tänkte hon, men det kändes som en långsökt gissning, och inom sig så visste hon att det inte stämde. Hon gjorde sitt bästa för att se oberörd ut när hon från några meters avstånd försökte se in i tunneln i klätterställningen, och återigen konstaterade att även den var tom. Hon började känna sig rådvill. Utan att försöka dölja det så mötte hon storebroderns blick. Han tycktes så överraskad och uppskrämd över att hon såg på honom, att han inte verkade förstå oron som hägrade i hennes ögon. Ett ögonblick övervägde hon att överlåta all oro åt honom, men han tycktes inte ens ha märkt att brodern var borta. Hon ville inte lägga sig i, men hennes inre drog henne allt närmare honom, så till slut gav hon upp alla tankar på att bege sig därifrån och gick istället fram till honom. Hon stannade ett par meter framför honom och sade med tveksam stämma:

"Ursäkta mig, du kanske tycker jag är väldigt dum nu, men vet du vart den där lilla pojken du kom med har tagit vägen? Jag tänkte precis gå, men så upptäckte jag att han inte syns till någonstans här, och ja… jag är lite orolig." Pojken avvek blygsamt med blicken och påbörjade en stavelse, men kom av sig. Han harklade sig lågmält och svarade med lågmäld röst:

"Menar du min lillebror, Hilmer? Han är väl där borta och leker." Frej lät ett litet leende dra i hans mungipor, i hopp om att det skulle dölja lite utav blygseln. Estrid tyckte det misslyckades helt. Hon sade otåligt:

"Nej, det är han inte." Frej vågade vända blicken uppåt igen, men istället för att se på Estrid så sökte han med blicken bakom henne bort mot snögubbarna. Han pekade med försiktiga rörelser och sade med samma svaga röst som innan:

"Jodå, jag har koll på honom. Han är precis…" Det sista ordet dog innan det ens hann yttras när han upptäckte att Hilmer inte var där han förväntade sig. Han såg sig omkring utan att låta paniken stiga alltför hastigt, men det blev allt svårare. Han mumlade:

"Men han brukar ju aldrig springa iväg…" Han reste sig från träbänken och började gå omkring på lekplatsen. Vart än han letade så fanns där ingen Hilmer. Han stannade abrupt och såg så långt bortanför lekplatsen som han förmådde medan han frågade Estrid:

"Hur länge sedan var det du senast såg honom?"

"Kanske tio minuter eller så, jag har inte stått här så länge."

"Men han kan ju inte bara försvinna, han måste finnas häromkring." Han gick i riktning mot skogen och började ropa efter Hilmer. Estrid följde efter honom och lade varsamt sin hand på hans underarm. Beröringen fick honom att sluta ropa och vända sig mot henne, genast drog hon undan handen igen som om hon hade bränt sig. Hon mötte hans flackande blick och sade:

"Förlåt, men vill du att jag hjälper dig ropa?"

"Nej, det behöver du inte göra." Orden hade en innebörd, men hans ansiktsuttryck sade det motsatta, så Estrid drog in den kalla luften i lungorna och ropade:

"Hilmer! Hilmer! Kom nu! Hilmer!" Frej iakttog henne med förvånad blick en halv sekund innan även han återupptog inkallningen. De hade inte stått och gapat länge innan flera föräldrar kom fram till dem och frågade:

"Vad gör ni? Har ni tappat bort någon?" Orden träffade Frej som en örfil, och när han svarade dem så lät hans röst ännu mer ostadig än tidigare:

"Ja, min lillebror… Han verkar ha stuckit, men han har aldrig gjort det tidigare. Jag vet inte vart han har tagit vägen." En kvinna i fyrtioårsåldern tog ett steg närmare honom och sade lugnande:

"Oroa dig inte, han är nog häromkring någonstans, vi ska hjälpa dig leta efter honom. Vad heter han?"

"Hilmer, och jag heter Frej." Han sträckte tveksamt fram sin hand till kvinnan som ivrigt skakade den innan hon greppade tag om sin egen dotters hand och gick iväg åt andra hållet. Inom några sekunder så hade alla spritt ut sig och en serenad av blandade röster ekade mellan skogens träd. Samtliga ropade och ropade och lyfte på tunga grangrenar och såg sig omkring i vad som för Frej kändes som en outhärdlig evighet. Till slut började folk vända om och en efter en tog sig de tillbaka till lekplatsen. Högst motvilligt återgick även Frej och Estrid till lekplatsen, och när de mötte gruppen av barn och föräldrar så var stämningen förändrad. Hälften hade redan hunnit ringa larmcentralen och alla bar ett uttryck av outsäglig oro för det försvunna barnet. Frej möttes av den fyrtioåriga kvinnan som lade en omtänksam hand på hans axel och sade med dyster röst:

"Har du ringt era föräldrar än? För jag tror det är dags att göra det annars. Flera poliser är på väg hit och era föräldrar behöver få prata med dem. Jag kan inte stanna här, utan måste tyvärr åka hem, men lova mig att du ringer mamma och pappa och är ärlig, okej?" Frej mötte hennes blick och nickade frånvarande. Han mumlade:

"Självklart." Så fort kvinnan gått därifrån så nådde honom den fulla insikten om vad som hade hänt. Paniken tvingade ner honom på knä i snön och han begravde ansiktet i sina behandskade händer. Estrid visste att hon på intet sätt var tvungen att stanna, att det enda logiska vore att gå hem, ändå kändes det inte som ett alternativ att gå därifrån. Så hon tog upp sin telefon, skrev ett koncist meddelande till sin moster och stoppade sedan ner mobilen i fickan igen. Hon sjönk långsamt ner på huk framför Frej och höll fram sin hand. Hon sade:

"Jag ska ingenstans. Jag stannar här tills han är tillbaka hos dig." Orden fick Frej att lyfta huvudet lite grann så han kunde se på henne. Han viskade:

"Varför då? Du borde gå hem, det är iskallt ute." Estrid smålog åt honom och svarade:

”Varför inte? Jag är Estrid.” Frej fattade tveksamt tag om hennes framsträckta hand och sade:

”Tack. Jag är Frej.” Han verkade inte vilja släppa taget om hennes hand, och i ett försök att skingra hans tankar så sade Estrid:

”Visst går vi på samma högstadium, jag har för mig att jag har sett dig i korridorerna någon gång?” Det tycktes ha lyckats, då Frejs ansikte mjuknade för ett ögonblick och han svarade henne:

”Ja, det stämmer nog.” Sekunden senare fördes han tillbaka till sin ångest och begravde ansiktet i händerna igen. En kvävd snyftning hördes och han sade med skakig, dämpad röst:

”Satans jävla helvete… vad fan ska jag säga till mamma?”

18

Där hon sakta strövade fram över skären och följde rävens nätta spår i snön så lät hon fingrarna stryka utmed trädstammarna omkring henne. Deras själar var närvarande, men åh, så tysta. Hon hade redan sett tre fallna träd som tagits av daga av nattens storm, och säkert skulle fler nå hennes blick. De omkring henne sörjde utan tårar och skrik av vånda, ändå fanns sorgen där som ett ständigt tryck inuti hennes bröstkorg. Hon höjde blicken mot den kristallblåa himlen och såg med vördnad på deras dystra grenar. De starka kastbyarna hade under mörkrets timmar blåst undan det mesta av snön från deras barr och nakna kvistar, så den nu så evigt lugna himlen förmådde släppa in allt ljus den behagade ner på marken.

Solen hade knappt hunnit stiga den dagen förrän Adina knackat på Heddas dörr och bett henne följa med ut i skogen för att se så inga djur blivit instängda av rotvältor. Tätt bakom henne hade Sigurd stått invirad i halsduk och kappa med en lykta i ena handen och en motorsåg i den andra. Adina hade gett henne ett av sina två horn och beordrat henne att blåsa i det om hon fann några fångar. Hedda hade tacksamt tagit emot hornet och sedan klätt sig i de varmaste kläder hon ägde medan hon genom fönstret sett Adina och Sigurd gå iväg in i skogen. Skyndsamt hade hon packat med sig en matsäck, innan hon lämnat stugan och med bestämda steg satt av i motsatt riktning in i skogen. Inom några minuter hade hon funnit rävens spår, och beslutat sig för att följa honom. Kanske skulle han kunna leda henne till vindfällorna.

Ännu var det tidigt på morgonen, så nyheten om den försvunna femåriga pojken hade inte nått folket på klippan. Lyckligt ovetande vandrade Hedda genom den stillsamma skogen och lystrade till det svaga susandet av de milda vindpustarna som kvarstod från nattens härjande storm. Trots den mättade stämningen bland de högresta jättarna, så upplevde Hedda inget annat än frihet. Inget livade upp själen likt en tidig räddningsinsats på morgonen. Var gång hon andades in fylldes lungorna med iskall kraft, och var gång hon andades ut såg hon ett moln av ånga lämna hennes läppar. En lång bit bort, till höger om hennes väsen, skymtade hon en mäktig varelse vika ihop sina långa, gråa ben och lägga sig ner för att äntligen få vila. Hans krona var fortfarande liten och skulle växa till sig i många månader inför höstens parning, men ändå vittnade den om hans stigande ålder. Det var få förunnat att bli så gammal som hans stora kroppshydda avslöjade att han var, och Hedda hoppades för hans skull att han skulle orka fortsätta gömma sig för de giriga jägarna även kommande år. De flesta hade ingen chans att undkomma deras rykande gevärspipor, men då och då fanns det individer som försvann spårlöst varenda höst, för att sedan dyka upp på gärdena igen nästa vår. År efter år gav de människorna som var ute efter deras kött och skallar nya gråa hårstrån, då de paraderade för dem i det öppna hela sommaren lång, och sedan aldrig lyckades bli fällda.

Hedda log vid åsynen av den gamla älgen, och vände sedan åter blicken ner på de små tassavtrycken. Hon gick i över en timme utan att finna några fångar, men till slut hördes ett desperat tjut, som strax därefter åtföljdes av höga skall. Hedda skyndade på stegen och dök under grenarna i en tät grandunge. När hon kom ut på andra sidan stannade hon för att iaktta djuren som fastnat endast ett tjugotal meter framför henne. Tre rådjur var instängda av fyra stora träd som fallit ner över varandra så att de bildat en slags hage. Utanför stod ytterligare två getter och försökte nå de som var instängda genom att sträcka fram sina nosar över de nedfallna trädstammarna. Även på avstånd var paniken och rädslan uppenbar i deras uppspärrade ögon, och inte blev de lugnare av att räven som Hedda förföljt cirkulerade kring dem. Visserligen höll den några betryggande meters avstånd, men det var föga lugnande för de vilda djuren vars enda instinkt i den stunden var att fly.

Hon tvekade inte utan lyfte hornet direkt till sina läppar och blåste i det. Den högljudda signalen skrämde rådjuren så att de två getterna som stod utanför fällan sprang därifrån. Det dröjde inte länge innan Adina och Sigurd uppenbarande sig på andra sidan av vindfällorna. Deras närvaro skrämde bort även räven, men gjorde de två fria getterna nyfikna nog för att låta sig skymtas på en kulle långt in i skogen. Hedda gick fram och mötte dem framför ett av de nedfallna träden. Adina klev närmare fällan och klättrade upp på en sten för att kunna se över trädstammen. Rådjuren som var instängda trängde ihop sig i ett hörn i andra änden och betraktade henne med ångestfyllda blickar. Medan hon såg på dem så sade hon med lågmäld röst:

”Det är bara tre stycken, två getter och en liten bock. Han är nog ett fjolårskid, han har fortfarande vita prickar på rumpan. De lever och getterna ser ut att må bra under omständigheterna, men bocken är halt på vänster fram. Det ligger lite bloddroppar på snön, så jag tror att han kan ha fått ett sår på benet, men jag tycker inte vi ska skjuta honom. Jag tror att han klarar sig, och blir han för svag så kommer nog räven göra förloppet kort. Det ser ut som att det där trädet de trycker sig mot är enklast att såga sönder, eller vad tror ni?” Adina höll en arm runt trädet och vände sig mot Hedda och Sigurd. Sigurd såg mer frusen ut än något annat, och hummade instämmande. Hedda gick så tyst hon förmådde runt några grenar och klättrade över tallens topp så även hon kunde se bättre. De arma liven såg vettskrämda ut, och hur gärna hon än hade velat hjälpa dem utan att skrämma dem ännu mer, så visste hon att det inte fanns något val. Hon sade:

”Ja, om vi sågar…” Adina avbröt henne:

”Seså, inte ska du säga till mig hur man sågar vindfällor. Det vet jag gott och väl. Det här gör vi så snabbt och smidigt som möjligt nu. Hjälp mig ner, Sigurd.” Sigurd ställde ner både lyktan och motorsågen och tog en steg närmare stenen Adina klättrat upp på. Med stela rörelser lyckades han hjälpa henne ner på marken igen och räckte henne motorsågen. I samma stund som hon började gå över grenarna för att ta sig runt till andra sidan av naturens hage så utbrast Hedda:

"Ska *du* såga?" Adina svängde runt, log sitt älskliga leende och kupade sin rynkiga hand kring Heddas kind. Hon såg in i hennes ögon och sade med eftertryck:

"Ja, men vad förväntade du dig? Trodde du verkligen att jag frivilligt skulle sätta en motorsåg i händerna på någon som är senildement? Jo du, jag förstår allt varför du blir orolig… jag kanske inte ser så mycket ut för världen, kanske är jag inte så stark som jag en gång var. Men du behöver inte vara rädd, min fina korpunge. Jag har tagit ner träd med motorsåg ända sedan jag tröttnade på att göra det med yxa. Så stå redo att hjälpa Sigurd rulla undan stockarna jag sågar upp, så blir allt väl, ska du se. Det här är inte första gången vi fått hjälpa de stackars djuren komma ut från fållor i skogen, jag är bara glad att alla lever." Sedan fortsatte hon över, under och mellan de tjocka grenarna med förvånande lätthet. När hon kommit fram till det träd de bestämt sig för att såga upp först, så startade hon igång motorsågen och satte klingan mot barken. Genast började fångarna skena fram och tillbaka, om och om igen i skär panik. Den stackars bocken haltade med så gott han kunde, med öppen mun och bakåtrullade ögon. Getterna skrek i fruktansvärda tonarter och tryckte sig så nära stammarna de förmådde. De försökte både hoppa ut och krypa under, men alltid förgäves. Det var en plåga även för människorna att bevittna deras ångest, men för var sekund som passerade så var friheten ännu lite närmare. Adina arbetade metodiskt och oavbrutet, men ändå tyckte Hedda att det gick outhärdligt långsamt. Tillsammans med Sigurd släpade de, bar och rullade undan de stora trädstumparna som Adina sågade upp, och snart blev en passage till. Så fort öppningen var stor nog för djuren att ta sig igenom, så stängde Adina av motorsågen och gick iväg mot skogen med Hedda och Sigurd i släptåg. De ställde sig en lång bit därifrån och inväntade att getterna skulle våga ta sig ut. Det dröjde några minuter efter att människorna hade försvunnit utom synhåll, tills ena geten sakta och tveksamt vågade ta några skakiga steg i riktning mot öppningen. Hon sänkte huvudet och nosade på marken där människorna hade trampat omkring och klev försiktigt över de främmande fotavtrycken. När hon väl insåg att flyktvägen var fri så tog hon ett högt skutt ut genom passagagen, och därefter åtföljdes hon av geten och bocken. Modergeten var förmodligen minst lika angelägen om att få så mycket avstånd mellan sig själv och fållan som möjligt, men istället för att kasta sig ut och fly, så ledde hon varsamt sitt kid ut i friheten och lät honom ta all den tid han behövde. Adina kände sitt hjärta värmas och viskade:

"Åh, det var väl ändå fint att se. Vi ger dem lite tid att ta sig därifrån innan vi går tillbaka och sågar upp resten." Hedda instämde med en nickning och ett leende.

"Vi har ved så det räcker och blir över, så om du vill så lämnar vi allt här, och så får du komma och ta det du vill, när du behöver det."

"Oj, det var snällt… men jag har nog inte råd. Jag tänkte samla ihop kottar och kvistar."

"Det lär du inte hålla varken dig själv eller maten varm på, lärde aldrig din farmor dig det? Ska man leva som du gör så måste du åtminstone ha duglig ved, och det här bjuder vi på. Jag har inget intresse av några pengar. Det kan du behålla för dig själv."

"Det är alldeles för mycket, det känns inte rätt…"

"Jaja, du gör som du vill. Men vi låter den ändå ligga kvar åt dig. Jag kikade in i ditt vedförråd när vi var hos dig i julas, och om du inte fyller på snart så kommer du att frysa redan i höst." Hedda suckade och drog ljudligt efter andan innan hon svarade:

"Tack." Adina log mot henne som affirmation.

De väntade en kvart innan de återupptog arbetet, och efter några timmar var de färdiga. Adina och Sigurd skulle fortsätta att ta hand om resten av rotvältorna i skogen en annan dag, så efter att Hedda bjudit dem på det lilla hon haft med sig i sin matsäck så skiljdes de åt och återvände till sina hem, trötta och kalla. När Hedda steg in i stugan så var den så gott som lika kall som luften utanför, så Hedda fick gå omkring i sina varma ytterkläder i en timme innan elden tagit sig nog för att värma hennes frusna lemmar. Trots den dova smärtan som medföljde efter att hon frusit, så besvärade kylan henne inte. Det gjorde henne inget att hon fick tillaga kvällsgröten iklädd dubbla ylletröjor och termobyxor, eftersom inombords var hon fortfarande varm. Hon åt sittande på en stol bara några centimeter framför järnspisen, och när hon väl svalt de dubbla portionerna som krävdes för att fylla magen, så hade mörkret redan sänkt sig utanför. Så, likt alla andra ljuvliga vinterkvällar så tände hon ljus efter ljus och oljelampa efter oljelampa, tills deras sken hade fördrivit skuggorna och det enda som kvarstod var trösten de skänkte den ensamma kvinnan. När hon väl fann sinnesfrid nog att sjunka ner i soffan framför brasan med farmoderns ena dagbok i händerna, så vällde tröttheten över henne likt en mors kärleksfulla omfamning. Trots att kroppen var sömnig, så höll hon ögonen öppna och började läsa.

"Tjugotredje februari

Den intensiva rörelsen som for genom hela min kropp överrumplade mig tidigt under gårdagen medan jag stod och diskade efter frukosten. Volmar hade redan farit ut för att se till näten, så jag varo alldeles allena när värkarna drog mig ned till golvet. Jag hade bara erfarit några milda sammandragningar under de tidigare dagarna, men vad de skulle leda upp till, det hade jag aldrig kunnat föreställa mig. Nu förstår jag varför ingen av kvinnorna i min närhet velat diskutera födseln av deras barn, inte ville de att jag skulle bli uppskrämd och orolig. Men de hade de inte behövt hålla ifrån mig, jag hade hellre vetat vad som komma skall än att tvingas uppleva allt som en chock. Dessutom varo det inte smärtan som varo det värsta, det var ovissheten över vad som pågick inom mig. Hur skulle jag kunnat veta att det varo som det skulle, att jag inte skulle dö eller ännu värre, mista barnet mitt?

Så där jag stod med diskvatten upp till armbågarna och funderade över när det lilla livet under mitt hjärta skulle behaga möta solens uppgång, så hänfördes jag av den storm som plötsligt härjade inom mig. Jag tvingades ned på knä och höll bägge händerna om min stora, vackra mage medan jag bad till Gud att han inte skulle taga mig eller mitt barn till sig. "Vi är inte redo ännu", skrek jag i panik. Det fantastiska varo, att det verkligen inte gjorde lika ont, som det var intensivt. Jag önskar jag hade något bättre ord att beskriva känslan med, men dessvärre vill inget annat finna vägen till pennspetsen. Givetvis blevo jag rädd först, men när värken väl var över, så förstod jag ändå snabbt, att det nog måste vara förlossningens gryning som kastat sina första solstrålar på mig.

Då smärtan ändå inte var så illa, så diskade jag färdigt under vilopauserna jag fick, och mötte vågorna när de kom, med stillhet och lugn. Det varo bland det svåraste jag gjort i livet, att inte låta rädslan ta överhanden och förlora tilliten i moder natur, och det hon givit min kropp i uppgift att utföra, men ändå lyckades jag. Timmarna passerade långsamt under dagen, och lika långsamt tycktes separationen för att en skulle bliva två, fortskrida. Värkarna kom och vandrade vidare, om och om igen. Utan att märkbart bliva varken svårare att möta eller att bliva mer långvarande. Kanske äro det inte så naturen ämnade det att vara, men jag äro ändå övertygad om att det var med någon form av djupare medvetenhet, kanske tack vare vad som för mig äro en oförståelig andlig intelligens, som inte låter sig hindras av varken regler eller gränser, som mitt älskade barn tog sin goda tid medan han färdades genom mig. Oavsett om det bara varo naturens nyckfullhet, eller om det varo en omedvetet medveten handling, så äro jag tusenfalt tacksam för att jag inte blevo tvungen att reda ut allt själv, och att förloppet gingo så sävligt tills

Volmar kom hem, att inget förvärrades förrän jag inte längre varo alldeles ensam. Visst var det inte alls mycket hjälp han kunde giva mig i form av erfarenhet, medicinsk kunskap eller förståelse, men han hade desto mera stöd och kärlek att skänka. Så som jag önskade det, så varo det bara vi två när lillen ankom.

Sedan Volmar kom hem på kvällen, och det enda jag förberett till den stackarn att ha till middag, varo en stel brödlimpa han själv finge skära upp, så initierades jag i ett nytt, ännu märkligare och hänförande skede av förlossningen. Sammandragningarna kom tätare och varo kraftigare, ändå kan jag i skrivandets stund inte påstå att jag kände mycket ångest eller ens smärta. Det varo intensivt och utmattande, lite skrämmande och ovant, men jag vore en lögnare om jag sade att det var hemskt förfärligt. Mer än någonting annat så varo det svårt. Det varo svårt att behålla besinningen och lugnet, men till slut fann jag botemedlet mot denna känsla av omöjlighet, nämligen ljud. Gutturala, nästintill djuriska, djupa sånger som lämnade mina läppar i form av vrål och utdragna tjut. Volmar, den stackaren, såg på mig som om han trodde jag skulle förintas, men när jag finge hämta andan så försäkrade jag honom om att allting varo som det skulle. Kanske sade jag det mest för att trösta mig själv, men det tycktes fungera. Han fann sig till slut i mina naturliga, uråldriga sånger som jag bara kan anta att vår kära urmoder har lärt kvinnor sjunga sedan tidernas begynnelse, som ett sätt för oss att taga oss igenom alla födslar i livet.

Långt in på natten, efter många timmars värkarbete, satte jag mig till slut tillrätta framför brasan. Vi bredde ut filtar under oss och medan Volmar höll mig och stöttade mig, så rörde jag mig instinktivt ned i en hukande position. Därefter minns jag inte mycket mer än att kroppen tog över mitt fulla medvetande, och det varo inte längre mitt sinne som styrde över mina rörelser. Kalla det vad som än känns mest rätt, urmodern eller Gud eller den inre visdomen, kanske varo det alla tre som samarbetade, men på något mirakulöst vis så visste jag precis hur jag skulle göra för att vägleda min bebis ut ur min mage och in i min famn. Som om allt jag bestod av var gudomlig och andlig kraft, så krystade jag rytmiskt i den takt som varo den rätta, detta bara jag visste i hela mitt väsen, jag behövde inte längre tvivla på mig själv. Trots att min älskling föddes med fötterna först, så var fosterhinnan intakt, alltså föddes han med segerhuva. Tänk sådan lycka!

Jag lät vår kloka gravitation göra det mesta jobbet så det inte skulle gå för fort när huvudet skulle lämna mig, och sedan, när hela han låg där, skrynklig och rödrosa och insmord av fett, så gjorde jag varsamt hål på den tunna hinnan och lyfte sedan upp honom. Ord kan inte nog beskriva glädjen jag upplevde när det visade sig att navelsträngen var lång nog för att jag skulle kunna lägga honom intill bröstet direkt. Min duktiga, underbara pojke sökte sig genast till bröstvårtan och sög sig fast. Det varo en så främmande, men alldeles ljuvlig känsla att hava honom vid bröstet. När jag till slut lyfte blicken från miraklet jag höll i min famn, och såg in i min käraste Volmars ögon, så såg jag mångfalt tårar rulla nedför hans kinder utan att han försökte hindra dem eller ens torka bort dem. Så stolt jag äro över honom, att han äntligen lät sig älska mig utan att dölja det på minsta sätt, och så stolt han varo över mig. Han kröp närmare oss och sträckte fram en skakig hand för att smeka sin nyfödde son. Han frågade lågmält:

"Säg mig... såg jag fel förut, eller är det en liten gosse du fött?" Hans ord fick även mig att brista i gråt. Tårar av lycka och lättnad forsade nedför mina kinder när jag log mot honom och sade:

"Jo då, min älskade... du såg så rätt, så. Vi har fått en son, och han är så perfekt!" Volmar böjde sig närmare sin son och gav honom en mjuk puss på den fuktiga, mjuka skalpen, där några få blonda fjun låg i virvlar. Han viskade:

"Det hade inte varit något ont i att få en flicka, men nog är han vår bästa son. Välkommen, lille vän. Här har du mamma och pappa, och vi ska alltid hålla dig trygg. Du är så, så, så älskad. Finaste barn, aldrig trodde jag att jag skulle få möta dig." En våg av lycka och tacksamhet for genom oss båda. Volmar satte sig så nära mig han kunde och höll om oss båda medan han snyftade högljutt.

Det finns intet sätt att beskriva vad jag upplevde när vår son för första gången öppnade ögonen och blickade upp på oss med sina vackra ögon. De enda ord som ens kommer nära till att förklara det äro oåterkallelig, oupphörlig, oändlig, omedelbar, ovillkorlig, omättlig kärlek. Kärleken, det äro allt vi har.

Jag böjde mitt huvud och andades in hans doft. Det var den mest oemotståndliga doft jag någonsin känt. Bättre än doften av nygräddat bröd, och vårens utslagna häggblomster, och regnvåt mylla, och varm drickchoklad som kokar på spisen, och färska, avbrutna grankvistar, och kanel, kardemumma, mynta och lavendel tillsammans. Det äro en doft som väcker allt det som slumrat inom dig till liv, och som fyller även de mörkaste vrår i själen med ljus och kärlek. Mycket gott haver jag fått erfara i livet, endast lite ont. Många stunder av glädje och livslust haver det varit, endast ett fåtal riktigt dåliga och sorgliga stunder haver jag tvingats utstå. Jag trodde jag visste vad lycka innebar, sedan plockade jag upp dig i min famn, min älskade son, min älskade Arvid, och nu vet jag säkert, att allt det jag trott varit lycka tidigare, endast var en illusion. Ty nu vet jag vad lycka äro, för lyckan, den äro du."

Hedda fällde ihop den kantfilade lilla boken utan att lägga märke till tåren som landat på arket. Det var flera månader sedan missfallet inträffade, och hon tänkte knappt på det längre, men ändå hade farmoderns ord om lycka och kärlek träffat en öm punkt i hjärtat som kanske aldrig skulle läka. Utan att låta tankarna färdas för långt åt det håll som alltid framkallade en känsla av förlust och desperat längtan, så reste hon sig ur soffan och lade in mer ved i bägge spisarna. Hon gjorde sig redo för natten och gick sedan in i sovrummet med den stora sängen. I början hade det känts så fel att sova i farmoderns säng, men sedan natten då Estrid blivit skrämd av vinden, så föll det sig naturligt att gå och lägga sig under de mjuka täckena. Nu hade så många kvällar och nätter kommit och gått, att hon börjat betrakta det som sitt sovrum och sin säng. Hon ägnade inte längre en enda tanka på huruvida det var fel eller inte. En madrass var trots allt bara en madrass, oavsett vem som hade legat på den.

Den kvällen somnade Hedda med en hand tryckt mot nedre delen av magen och med en tårfuktig kudde under sitt huvud. Livet skulle ordna sig, det visste hon. Framtiden var oviss, detta var sant. Ändå skulle allting skulle bli bra. Tårarna som föll var lika nödvändiga för hennes välmående som skrattet var, så hon lät sig sörja. När hon vaknade nästa morgon, låg sorgen i det förflutna återigen, och friden kunde ta plats i själen. Detta oändliga kretslopp var den enda sanna lyckan för Hedda, och det kunde ingen ta ifrån henne.

19

Zaafir körde på de guppiga grusvägarna genom vidsträckta fält och kalhyggen där snön redan hade börjat smälta undan i senvinterns milda solsken. Det kändes för honom som ett rent mirakel att han dittills inte tycktes ha svängt fel någonstans, trots att han endast färdats på vägarna en enda gång tidigare, och det var för flera månader sedan. Han mindes inte hur långt som kvarstod av resan innan han skulle nå Heddas barndomshem, men inom sig kände han på sig att det inte skulle dröja länge till. Senast han åkt över den gamla, pensionerade järnvägen hade livet tett sig så enkelt. Han hade trott att Hedda skulle bli hans för alltid, och att livet vore komplett, så länge hon fanns i det. Nu var allting annorlunda.

En stor del av honom tyckte fortfarande att det var en idiotisk, galen idé att besöka Heddas far för att försöka få svar om vart hon befann sig, men dessvärre var inte den delen övervägande nog för att hindra honom från att göra det. Istället fanns den bara där som en alarmerade röst någonstans i huvudet, tillräckligt närvarande för att han skulle vara medveten om den, men alldeles för lågmäld för att han skulle orka lyssna på den. Han lät sig drivas framåt av sin önskan om att ge deras kärlek en chans till, och den var stark nog för att livnära honom i en evighet.

Så småningom rullade bilen in på den gamla gårdens uppfart och Zaafir parkerade några meter framför det röda lilla boningshuset. Det var precis som han mindes det, ändå kändes det inte alls bekant. En kort stund satt han kvar i bilen och övervägde att köra därifrån. Det var trots allt en väldig dålig idé, det kunde han omöjligtvis betvivla. Ändå klev han ur bilen och lät fötterna föra honom uppför den lilla kullen som huset låg på. Han steg upp på trappen och såg sig omkring. Senast han varit där hade det var högsommar. Allting hade varit grönt och sprudlat av frodande växtlighet. Nu tycktes alla de nakna träden och buskarna se lika dystra ut som de övergivna ladugårdarna. På marken fanns endast en tjock sörja av snöblandad lera, och Zaafir kunde inte ens se några skoavtryck, vilket han hoppades var ett gott tecken.

Först knackade han på med tveksamhet, sedan hårdare, och till slut hördes fotsteg på andra sidan dörren. Arvid öppnade bara tillräckligt för att han skulle kunna sticka ut sitt fårade, magra ansikte och han iakttog Zaafir med skarp, granskande blick. Den gamle mannen harklade sig och sade med skrovlig röst:

"Goddagens." Zaafir sträckte fram sin hand och svarade så glatt han förmådde:

"Hej, förlåt för att jag stör så här… Jag vet inte om du minns mig."

"Jag ska inte ha något, och inte är jag intresserad av att höra någon predikan heller. Ajöss med dig!" Arvids röst var hes och barsk, och det var knappt Zaafir hann sätta upp handen för att stoppa honom från att stänga dörren när han försökte dra igen den. Zaafir sade rappt:

”Jag är inte här för att sälja något, jag vill bara prata om Hedda.” Genuin förvåning glimtade till i Arvids grumliga ögon. Han strök en rynkig hand över skäggstubben på hakan och sade strävsamt:

”Jaså… jo, nu minns jag nog dig. Visst var du med Hedda när ni kom hit i somras? Du blev så rasande mot mig trots att jag inte gjort något fel. Någon så oförskämd vill jag inte ha in i mitt hem! Försvinn härifrån!” Zaafir hindrade honom återigen från att stänga dörren och såg in i hans ögon med desperat vädjan. Han sade:

”Snälla ni… jag ber så hemskt mycket om ursäkt för mitt beteende den dagen. Det var verkligen inte rätt av mig att bete mig så aggressivt. Men även ni måste förstå, att min reaktion inte var helt oprovocerad.” Arvid fnyste.

”Skitsnack. Du vet inte vad du pratar om. Lämna mig ifred nu innan jag hämtar bössan!” Zaafir satte beskyddande upp händerna i luften och utbrast:

”Okej, okej… jag ska gå. Det enda jag ville var att få er hjälp att hitta Hedda. Hon är mitt livs kärlek och jag kan inte leva utan henne, men hon lämnade mig innan jag ens hunnit säga det till henne. Jag kan inte leva med mig själv om jag inte ger det en ärlig chans, och låter henne veta hur mycket jag älskar henne. Det enda problemet är att jag inte har en aning om vart hon bor, och jag kan inte ringa henne. Förlåt mig för att jag besvärade er, det var inte min mening. Jag ska gå nu.” Zaafir vände sig om och började gå nedför kullen igen. När han nästan hunnit ända fram till bilen så ropade Arvid:

"Hörru du, pojk! Vänta lite! Kom in så tar vi en tår kaffe och pratar om det här." Med nytt mod i hjärtat återvände Zaafir till huset och steg in. Arvid drog igen dörren bakom dem och tog emot hans jacka medan han sade:

"Jag har blitt så retlig nuförtiden, ända sedan Hillevi, min hustru, gick bort i somras. Det var inte meningen att hota dig, det bara sker utan min vilja, förstår du. Jag kan inte alltid styra över det."

"Det är ingen fara, jag är bara tacksam att ni vill hjälpa mig. Hedda berättade för mig om er frus bortgång, jag beklagar å det djupaste."

"Jo, jo… det tror jag nog att du gör. Hade du inte talat så fint om min dotter hade jag nog aldrig ändrat mig, men du fick mig att minnas hur det var att vara ung och förälskad upp över öronen. Inte trodde jag då, på den tiden, att jag någonsin skulle överleva utan min Hillevi. Så jag förstår dig nog bättre än du vill tro. Kom in, stig på här i köket. Det är så rörigt nu, jag vet. Men jag ska röja undan lite åt dig här… slå dig ner, vet ja." Arvid tog en famn full med smutsdisk och tomma matförpackningar från det överbelamrade matbordet och välte ner alltsammans i diskhon. Sedan ställde han ner en kaffekopp på bordet framför Zaafir, som motvilligt sjönk ner på stolen, vars stolsdyna var täckt av bruna katthår. Trots sin långa, rangliga gestalt och sin kutiga rygg så stuffade Arvid runt bland oredan i det lilla gammalmodiga köket med lätthet. Han greppade tag om kaffekannan och medan han rörde sig mot Zaafir så sade han:

"Jag tror det fortfarande är varmt, jag brukar inte bry mig särskilt mycket om det är varmt eller kallt, så länge det får huvudvärken att försvinna i ett par timmar. Du får smaka och säga till om det behöver värmas på i mikron." Zaafir satte handen över koppen och svarade:

"Tack så mycket, men jag vill inte ha något." Arvid såg nästan lite förolämpad ut, men ryckte sedan på axlarna och sade:

"Nehe, vad vill herrn ha, då? Jag kan göra iordning lite varmvatten om du hellre vill ha te, eller så tror jag att jag har lite saft kvar i skafferiet."

"Det är verkligen snällt av dig, men jag vill inte ha något."

"Säger du verkligen att du rest så långt, och så vill du ändå inte ha nått? Eller vill du hellre ha något stärkande? Det kanske inte är så lagligt om du ska köra, men en liten whiskey har väl ändå aldrig gjort någon skada? En sup med lite honung och pepparmynta? Det skulle väl sitta fint nu när det är så kallt och allt man gör hela dagarna är att gå omkring och snörvla?" Zaafir lät tålmodigare än han kände sig, och skrattade vänligt som svar innan han sade:

"Nej, tack. Det är så bra ändå."

"Ja, det är nog klokt av dig att avstå. Jag har aldrig varit mycket för drickat heller, jag var ju praktiskt taget nykterist under hela mitt vuxna liv. Kyrkan tyckte drickat var en dålig ovana och allt sånt där. Men sedan Hillevi… lämnade mig, så har det varit svårare att hitta ljusglimtar i livet, annat än katten förstås, och ibland kan lite alkohol vara det jag behöver för att vilja ta mig ur sängen." Arvid suckade ljudligt och stirrade ut i tomma intet i några sekunder innan han slungades tillbaka till nuet och fortsatte plocka undan skräp från matbordet, för sedan lägga det på en stol eller på golvet istället. När köket var vad Arvid tycktes betrakta som tillräckligt rent, så ställde han ändå fram två olika sorters köpekakor på bordet och hällde ner en rosaaktig dryck han aldrig bett om i Zaafirs kopp. Medan den gamla mannen stod och gjorde iordning sin dryck vid den enda tomma ytan som fanns på diskbänken, så kom en liten, mörkbrun och gråspräcklig katt gående. Den tassade obekymrat över gamla plastförpackningar och strök sig mot sin husses ben. Arvid sade med sin hesa, dova röst:

"Jaså, där är du! Din lilla katta. Så jag ropade efter dig igår kväll, men inte kom du för det. Har du sovit ute i natt, alldeles ensam i kylan? Jag hoppas du hade fullt med att fånga möss så du inte förfrös. Du måste tänka på lilla pappsen, jag kunde inte ens sova för jag var så rädd att du råkat ut för något hemskt." Katten jamade och spann när Arvid stönande böjde sig ner och strök henne över ryggen. Medan han kelade med henne så viskade han:

"Jaja, du ska få en liten skvätt. Och så måste du vara alldeles utsvulten. Kom så ska vi ge dig lite mat." Han doppade två fingrar i sitt glas och räckte fram handen till katten som belåtet slickade av whiskeyn från hans fingertoppar.

"Inte för mycket nu, lilla Viola. Sist du fick dricka direkt ur glaset så sov du i två dar." Zaafir visste inte om han skulle tycka synd om bägge två, eller om han bara skulle skratta. Så han beslutade sig för att inte göra något alls. Han bara satt och såg på med lika mycket oroad som road blick medan Arvid hällde ner torrfoder i en vit skål, som han sedan blandade runt med ett par skedar burkmat innan han ställde ner skålen framför katten ovanpå en hög med kökshanddukar. Viola tyckes granska maten hon erbjöds mycket noggrant, och hon tog till och med en smakbit, men till slut så ratade hon maten och började istället klösa varsamt på sin husses fot.

"Jaså, nu ska du inte äta när jag serverar dig heller? Det var då ett evigt elände med dig, katta. Kom här så ska vi mysa." Arvid lyfte upp Viola med en hand och tog med sig glaset i den andra, och satte sig sedan vid bordet mittemot Zaafir. Medan han strök hennes huvud med ett finger där hon satt i hans knä så sade han:

"Ja, det här är Viola, min lilla katta. Hon är gammal som gatan och borde ha stämplat ut för längesen, men ändå håller hon liv i de små tassarna så hon kan hålla mig sällskap." Viola betraktade främlingen i deras hus med kritiska ögon, men hon tycktes inte vara besvärad av hans närvaro. Arvid tog en klunk av sin dryck och suckade djupt innan han räckte fram handen över bordet och sade:

"Jo, nu är det nog dags att vi presenterar oss ordentligt. Arvid Erlandsson, heter jag. Trevligt att råkas." Zaafir besvarade handskakningen med ett fast grepp och sade:

"Zaafir. Trevligt. Tack för att du ville släppa in mig, jag vet inte vad jag ska ta mig till." Arvid skrockade och plirade.

"Ja, sådan är kärleken. Ljuvlig och förgörande på samma gång. Så säg mig, varför vill du få tag i min dotter, om det var hon som lämnade dig? Tror du inte att hon gjorde det för att få vara ensam?"

"Jo, jag vet det kanske verkar konstigt, men jag har aldrig känt så
här för någon annan förut. Och jag tror inte att hon egentligen
lämnade mig för att hon ville komma bort från just mig, utan snarare
för att undfly det liv hon skapat sig. Jag tror hon behövde få starta
om, och få vara sig själv. Jag tror inte att hon någonsin kände sig
riktigt lycklig."

"Ja a du, Zaafir… Hedda, hon är en märklig varelse, inte sant?
Hon hittar alltid på ursäkter för att överge vänner och familj, och jag
tror inte ens hon förstår vad sann lycka innebär. Jag kan bara beklaga
att du råkade ut för henne, hon är verkligen inte lätt att leva med."
Zaafir kände frustration pyra inom sig. Uppenbarligen hade Arvid
och han själv vitt skilda åsikter om hur Hedda var att leva med.
Samtidigt så upplevde han en viss lättnad över att någon äntligen
vågade säga det han tänkt så många gånger, fastän han aldrig skulle
erkänna det för någon annan än sig själv. Arvid var en av ytterst få
människor som förstod vidden av vad det innebar att älska Hedda för
allt det hon var, och för allt det hon aldrig skulle bli. Trots att det tog
emot att hålla med Arvid i det han sade, så kunde han inte låta bli att
nicka och säga:

"Jag älskar henne, hela henne. Men jag förnekar inte det du säger.
Hon kan vara oerhört… svår."

"Svår, oförstående, självisk, konstig… välj ett ord, för
allesammans stämmer." Arvid skrattade lågmält.

"Jag tror det mest av allt är svårt för henne själv. Jag tror hon
känner för mycket för att leva i en värld som vår."

"Kom med så många bortförklararingar du vill. Det förändrar inte det faktum att Hedda är den hon är och kommer aldrig att förändras, och det vore klokt av dig, om inte nödvändigt, att genomgående fundera över huruvida hon är värd allt strul och krångel. Du får inget tillbaks av att älska henne, det vet du väl?"

"Med all respekt, så kan jag inte hålla med dig där. Jag har redan tänkt över det om och om igen, och varenda gång så blir jag allt säkrare på att jag hör ihop med henne. Hon kan vara jobbig, det erkänner jag, men det är vi nog alla ibland."

"Jaja, så kanske det är… Jag tycker i alla fall att det är fint att hon har någon som kan älska henne när jag är borta, så jag hoppas att du inte tar i för mycket, så du går in i väggen. Hon kommer att göra dig utmattad, det ska du veta. Till slut så tröttnar man på alla hennes idéer och fanatiska tankar om hur världen vore en bättre plats om vi bara ville göra si eller så. Hon har lika mycket strunt som hon har vett i den där skallen."

"Jag tror inte hon kommer göra mig utmattad. Det som sliter ut mig är att inte få vara med henne."

"Jo, så kanske det är just nu. Men en dag så kommer du vakna upp och inse att det inte längre känns värt det, och när den dagen väl kommer så hoppas jag att du har nog med förnuft för att göra dig av med henne. Hon är underbar, tro inte att jag tycker något annat, men hon är inte värd att låta sig själv gå under för." Då Zaafirs tålamod minskade för varenda elak sak som Arvid sade om sin dotter, så undvek han att ge något svar. Istället satt han bara tyst och läppjade på den alltför utspädda rabarbersaften som hamnat i hans kopp. Efter några sekunders tung tystnad så tog Arvid till orda igen:

"Så, nu har jag varnat dig. Nu vill jag höra vad du hade tänkt att göra för att få henne att bli din, eftersom du inte verkar skrämmas bort av min oro."

"Helt ärligt så har jag ingen riktig plan ännu. Jag hade bara tänkt att hitta henne och få henne att lyssna på mig, så jag kan vara ärlig."

"Mm, och då tror du att allt kommer ordna sig? Kyrkklockor, guldringar, blombuketter, löften och en evighet av lycka? Är det så du föreställer dig framtiden? Vill du att hon ska föda dina barn och att ni ska åldras tillsammans?"

"Ja, det vore väl drömmen. Men jag vet att det är riskfyllt, jag intalar mig inte att allting kommer att lösa sig. Det enda jag vet är att jag inte kan ge upp hoppet om att få allt det där redan. Jag måste åtminstone försöka." Arvid tog två stora klunkar av sin dryck och kliade sig i ansiktet innan han äntligen tog sig tid att svara:

"Hm... hur träffade du Hedda?"

"Genom jobbet. Vi samarbetade på ett fall förra sommaren, och så blev vi vänner."

"Jaså, så ni är egentligen bara bekanta? Du har inte ens... smakat på tårtan, så att säga?" Zaafir kände motvilligt hur en lätt rodnad brände på kinderna.

"Nej, vi umgicks bara i några veckor innan hon bröt vänskapen med mig. Fyra månader senare var hon borta. Då flyttade hon och jag har inte sett henne sedan dess." Arvid lutade sig framåt och mötte hans blick med förvånade ögon.

"Men snälla, lilla karl! Menar du verkligen att du bara känt min dotter i några veckor när hon valde att bryta med dig, och ni har inte ens legat med varandra, och ändå sitter du här som en kärlekskrank tonårsgrabb och säger att du älskar henne? Det kan du väl ändå inte mena? Jag trodde att ni hade levt med varandra eller att du åtminstone hade spenderat mer tid med henne än några veckor! Hur kan du säga att ni hör samman när... nej, detta är ju bara för roligt! Åh, Herregud... giv mig styrka. Vad ska jag ta mig till med denne lille gosse? Hon kommer ju förgöra honom!" Arvid brast i skratt och tycktes inte kunna sluta skratta förrän glädjeutloppet blev till våldsamma hostningar istället. Zaafir ville gå därifrån. Det hade blivit tydligt vid det laget att Arvid aldrig skulle förstå, ändå kunde han inte helt ge upp hoppet om att Arvid skulle kunna säga vart Hedda var, så därför tvingade han sig själv att sitta kvar och skratta med. Det var trots allt lite skrattretande att höra sina egna tankar bli så förlöjligade.

När Arvid till slut funnit styrka nog att samla sig igen så återupptog han ögonkontakten och sade:

"Jo du, det var välbehövligt att få skratta så mycket. Det har jag inte haft ynnesten att göra på länge. Men jag ska inte håna dig längre, Zaafir. Du är en patetisk nolla på alla sätt och vis, det kan du inte förneka, men jag respekterar ändå att du tog dig mod att åka hit och skämma ut dig på det här viset. Det var sannerligen ett nöje att få träffa dig!" Han greppade tag om Zaafirs hand och skakade den frenetiskt. Det kändes som ett avsked. I ett försök att avfärda det han sade, så svarade Zaafir honom:

"Vilken tur att jag kunde förgylla din dag, men vore det inte ännu bättre om du bara berättade för mig var Hedda är?" Arvid började skratta igen och hostade fram orden:

"Åh, jo… visst vore det fantastiskt underhållande att se dig bli sågad av min dotter. Hon har en säregen förmåga att bli fruktansvärt arg på den som försöker närma sig henne, och jag skulle gärna se dig försöka. Men dessvärre kan jag inte lämna lilla katta, så det får nog bero."

"Men snälla, Arvid. Bara säg var hon är!" Zaafir märkte först i efterhand att han lät förbannad, och skrattet dog genast ut.

"Sanningen är den, att jag inte är riktigt säker på det själv. Hon sade inte vart hon skulle, till mig heller. Det är sant… kanske kan hon vara där uppe, men det är osannolikt. Vem skulle vilja vara där nu?" De sista två meningarna mumlade han för sig själv medan han blickade ut genom fönstret. Zaafir sade tveksamt:

"Jag har för mig att hon nämnde en stuga någon gång… vet du vad hon kan ha menat med det?"

"Jo, då…" suckade Arvid utan att vända tillbaka blicken.

"Vill du höra en liten historia?" Zaafir trodde han skulle bli galen, men istället lade han band på sig och hummade medgivande. Snart fylldes det tysta huset av ljudet av Arvids skrovliga röst igen, och Zaafir lutade sig tillbaka i stolen med armarna i kors över bröstet.

Han förberedde sig på att det skulle ta ett tag att höra historien, så det var lika bra att göra sig bekväm, tänkte han.

"Jo, du förstår... Min mor, Tyra, växte upp på landet. Långt ifrån allt vatten som var större än bäcken i skogen. Hon uppfostrades av sin morbror och hans fru, då bägge hennes föräldrar fick sätta livet till tuberkulos när hon bara var ett litet barn. Hennes mor skickade henne till morbrodern så fort flickan var avvand, för att hon inte skulle bli smittad. Det var en sann välgärning, men min mor trivdes inte på landet. Så fort tjälen släppte varenda vår så sprang hon naken ner i skogsbäcken och stannade däri tills hon dragit på sig en förkylning som kunde tagit livet av henne. År efter år gjorde hon på detta vis, det har hon berättat många gånger. Hon slet idogt med de sysslor hon blev given och var ett lydigt barn på alla andra sätt, men oavsett vad hennes nya föräldrar än gjorde så lyckades de aldrig få henne upp ur vattnet. Hon älskade att vara blöt, men det ville ingen förstå. Jag har aldrig hört min mor säga ett enda ont ord om sina fosterföräldrar, så jag tror inte de var elaka mot henne, men hur det än var, så var hon inte lycklig. Men så växte hon upp och slutade bada i bäcken. Hon blev skolad och hänfördes mer av böckernas värld, än hon gjordes av vattnet. Då morbrodern dog medan hon fortfarande var väldigt ung, så blev det aldrig att hon fick lämna gården för att upptäcka sin omgivning. Hon behövdes där hemma, och där blev hon kvar i många fler år än vad hon själv önskade. Aldrig sinade hennes längtan om att få se havet, men med tiden blev den förträngd och bortglömd. Men så en dag, så mötte hon min far,

Volmar Erlandsson. Han hade spenderat hela den senare delen av sin uppväxt till sjöss, och som son till en självständig fiskare, så blev han snart föreståndare för det småskaliga familjeföretaget. En dag reste han inåt landet för att nå nya kunder på marknaden, och så vitt jag förstår så var det väl kärlek vid första ögonkastet, som de säger. Han kunde erbjuda min mor allt det som hon trånade efter, så bara några månader senare tog han med sig henne, sin nyblivna hustru, till en liten stuga på en klippa vid havet. Det dröjde inte länge förrän min mor blev med barn, och snart var de tre i den lilla stugan. Jag vet inget mer än att min mor alltid beskrev det som *den allra bästa tiden*. Mamma var nog lycklig, men så en dag så förliste pappas lilla fiskeskuta till havs, och han överlevde inte. Hela hennes värld kollapsade. Hon återhämtade sig aldrig riktigt från förlusten, tror jag. Jag minns inte min pappa, så därför minns jag inte heller sorgen, men för mamma var det väl nästintill outhärdligt. Utifrån sett var hon nog stoisk och stark. Som inkomst fortsatte hon att bedriva företaget. Hon odlade vår egen mat och släppte aldrig in en annan karl i sovrummet igen. Jag fick vara hos grannparet som hade en bondgård medan mamma var ute och fiskade, och hos dem lärde jag mig att bli bonde. Min barndom var väldigt trevlig. Jag blev aldrig utskälld eller slagen, fastän jag nog borde ha blivit det ibland, och jag behövde aldrig gå hungrig eller vara rädd för att behöva frysa. Mamma höll mig alltid mätt och varm och tillägnade mig all den kärlek hon hade till övers. Tyvärr kan jag inte säga att det var särskilt mycket, och desto äldre jag blev, desto mer sökte jag mig bort ifrån henne. Var jag inte i skolan så var jag oftast hos grannarna och hjälpte till på deras gård. När jag väl var hemma så undvek jag att prata och umgås med mamma. Jag åt på mitt rum och klättrade sedan ut genom fönstret. Vissa kvällar var hon så frånvarande att hon bara satt och stirrade in i elden eller blev som besatt över ett djurben hon hittat i skogen, och då satt jag mycket hellre ute i boden bland den torkade fisken än inne hos henne. Så vi växte ifrån varandra, och när jag var nitton år gammal så flyttade jag därifrån och kom inte tillbaka förrän över trettio år senare, då jag började lämna av Hedda där under somrarna. Jag har aldrig haft en varm plats i hjärtat åt den där sablans stugan på klippan. Det var alltid förfärligt blåsigt och öde, men jag vet att Hedda älskar det. Jag kan inte lova dig att hon är där, men det skulle inte förvåna mig om hon faktiskt är det. Min mor flyttade aldrig därifrån, och med åren blev hon bara allt tokigare. All den där ensamheten är inte bra för människor, vi behöver social kontakt för att hålla oss sunda, tror jag. Fiskeföretaget gick i konkurs samtidigt som hon slutade orka ta sig ut för att hämta fisken, och jag vet inte hur hon klarade sig ekonomiskt alla de där åren därefter, men på något vis så gjorde hon det. I år är det sex år sedan hon dog, och givetvis lämnade hon allt hon ägde till Hedda. Hon älskade nog sitt barnbarn mer än hon älskade mig. Dumt nog sade vi inte något om det till Hedda. Men efter Hillevis… frånfälle förra året, så erkände jag alltsammans för Hedda, och vi ordnade med alla pappershandlingar, så de var i ordning så som mamma hade önskat att det skulle vara. När Hedda väl fick den där fula stugan i ägo så antar jag att hon inte hade nog med förnuft kvar i huvudet för att agera logiskt, så hon övergav allting, som hon har en förkärlek för att göra, och flydde väl dit."

Zaafir satt tyst några sekunder och inväntade att det skulle komma något mer. Arvid såg trött och hängig ut, och skrattet som tidigare legat så nära till hands tycktes nu vara spårlöst försvunnet. När tystnaden kvarvarat i närmare en minut sade Zaafir:

"Det låter som en plats dit Hedda skulle åka för att läka." Arvid nickade och grymtade.

"Ja… kanske det. Men vad fan har hon som behöver få läka? Allt det där är bara en fasad för att manipulera människor. Låt dig inte luras, du kommer nog att se att hon är en innerligt hemsk kvinna när du väl lärt känna henne."

"Det tror jag verkligen inte… och dessutom, så är jag villig att ta den risken. Så snälla, om du vill förklara för mig hur jag hittar denna stuga, så vore jag dig evigt tacksam." En djup suck åtföljde som svar från Arvid, och Zaafir började ge upp. Han förberedde sig mentalt för att tvingas inse sitt misslyckande när Arvid slutligen sade lågmält:

"Jaja, du får som du vill då… Du verkar ju inte heller riktigt klok i huvudet, så ni kanske faktiskt passar alldeles utmärkt tillsammans. Låt mig gå och hämta papper och penna, så ska jag förklara hur du kommer dit. Det är en bit att åka, men det verkar du inte ha något emot. Jag är snart tillbaka." Han reste sig med stela rörelser och lät

Viola hoppa ner på golvet. Sedan gick han långsamt iväg ut ur köket och lämnade kvar Zaafir, vars enda tanke var: *Äntligen*.

Det märkligaste Hedda tyckte kunde ske, hade skett. Sakta nåddes hon av insikten att livsenergin hade återfunnit hennes inre, och hon visste inte vad hon skulle göra med det. Hon var så van vid att tröttheten ständigt tyngde henne, att utan dess vikt så var hon rädd att hon skulle lyfta från marken och sväva därifrån. Under de drygt två månader som hon tillbringat på klippan, så hade förändringen som skett inom henne, läkningen, genererat i att en sedan länge förglömd glädje lyckats nå fram till henne. Glädjen bringade en kraft hon var så ovan vid att känna, att den tedde sig skrämmande. När hon för första gången hade vaknat på morgonen efter en hel natts sömn och faktiskt sett fram emot den kommande dagen, så hade hon nästan varit rädd att det skulle vara olycksbådande.

Enda problemet med lyckan som fann vägen till hennes hjärta, var att för var dag som hon steg upp ur sängen med frid i själen, så tycktes sida efter sida i farmoderns dagbok bli allt sorgsnare. Under ett knappt år efter Arvids födelse så fanns sidor fyllda med allt farmodern lärt sig av sonen. Hon hade skrivit ned hela stycken om vartenda leende, varenda kärleksfull blick, varenda insikt. Hela första delen av hennes initiering in i moderskapet var noggrant och utförligt hågkommet genom hennes ord. Varenda milstolpe, som första gången sonen skrattade och första gången han höll upp huvudet. Första gången han rullade och första gången han satt upp utan stöd. Första gången han kröp och första gången han åt fast föda. De första hundra ljudkombinationerna som var tillräckligt sofistikerade för att tolkas som riktiga ord, första gången han ställde sig upp, när han tog sina första steg... och mycket, mycket mer, fanns alltsammans sparade i dagböckerna. Många gånger var det långdragna historier som tog Hedda hela kvällen att ta sig igenom. Andra gånger var det bara kortare notiser om framstegen och bakslagen som alltid medföljer äventyret det innebär att uppfostra och älska ett barn. Hedda njöt av att kunna tillbringa de sena timmarna på dagen åt att lära sig om livet genom farmoderns erfarenheter, men så en dag, upphörde historierna. När hon en kväll vände blad efter att ha läst ut ett ovanligt poetiskt textstycke om de ljuva amningsstunderna under natten, så var datumet som fanns nedskrivet högst upp på sidan, fem månader framåt i tiden. Det enda som stod var:

"Volmar död. Arvid äro min enda anledning att inte taga livet av mig."

Hedda hade vetat att det skulle komma, hon visste om hur Volmar hade drunknat och spolats upp på land flera dagar efter att han borde ha återvänt hem till sin familj. Ändå berörde de så enkelt skrivna meningarna henne djupare än hon förväntat sig. All den där kärleken, all den där lyckan... Borta, och varför? Hon förstod hur det måste ha tagit all kraft farmodern lyckats ansamla för att skriva de ynkliga orden, men hon skulle ändå velat ha fortsättningen på berättelsen. De magra anteckningarna som åtföljde gav Hedda föga tillfredställelse.

Tiden som tycktes passera i gapande tomhet mellan de vitt skilda datumen vittnade om den förlamande sorgen som belägrat sig i hennes farmoders sinne, och de få ord hon orkat skriva, var lika abstrakta som hennes tillvaro måste ha känts som.

"Att amma skänker tröst. Det äro lugnande, jag önskar att jag kunde fortsätta i en evighet, ty allt annat skänker endast sorg. Men pojken växer. Han äro redan ett och ett halvt år, och jag har inget sätt att veta hur länge till han kommer söka den formen av närhet. Var dag fruktar jag att han skall sluta, men än så länge kryper han upp i min famn och ber om ammnam." Två månader efter det fanns en annan, lika koncis återgivelse nedskriven:

"Jag åt mig mätt idag för första gången på några månader. Det kändes sånär på bra." Tre månader senare hade hon skrivit:

"Jag vågade taga ned lakanet från spegeln idag. Den haver varit beslöjad sedan begravningen. Människan som mötte mig i spegelbilden såg inte ut som jag mindes mig själv. Främlingen varo mager och grå. Livlös och utan något djup i blicken. Jag plågade mig själv genom att betrakta henne i några minuter, sedan vaknade Arvid från sin middagssömn, och jag beslöjade henne igen. Sådana ohyggliga varelser har inget på denna jord att göra, kanske borde jag göra mig av med henne." Ytterligare några veckor senare hade hon skrivit:

"Jag tror Arvid kommer få det bra hos Adina och Sigurd, de äro hyfsat och trevligt folk. Jag skrevo en lapp och lämnade den på köksbordet där de lätt kommer att se den. Eftersom han ändå redan

äro hos dem, så jag skulle få en chans att vila (som om jag någonsin gör något annat), så äro det väl lika bra att få det överstökat. Tio stenar i fickorna, det borde väl räcka?" Bara några få dagar därefter stod det skrivet längst ned på sidan:

"Jag misslyckades. Jag drabbades av ångest och räddade mig själv. Så fort jag blivit torr gick jag och hämtade Arvid. Jag sade inte ett ord om vad jag hade gjort. De behövde inget veta. Jag grät inget alls förrän jag låg i sängen och inhalerade doften av Arvids hår medan han stillsamt ammade sig till sömns. Då erinrade jag mig vad jag skulle ha gått miste om, vad jag skulle ha gjort mot min älskade son. Han äro skälet till spillran av livslust jag ändå haver kvar. Jag måste leva, för honom. Han äro allt jag haver kvar, och likaså äro jag allt han haver. Hur kunde jag någonsin ens tänka tanken att jag skulle lämna honom?" Ett par veckor senare hade hon skrivit det första stycket som var mer än några få rader långt:

"Hela min barndom och hela min ungdom blevo jag övertygad av min omgivning att Herren uppe i det blå existerade. Likt en marionettdocka lät jag mig manipuleras av de som ville få mig att tro på en makalöst omfattande lögn. Orden de viskade i mitt öra lät så söta, så lockande. De bringade hopp om en förändring, att lyckan kommer och sedan består. Hoppet gav mig modet att slita på gården med min mor, trots att hela mitt väsen längtade därifrån. När Volmar gjorde entré i mitt liv stärkte det min tro så pass mycket att jag nog skulle ha kunnat predika inför en döv församling när som helst. Sedan fick jag äran att erfara misär, sorg och elände, och tvivel

började söka sig in i mitt så naiva sinne. Igår närvarade jag vid en Gudstjänst igen. Det varo mitt första besök i kyrkan sedan begravningen. Jag trodde det varo djävulen som hållit min hand när han ledde mig ut i vattnet med fickorna fulla av sten. Jag ville så innerligt tro att sorgen hade fördärvat min tro på Gud, och jag därför blivit ett lättfångat byte för Lucifer. Jag ville gärna tro att om jag bara återvände till ursprunget till min tro, så skulle Gud läka mig, och fördriva ondskan från min själ. Så jag klädde mig och Arvid i våra finaste kläder, och begav mig nedåt klippan för att dräpa mina demoner. Men jag stod inte ut med prostens dravel! Vartenda ord han yttrade lät som en vältänkt osanning. Trots att det gick emot många av de kristna värderingar som jag låtit bliva itutade i mig sedan barnsben, så plockade jag efter bara några minuter upp Arvid i famnen och stormade ut ur kyrkan. Det äro inte rätt plats för mig att vara längre. Det äro inte längre en källa av hopp och tilltro för mig. På vägen hem nåddes jag av en oväntad insikt, som kändes mer sann än någonting jag någonsin läst i bibeln, nämligen att jag inte längre tror på Gud. Kanske kommer tron att återvända en dag, men till dess så tänker jag då inte ödsla någon tid på att betänka varken Herren eller någon av hans kumpaner! Men allt detta varo inte i onödan. Det gav mig en nödvändig uppenbarelse för hur jag skulle ta mig vidare i livet utan Volmar. Min första och främsta uppgift äro att värna om min son och se till att han växer upp till en livskraftig, självsäker och lycklig människa. Lyckas jag med detta så kommer jag att dö med frid i hjärtat. För att få någon slags inkomst så måtte *jag hålla fiskeriet i god företagshälsa, vilket betyder att jag inte haver något annat val än att möta min värsta fiende och min allra bästa vän; havet. Så mycket i livet äro ovisst. Allting kan förändras inom bråkdelen av en sekund. Den enda konstanten äro nuet. Därför tänker jag härmed göra allt som står i min makt för att förälska mig i sorgen istället för att hata den, och ägna all vaken tid åt att älska min son. Det allra minsta jag kan ge honom äro min kärlek. Jag kanske inte lyckas, men vad för slags människa vore jag om jag inte ens försökte?"*

Orden hade fått Hedda att le inombords, då det på något märkligt vis smärtade henne att känna farmoderns sorg genom sidorna i dagboken. Trots allt så tycktes farmodern därefter följa sina löften till sig själv så gott hon förmådde. På många sätt så förblev farmoderns säkert densamma som hon alltid hade varit, men genom sina små berättelser och anteckningar i sina dagböcker så märktes en tydlig förändring, inte minst i sättet hon förmedlade sitt budskap. Flertalet ganska radikala språkförändringar uppenbarade sig sakta men säkert för vartenda stycke Hedda läste. Skrivstilen förblev lika snirklig som alltid, men den välutbildade kvinnans sofistikerade och eleganta skrivspråk förvandlades långsamt till någonting mycket ärligare och mer genuint. De första små tecknen var att hon glömde lägga till de säregna o:en efter ord som blev, är och skrev. Därefter förbyttes haver till har, men sällan mer än ett ord per stycke, vilket gjorde att Hedda misstänkte att det var oavsiktligt. Med tiden försvann alla de gammalmodiga termerna helt och hållet, och trots att det var sällsynt, så letade till och med enstaka svärord sig in i texterna när de finare adjektiven helt enkelt inte tycktes ha varit tillräckligt vassa. Till slut skrev farmodern så likt hur hon talade att Hedda kunde höra hennes röst inom sig när hon läste de olika historierna. När farmodern velat hade hon varit lika vältalig som en forntida aristokrat, men för det mesta hade stavelserna som lämnat hennes läppar varit i slarvig ordföljd och alltjämt i samband med obetydliga grammatikfel och grova svordomar.

Denna form av återupplevelse av det förflutna, av de goda minnenas ljuvliga ton, förgyllde Heddas kvällar mer än hon kunde ha föreställt sig. Trots att ensamheten egentligen inte störde henne, så var det ändå en lättnad att känna farmoderns närvaro genom hennes texter. Visst var det hon skrev inte alltid särskilt underhållande eller ens det minsta intresseväckande, men det fyllde ändå hela stugan med en värme som trängde mycket djupare in under huden än brasans hetta någonsin kunde. Det mest oväntade av allt var kanske att Hedda upptäckte en mycket ovan känsla av närhet och tillgivenhet gentemot sin far. Att höra honom bli beskriven på ett så kärleksfullt vis som farmodern beskrev honom, gav henne perspektiv hon aldrig tidigare haft. Inget skulle någonsin kunna radera händelserna som skedde under hennes barndom, men det kunde åtminstone göra det enklare för henne att helt och hållet förlåta och gå vidare.

Torgny satt på sängkanten inne i det mörka sovrummet och betraktade den lilla varelsen som gråtit sig till sömns en stund sedan. Det stackars barnet hade entusiastiskt följt med Torgny hela vägen hem till hans torp, men så fort han klivit innanför dörren och fått syn på de döda djuren så hade han skrikit och brustit i gråt. Utan att förstå varför ungen var så traumatiserad av några huvuden på en vägg så hade Torgny skyndat sig att trycka handflatan mot pojkens mun för att hindra skriken från att höras, och hade sedan burit iväg honom in i köket. Rådvill som aldrig förr hade han gjort allt som stått i hans makt för att få Hilmer att sluta böla, men vad han än försökte så visade det sig gång på gång vara lika menlöst som allt annat. Stora pärlor av tårar hade forsat nedför Hilmers röda kinder likt ett vattenfall på våren, och ingenting tycktes kunna stoppa dem från att falla. Torgny, som visste lika lite om hur han skulle trösta ett barn, som han visste om moral och etik, hade vid flera tillfällen bara blivit stående och stirrat häpet på pojken. Ett par gånger försökte Hilmer klättra ner från stolen och springa mot ytterdörren, men efter att ha blivit stoppad av alldeles för hårdhänta tag om armarna bägge gångerna så hade han slutligen bara retirerat och krupit ihop till en liten rödgråten boll under bordet medan tårarna sprutade ur ögonen. Hysteriskt hade han vrålat:

"Vaj äj djujen! Jag vill ha mammi! Vaj äj Bjön? Nallen! Mamma! Pappa!" Torgny hade trott att han skulle explodera av det höga ljudet, och hade många gånger försökt att locka fram Hilmer från under bordet genom att så tålmodigt han förmådde, säga:

"Jamen, lille vän! Sluta lipa nu. Det gör ju ont i mina öron! Djuren är ju här! Titta då, din fjant! De är inte farliga! Titta!" Desperat att få tyst på ungen hade han visat upp allt ifrån uppstoppade ekorrar till fjällrävsskinn där huden från ansiktet och tassarna fortfarande var kvar. Men vad han än hade hållit upp framför pojken så hade det bara resulterat i ännu våldsammare gråt och vrål. I Hilmers blick såg Torgny något som de allra flesta skulle ha förstått var rädsla, chock och panikångest, men tyvärr var hans förståelse för andra levande varelser så hämmad att det lilla han faktiskt lade märke till, saknade betydelse för honom.

Efter vad som kändes som en evighet så hade Torgny börjat få nog. Det var verkligen inte så det skulle bli! Var fanns de stöttande rösterna i hans huvud nu? Varför var han alldeles ensam i sinnet? I brist på annat så hade han till slut greppat tag om en stol Hilmer höll i under bordet. Han hade i en enda rörelse slitit loss den från pojkens händer och kastat in den i väggen så en högljudd smäll dränkte ljudet av gråten. Sedan hade han vrålat:

"Förbannade idiot! Sluta gråta! Vad i helvete tänkte jag med?" I några sekunder hade det vettskrämda barnet blivit spöklikt tyst, och Torgny hann börja hoppas på att han hade lyckats trösta honom. Så hade han sjunkit ner på huk framför bordet. Därunder satt Hilmer tryckt mot ena bordsbenet med händerna framför ögonen och skakade. När Torgny drog undan handen för att se om han fortfarande fällde tårar, så stirrade ett blankt öga på honom, och inom en sekund brast han i gråt igen. Torgny hade då bara rest sig hastigt, morrat åt ingen alls, och sedan lämnat köket och drämt igen dörren bakom sig. Han hade klivit i skorna och svept jackan tätt om livet innan han gått utanför och låst dörren. I två timmar hade han inte gjort annat än att ströva runt i skogen, så långt bort ifrån torpet som möjligt för att undslippa det förfärligt irriterande bölandet. Tankarna hade spretat åt alla möjliga håll, ibland hade paniken hotat att strypa honom, för att han i nästa sekund skulle börja längta efter alla de fantastiska stunder som han skulle få tillsammans med sin nyfunne son. Samtidigt som han upplevde starkt tvivel om huruvida faderskapet verkligen var det han alltid föreställt sig att det var, så vägde den desperata viljan att slippa vara ensam resten av livet alltid tyngre i vågskålen som utgjordes av hans samvete. Bara han kunde finna ett sätt att få pojken att sluta gråta, så skulle allting ordna sig. Så var det tvunget att bli. De hörde samman, så var det bara.

När han till slut hade varit omringad av skogens tystnad tillräckligt länge för att kunna höra sina egna tankar klart och tydligt, så återvände han till sitt hem. Därinne hade det förvånansvärt nog varit lika tyst som alltid, och Torgny hade rusat in i köket för att försäkra sig om att Hilmer inte hade lyckats fly. Det han funnit var en djupt sovande gestalt under bordet, vars ögon fortfarande såg röda och svullna ut efter all gråt, men som till Torgnys lättnad var slutna.

Så tyst han kunde hade han tagit av sig ytterkläderna och sedan varsamt dragit fram Hilmer så han kunde bära honom till deras gemensamma säng. Med ömhjärtade rörelser hade han bäddat ner barnet under täcket och sedan satt sig på sängkanten för att iaktta honom. Så hade han suttit i över en timme. De enda tankarna som cirkulerat runt i hans i sinne var dessa: *"Givetvis var det rätt att hämta hem min son, vi hade det ju så bra den allra första tiden, och han är så bedårande när han sover. Han är min nu. Jag älskar honom. Jag ska aldrig någonsin lämna tillbaka honom. Hilmer tillhör mig nu. Jag behövde inte vara orolig förut för att det skulle vara svårt att få honom att sluta lipa. Självklart behöver jag bara lämna honom ifred, så lugnar han ner sig. Han var nog så upprörd för att han var trött, allt han behövde var att få sova. När han vaknar ska jag göra iordning lite soppa eller gröt till oss båda. Jag vet allt hur jag ska ta hand om ett barn! Se bara, tvivel! Jag kan visst trösta ett barn! Jag kan visst få det att somna! Jag vet att jag ska hålla det mätt! När han slutar försöka springa ifrån mig så kanske jag kan låta honom gå ut också, och då finns hela skogen där för honom att leka med. Jag ska lära honom allt jag kan! Precis som en ansvarsfull far gör. Det här verkar enkelt. Det kommer att bli så lätt att få honom att älska mig! Se bara, tvivel! Jag är ju rena, skära naturbegåvningen! Jag sade ju att det skulle lösa sig. Vad var det egentligen du var så orolig för, tvivel?"*

Hilmer vaknade två timmar senare och såg sig omkring där han låg i sängen i det dunkla mörkret med vettskrämd blick. På väggen till vänster i det lilla rummet med mörkgrön, bitvis flagnande tapet, hängde ett bogmontage av en älgkos massiva huvud, och till höger om huvudet hängde även ett kalvhuvud, troligtvis kom skinnet till det från hennes kalv. Trots att ljuset i rummet var magert, och endast härstammade från en enda utomhuslampa vars ljus nådde in genom persiennerna i fönstret, så iakttog barnet detaljerna i hennes mörka ansikte. Han följde konturerna ända från mulen till de svarta akrylögonen, till de stora öronen. Åsynen av de gråsvarta pälsstråna som skymtades mellan de övriga mörkbruna etsade sig fast i hans barnasinne och skulle aldrig förglömmas. Det var för evigt det minne som skulle hålla honom bunden till traumat han utsattes för. Alla mindes en särskild detalj, för honom var det gråspräcklig päls.

Han låg där i den obekväma dubbelsängen som stank av intorkad svett och stirrade stint på de stympade älgarna tills tid och rum försvann omkring honom. Tårarna började tyst rinna nedför kinderna igen, och i ett desperat försök att trösta sig själv så kramade han kudden medan han försökte inbilla sig att det var hans nalle. Saknaden efter mamma växte sig allt större i hans inre. Efter tusende tåren fallit hade längtan vuxit sig så omfattande att han inte kände annat än den smärtande desperationen efter en kärleksfull omfamning. Så gott som en liten, ensam pojke förmådde, så visualiserade han att han var hemma igen, trygg och omhuldad i soffan, intryckt mellan sina föräldrars kroppar, med Björn i famnen.

Utan att någonsin släppa blicken från älgarna så såg han i andanom hur favoritfilmen spelades upp på televisionsskärmen i vardagsrummet, så som det borde vara. I andra änden av soffan skulle storebror sitta, och skrolla frånvarande på mobiltelefon med hörlurar i öronen. Hilmer ville så gärna dröja sig kvar vid dagdrömmen, kanske om han visualiserade den tillräckligt tydlig, kanske skulle den då bli till verklighet. Men likt allt annat, så var även drömmen tvungen att finna ett slut.

Golvbrädorna knakade illavarslande utanför den stängda sovrumsdörren, och inom några sekunder trycktes handtaget ner. I gläntan uppenbarade sig Torgny med vad som för Hilmer uppträdde som ett sinistert leende på läpparna. I sina händer bar han en skål vars innehåll var dolt för Hilmer, och när han tog ett tveksamt steg in i rummet, så räckte han fram den åt pojken. Barnet bara stirrade på honom med samma uppspärrade ögon som innan han somnat, och när skålen förblev i Torgnys hand, så gick han istället längre in och placerade den ljudlöst på nattduksbordet. Sedan drog han upp persiennerna och satte sig på sängkanten. Utanför låg den täta skogen fortfarande i djupaste nattslummer. Endast månskenets reflektioner i den vita snön skänkte något slags ljus över träden i deras annars så mörka omgivning. Hilmer höll krampaktigt om kudden i sin famn och gjorde ingen ansats till att inleda någon slags närhet. I ett försök att vara mer tillmötesgående, så strök Torgny varsamt pojkens hand med sina fingrar och log så hjärtligt han förmådde. Allt han ville var att få bli älskad, varför var det så fel? Han sade lågmält:

"Hej, Hilmer. Jag har gjort lite gröt åt dig. Tycker du om det?" Hilmer skakade på huvudet och mötte Torgnys blick.

"Jaså, inte det? Men gröten kommer göra dig stor och stark, så som en riktig karl ska vara! Du vill väl inte vara en liten fjolla?" Hilmer nickade och viskade med gråtsvullen strupe:

"Jo, det vill jag visst. Pappa säge att jag ä pejfekt och undebaj, pecis som jag ä." Torgny suckade ljudligt och kände sig vilsen i sitt så kallade föräldraskap igen. Med irriterad röst sade han:

"Jo, visst är du en fin pojk, lille Hilmer. Men nu är det jag som är din far, och du ska lyssna på mig! Så nu äter du upp din gröt." Han gjorde sitt bästa för att låta övertygande, men insåg inom ett par sekunder att han återigen hade misslyckats. Hilmer bara satte sig med ryggen mot honom och kröp ihop på sin sida av sängen. Torgny sträckte ut en hand och smekte Hilmers högra axel. Beröringen som var ämnad att mjuka upp, gjorde endast att Hilmer stelnade ännu mer, så till slut tvingade Torgny modfälld sin hand att falla.

"Kära, lilla barn. Inte kan du vända ryggen till mig när jag försöker prata med dig. Jag vet att det är svårt, det är jobbigt för mig med... men om vi bara samarbetar så kommer det här att bli så bra..." Till följd av Torgnys ord så övergick Hilmers tidigare tysta gråtande i ljudliga snyftningar. När han viskade sitt svar så var rösten ostadig och svag:

"Vajfö tog du med mig hit? Jag vill ha mamma... och pappa... och Fej... och Bjön..."

”Åh, inte kan du förstå alla orsaker… men du, kanske kan du ändå förstå att du är min son. Jag älskar ju dig mycket, mycket mer än vad din tidigare mamma eller pappa någonsin skulle kunna göra. Vi hör ju ihop, du och jag. Seså… ska du inte ta och vända dig om, Hilmer? Så jag får se ditt ansikte.”

”Nej! Jag vill inte!” Utbrast Hilmer och ryckte till sig axeln, trots att där inte längre fanns någon hand.

”Jag vet inte vad jag ska ta mig till. Du måste hjälpa mig, gossen min… hjälp mig förstå hur jag ska göra för att allt ska ordna sig.”

”Jag vill ha mamma” grät Hilmer. Torgny stönade uppgivet och svarade:

”Jamen, det var då självaste… Du kan inte få mamma nu, Hilmer! Eller pappa eller Frej eller nallen! De älskar inte dig längre! Kan du inte förstå det? Jag är den ende som älskar dig! Jag är den ende som kan ta hand om dig. De andra vill inte ha dig längre! Och glöm nu inte bort att det faktiskt var *du* som ville följa med mig hem. Allt det här är ditt fel!” Givetvis fick de otaliga, manipulativa lögnerna endast barnet att gråta alltmer, och snart var han lika otröstlig som han hade varit tidigare. Hilmer sjönk ned med kudden i famnen på golvet och försvann in under sängen, där han trodde att ingen ondska kunde nå honom. Torgny kastade upp nävarna mot taket och fördömde de satans rösterna som alltid övergav honom när han behövde deras vägledning som mest. Han sade barskt:

"Jaha! Ska det vara på det här viset igen? Då lämnar jag dig ensam så får du lugna ner dig, så kanske du får komma ut härifrån när du börjar bete dig som en skötsam pojke! Ät gröten så du inte svälter!"

"Jag vill inte ha göt!" vrålade Hilmer från under sängen.

"Nej, jag har nog förstått det… Men du ska äta upp ändå!" utbrast Torgny. Innan han stormade ut ur sovrummet så kastade han en blick på sängen där Hilmer hade sovit. En våt fläck syntes tydligt på lakanet. Utan att tänka på något annat än sin egen förtvivlan och sitt misslyckande så skrek han:

"Förbannade slyngel! Kan du inte ens hålla tätt! Har du inte nog med vett i skallen för att säga till när du behöver använda dasset?" Hilmer hade inget annat svar än sina höga illtjut av gråt, så Torgny bara slet med sig sängkläderna och marscherade sedan ut ur rummet.

Trots att tvivlet letat sig tillbaka till hans förödande ensamma sinne, så var det enklare att avfärda det nu när han visste vad han skulle göra för att trösta Hilmer. Det var bara att låta honom gråta sig till sömns. Till det förskräckliga bakgrundsljudet av ett hopplöst, sorgset barn lade han in sängkläderna i sin gamla tvättmaskin, startade igång den med hetsiga rörelser, och försvann sedan återigen ut i det vilda för att undfly sin medmänsklighet. Den lämnade han kvar i det lilla huset som ingen knappt ens visste existerade, tillsammans med barnet som i morgondagens gryningsljus, alla skulle veta var försvunnet.

Det undgick på intet sätt Torgny att samhället och polisen skulle söka efter Hilmer, men han var ännu för berusad av lycksalighet över sin nyfunne son för att till fullo begripa vad det skulle innebära att dölja en femåring för resten av världen. Lika naivt som om han själv vore ett barn, så inbillade han sig fortfarande att det han gjort varit det enda rätta. För hur kunde det ha varit fel? Han hade agerat utifrån kärlek, och hur kunde ett verk som var grundat i kärlek, någonsin vara orätt?

Hedda stod mitt ute i trädgården bakom stugan bland snötäckta odlingslängor, fallfärdiga drivhus, försummade rabatter och väderslitna pallkragar. Det var tidig förmiddag då hon lät blicken färdas noggrant över vad som gömde sig under några centimeters snö, det som skulle komma att livnära henne det kommande året. Solen dolde sig bakom ljusgråa moln, men ändå var dagen ljus och munter.

Medan människorna i samhället knappt tre mil därifrån samlades i horder för att vandra genom skog och mark i jakt på den försvunne pojken, så var Hedda fortfarande lyckligt ovetande i sitt vintriga paradis. Istället för att oroa sig över huruvida barnet skulle hungra eller frysa ihjäl, eller huruvida någonting ännu värre hade drabbat honom, så funderade hon stillsamt över vilka plantor som skulle sättas vart. Det största bekymret som berörde hennes sinne var för tillfället vilka fröer hon skulle låta förkultiveras, och hur tidigt hon skulle få börja med det. I över ett helt dygn hade Hilmer nu varit försvunnen, och i den bästa av världar så skulle Hedda vetat om var han befann sig. Hur lätt skulle det inte ha varit för henne att bara ta en promenad nedför klippans branta väg och hälsa på sin granne, Torgny? Så mycket lidande kunde ha blivit besparats, men istället var allt som existerade i hennes medvetande där och då, drömmar om frodiga äppel- och päronträd; Hasselbuskar och jordgubbsplantor i långa rader; Vildvuxna blåbär och smultron; Potatisen som skulle växa i myllan under hennes fötter; Kompost, nässelvatten och närsalter; Händer som skulle bli torra av att gräva i jorden i flera timmar, och minnets uppspelningar av farmoderns visor om mykorrhiza, fotosyntes och ekologi.

Hon gick omkring i sin egna lilla värld och planerade sin kommande odling medan fjäderlätta snöflingor singlade ner från himlen. Vinden hade varit kraftfull under natten, men efter gryningen hade dess ork mattats ut, och kvar fanns inget mer än milda pustar av de salta vindarna som aldrig tycktes att helt upphöra vid kusten. Med ro i själen ritade hon upp skisser i huvudet för att avgöra vad i trädgården hon skulle bevara som det var, och vad hon skulle behöva gräva upp, riva ner och göra om. På matbordet i köket hade hon börjat lägga ut de små papperspåsarna med fröer hon hade köpt inför flytten, i hopp om att i slutändan kunna schemalägga hela odlingssäsongen. Då och då fick hon anstränga sig för att kväva rösten som ville underminera hennes förmåga att vara självständig, och i dessa stunder fanns inget annat val än att acceptera den ofullkomliga, osäkra framtiden som hägrade.

De okomplicerade tankarna som belägrade hennes sinne nådde ett abrupt slut när Adina plötsligt dök upp vid husknuten med en liten flätkorg hängande över vänstra underarmen. Hon var lika ljuvligt gammaldags klädd som alltid, med brun yllekjol, randig linneskjorta och inget mer än en rutig filtpläd om axlarna som skydd mot kylan. Givetvis var huvudduken virad kring ansiktet, och likaså var hon iförd sin gröna halsduk och de matchande lovikavantarna, som Hedda knappt ens behövde gissa för att förstå att Adina förmodligen hade stickat själv. Det silvriga håret låg i samma långa fläta utmed den förvånansvärt räta ryggen som det skulle göra tills dagen då hon dog, och på hennes läppar fanns samma sträva, men vänliga uttryck som var det enda Hedda någonsin hade sett henne bära. Det tycktes inte spela någon roll om hon så tvingades ut i en våldsam snöstorm, Adina skulle för evigt ikläda sig sina förunderliga kläder och sitt älskliga leende. Hedda förstod inte hur den arma kvinnan stod ut med det, hon måste väl frysa konstant? Men självklart skulle Hedda aldrig få ett tydligt svar på sin undran, för Adina skulle aldrig klaga på ett beslut hon själv tagit. Blotta åsynen av Adina fick Hedda att rysa av kyla hon egentligen inte kände sig drabbad av. Den gamla kvinnan sträckte ut sin lediga arm mot Hedda och sade:

"God dag, min Hedda. Kommer jag oläggligt?" Hedda återgäldade den utsträckta armen med en mjuk omfamning, och hon fann sig förvånansvärt varm inombords av beröring från en annan människa. Kanske var hon ändå lite mer ensam än hon ville erkänna. Hon svarade:

"Nej då, inte alls. Jag bara står här och fantiserar om sprudlande växter och nyskördade palsternackor i sensommarsalladen."

"Jaså, ja... Jag förstår, då stör jag kanske inte, åtminstone?" Hedda log milt och skakade på huvudet. Det svårt för henne att erinra sig att det för bara några månader sedan hade varit en så nästintill ooverkomligt svår utmaning för henne att le sådana milda leenden som nu tycktes uppenbara sig utan några besvär alls. Insikten gjorde henne stolt över sig själv, utan att hon riktigt förstod varför. Adina fortsatte:

"Det värmer mitt hjärta att veta att du tänker återinföra ung livskraft till dessa små odlingar. De var ju så prunkande en gång i tiden… Din farmor hade nog ingen större kärlek i livet än din far, du och så landen här. För en gammal bondkärring som mig, så var det nästan obarmhärtigt att se hennes rikliga skördar de år då vi knappt ens fick nog för att sälja överskottet. Hon hade sannerligen gröna fingrar, den damen. Tänk så egendomligt tystlåten hon var om sina begåvningar i trädgården dock. Alla de gånger då jag försökte få henne att avslöja sina hemligheter till framgångarna i pallkragarna, så bortförklarade hon det alltid som en tredjedels guldvatten, en tredjedels tur, och en tredjedels magi. Det där guldvattnet svor hon alltid var det bästa gödningsmedlet, men jag tror minsann att hon mest bara använde det som ursäkt för att inte vilja engagera sig djupare i ämnet med mig. Hon var ju alltid lite särskild, din farmor… på det allra finaste viset, naturligtvis. Men det gjorde det lite svårt att kommunicera med henne ibland. Hon var alltid så villig att ge råd om allt som livet berörde, och ändå var det som om hon alltid höll den största delen av sitt hjärta undanskymt." Hedda dröjde ett par sekunder med sitt svar. Orden om hennes farmor hade spelat an de hjärtesträngar inom henne som endast kunde ljuda sorgsna melodier. Sorgen slog henne, som alltid, med oväntat kraft och sårade henne djupare än hon trodde var möjligt. Speciellt med tanke på hur lång tid som ändå hade hunnit passera sedan förlusten. När hon väl tog till orda så var rösten en smula tveksam och svag:

"Jo, nog var hon lite egen, min gamla farmor. Men jag vill inte höra någon säga ett ont ord om henne för det. Hon är fortfarande den mest kärleksfulla, innerliga och genuina människa jag någonsin fått äran att lära känna. Jag har aldrig förr och aldrig senare mött någon som sjunger och berättar sagor för sina plantor. Jag vet att hon verkade märklig ibland, men… jag undrar om hon inte egentligen var den enda av oss som inte visste vad skam var… och hur kan jag då stå här och vanhedra hennes minne genom att kalla henne konstig?"

"O, kära du… jag menar inte alls att vara elak på något vis. Din farmor var min allra bästa vän, jag älskade henne otroligt mycket. Jag ska försöka att inte kalla henne något illa i återstoden av mitt liv, men om jag ändå skulle göra det, så måste du veta att jag alltid menar det i den allra högst uppskattande och hyllande bemärkelse." Adina strök Heddas axel och tryckte mjukt hennes överarm i en och samma kärleksfulla gest.

"Jag vet det", blev allt Hedda hade att ge till svar.

"Jag vet inte om du vill släppa in mig nu, men jag bakade en kaka åt dig, som tack för hjälpen med att befria rådjuren från trädfällan igår. Du kan bara ta den om du vill, så kan jag gå." Adina räckte fram korgen åt Hedda, som tog emot den och sade med återfunnen styrka:

"Det hade du verkligen inte behövt… det var väldigt snällt av dig. Tack så mycket, Adina. Kom in med mig nu så du blir varm ända in till skelettet, och så tar vi oss en skiva kaka och en kopp te."

"Okej, då… om det är vad du vill. Du behöver inte vara snäll i gengäld, en kaka var väl ändå det minsta vi kunde ge dig som tack."

"Nonsens och struntprat!" Hedda blev chockad över sitt val av ord i samma stund som hon yttrade dem. Så brukade hon aldrig säga, men Zaafir hade haft en förkärlek för att uttrycka sig så, närhelst han tyckt att Hedda betedde sig orimligt. Var kom det ifrån? Vad i hela friden hade hans ironiska uttryck att göra i Heddas mun? Trots att det gav henne en ovälkommen känsla av tomhet, så avskrev Hedda det som en slumpmässig reaktion, och trängde undan alla vidare funderingar på det. Hon fortsatte:

"Jag menar… äsch, jag vet inte ens vad jag menar med det. Stig på bara." På vägen in så lät hon Adina ta över korgen igen, så Hedda kunde få med sig några vedträn i famnen. Snart var de bägge kvinnorna inne i den omhuldande värmen i stugan. Elden knastrade i både den öppna spisen samt järnspisen, och kaka och te stod serverade på matbordet där fröpåsarna blivit undanstuvade igen. Inte förrän de hade stoppat varsin sked av den mjuka kakan i munnen och svalt, så utväxlade de meningsfulla ord igen. Innan hon försiktigt slurpade i sig en liten klunk av den heta lavendeldrycken, sade Adina lågmält:

"Visst är det förskräckligt, det som skedde häromdagen, nere i staden… Även du måste väl ha hört nyheten vid det här laget?"

"Tyvärr, det måste ha undgått mig. Jag får inga tidningar ens, av mitt eget val, så klart... men det gör mig väldigt dåligt uppdaterad på vad som sker i min omvärld. Hur så? Har det skett en olycka?"

"Jo, tack... om det vore så väl att det bara skulle vara en olycka... Polisen vet inte helt säkert hur det gick till ännu, men det är en liten pojke, jag har för mig att det stod att han bara var fem år, eller kanske fyra, eller kanske sex... ja, jag vet inte riktigt. Men han försvann i alla fall från lekplatsen vid friluftsområdet i förrgår, och ingen vet vart han har tagit vägen." En våg av obehag for genom Heddas väsen och orsakade henne att vrida sig på stolen. Orden påminde henne om Estrids försvinnande, och med detsamma hade ännu en spricka i Heddas glaskupa kring sitt paradis tillkommit. Det som aldrig fick hända, hade hänt. Igen. Hon svalde hårt innan hon sade:

"Så förskräckligt." Hedda gjorde sitt bästa för att inte visa sig alltför berörd. Adina fortsatte genast:

"Jo, visst är det ohyggligt... Det var visst flera hundra som skulle samlas idag för att bilda skallgångskedja och leta efter honom. Jag vill hjälpa till, men jag vet inte om jag orkar. Jag kanske mest bara skulle bli i vägen. Om de inte finner den stackars pojken idag, så kommer jag ställa mig och göra soppa åt dem. Något måste jag ju göra... Har du tänkt att åka dit?" Hedda avhöll sig från att svara ett par sekunder. Hon visste vad det enda rätta svaret var, men samtidigt brottades hon med skyldigheten att hjälpa i sökandet, kontra skyldigheten gentemot sig själv och sitt eget psykiska välmående. Till slut sade hon:

"Jag går nog ut på egen hand häromkring, men jag vill inte gå med i skallkedjan… Det vore nog för mycket för mig." Hon vände ned blicken i bordskivan, svaret fick henne att skämmas över sin egen svaghet.

"Ja, visst… Det här måste givetvis få dig att tänka mycket på det där med Estrid… Hur hon försvann och allt… Hon blev också bortrövad, inte sant?" Hedda nickade.

"Det var obetänksamt av mig att berätta om pojken, jag borde ha vetat bättre." Hedda mötte Adinas något oroade blick igen, och svarade barskt:

"Sluta tro att du sårar mig jämt och ständigt. Du har känt mig hela mitt liv, du vet väl att jag inte tar illa upp?" Hedda log och Adina skrattade lågmält som en bekräftelse.

"Vi kan tala om något muntrare", sade Adina och pausade kort innan hon fortsatte:

"Sigurd fortsätter att bli bättre av den här växtbaserade kosten. Numera har han kanske några dåliga dagar i veckan istället för att det bara är en enda dag då och då som är lite bättre. Så statistiken för hans minnesluckor och plötsliga beteendeförändringar har vänt. Det har till och med gett mig hopp om att han kanske inte kommer fortsätta att må sämre desto äldre han blir, utan att det förhoppningsvis kan plana ut vid något tillfälle."

"Det gläder mig verkligen", svarade Hedda och fattade tag om Adinas skrynkliga, knotiga hand.

"Men det har fått mig att fundera på framtiden… Som du så noga vet, så är vi bönder. Vi föddes med jord i ådrorna, och utan meningsfullt arbete så vissnar våra kroppar och själar. Sedan vi lade ned vår verksamhet, så har vi haft för lite att göra under dagarna. Så länge hönorna och de sista sinkorna fortfarande lever så har vi ändå en anledning att ta oss ur sängen, men vad händer sedan? Vad händer när inga djur finns kvar för oss att ta hand om? När det enda liv som existerar på gården är jag och min gamla gubbe. Hur ska vi då få dagarna att gå? Jag vet att vi har nått den där åldern då alla andra tycker att det är hög tid för oss att slå av på tempot, flytta in på ett ålderdomshem och sitta i frid och bara vänta in vår sista stund tillsammans. Och tro mig, om vi vore skapta på det viset, så skulle nog ingen av oss protestera… men nu har vi bott här hela våra vuxna liv. Allt vi känner till från hela vår tid tillsammans är dessa skogar, detta hav och denna klippa. Hur skulle vi någonsin kunna lämna allt detta, om inte i kistor? Vi har brutit upp jord och skapat betesmarker och odlingar. På våra fält har vi låtit växa raps, vete, havre, gräs till hö och mycket mer. I över en halv mansålder lade vi ned all vår energi, all vår livskraft i vårt arbete, och nu ser vi hur all vår möda rinner oss ur händerna likt sand i ett timglas. Det gör både dystra och frustrerade. Varenda dag så vaknar jag med hoppet om att just idag ska vara den dag då ålderdomen tar ut sin rätt på mig, men det sker inte. Jag har ingen lust att sitta still inomhus bredvid en karl som sakta förtvinar. Och våga inte misstolka mina ord nu, min kära vän, jag har ingen vilja att åter ge mig in i kretsloppet av lidande som utgör djurindustrin. Åh, nej… då dör jag hellre. Men däremot så måste jag finna något sätt att hålla mig upptagen, och att bara påta i trädgården eller få ut frustrationen genom städning, se det duger inte för mig. Det finns det ingen mening med… Jag vet inte varför jag lättar mitt gamla hjärta för dig på detta vis, det finns ju ingenting du kan göra åt mitt bekymmer. Kanske söker jag bara förståelse hos en annan medvarelse, som också förstår hur själen förruttnar om den inte är jordad i hårt arbete." Hedda mötte Adinas blick i de grumliga, gråblå ögonen och log milt medan hon sakta nickade förstående. Efter en stunds tystnad svarade hon:

"Av alla de vis som en människa kan åldras på, så måste nog ditt sätt vara det allra trevligaste. Försök att uppskatta den här tiden i ditt liv, för en dag kanske den där dagen faktiskt kommer, då du inte orkar göra så mycket mer än att existera, och då kommer du att sakna dessa stunder. Jag vet att du grämer dig över din sysslolöshet, men kanske är det bäst att inte försöka tvinga fram någonting. Kanske vore det bättre att finna lugnet i tristessen, och i friden kanske du kan manifestera din strävan efter en mer meningsfull vardag. Säkerligen kommer universum, eller Gud, eller slumpen att känna av din manifestation, och uppfylla din önskan." Adina plirade åt Hedda och med ett roat uttryck i ansiktet.

"Vet du, ibland låter du skrämmande lik din farmor."

"Tack", sade Hedda och log. Hon lät blicken landa på den stora drömfångaren och kände närvaron av en osynlig existens. Trots att det var ologiskt, så visste Hedda att det var Tyra som genom en annan dimension viskat orden i hennes öra. Det värmde hennes inre och fick henne att tänka: ”*Åh, Adina… Du vet inte hur rätt du har.*”

23

Estrid gjorde sitt allra bästa för att distansera sig från Hilmers försvinnande, eftersom det drog upp hennes förflutna med de rötter hon så omsorgsfullt hade grävt ned i hjärtats mylla. Dessvärre var hennes åtagande någonting som var oerhört svårt att genomföra, med tanke på hur hela hennes omvärld gjorde det motsatta. Lektioner blev inställda, arbetsuppgifter fick vänta och föräldrar lät aldrig sina yngsta barn ta ett enda steg utanför dörren såvida deras händer inte hölls i fasta grepp. De allra minsta bars omkring eller syntes inte till, för ingen vågade ens lita på barnvagnar längre. Ingen visste helt säkert vad som hade skett då Torgny lämnat lekplatsen med Hilmer, men blotta tanken av att det kunde finnas en barnarövare i området fick även den mest oansvariga av föräldrar att hålla extra hårt om ungen sin. Den lilla kuststaden, som vanligtvis myllrade av folk som rände hit och dit och aldrig bekymrade sig om den andre, hade nu gjort en gemensam kraftansamling som förenade samtliga som förmådde avvara en stund av dagen åt att söka efter pojken. Varför skulle människor alltid finna som innerligast gemenskap när det rådde kaos och elände?

Att försöka undvika den rädslogrundade galenskapen var lika hopplöst som det var att få snön att sluta falla. Detta erinrade Estrid sig väldigt snabbt, då alla hennes förhoppningar om att kunna hålla sig utanför tragedins epicentrum gång på gång förföll i vissheten om att det var omöjligt. Hennes moster hade tagit sig an uppgiften att förbereda och servera mat till människorna som ställde upp i skallkedjorna. Mostern hade aldrig några krav på varken sin egen dotter eller sin systerdotter att någon utav dem skulle följa med henne och hjälpa till, men hur skulle de inte kunna göra det? Det var som om ingen i hela staden kunde sova förrän Hilmer var trygg i sin mors famn igen, och alla som inte räckte ut en hand för att hjälpa till på något vis, förföljdes oundvikligen av dömande, bistra blickar vart än de gick. Så Estrid följde med sin moster och sin systerkusin och stod plikttroget bakom de långa borden som hade ställts upp på parkeringen vid friluftsområdet. Med ett milt leende på läpparna slevade hon upp tomatsoppa på medtagna främlingars djupa papptallrikar. Efter bara ett par timmar värkte både fötter, höfter, ländrygg och huvud, men ändå stod hon kvar. Till slut föreföll den trista sysslan sig naturlig, och hon log och hällde upp soppa utan att tänka, eller ens vara till fullo närvarande. Inombords ansträngde hon sig så mycket hon förmådde för att inte låta tankarna skena iväg med henne. Givetvis kunde hon inte undvika att minnas det hon allra helst skulle glömma, då hon varit upphovet till liknade ansamlingar av volontärer. Då hade hon inte hört deras rop när de gick på långa led och luskammade skog och mark. Då hade hon inte förmått lystra till deras eviga visa som bestod av hennes eget och åtta andra flickors namn. Där hon suttit, flera meter under jorden, naken och levande begravd i en kammare av sten, hade hon inte nåtts av deras oupphörliga tilltro i att allesammans skulle överleva. Hon hade aldrig drabbats av deras oro och deras ovillkorliga engagemang. Vissa skulle säkert ha kallat det altruism. Estrid visste inte om hon var så övertygad om den saken. Nog hade de säkerligen agerat utifrån sin egen, genuina anfäktelse, men deltog de verkligen för den försvunnes skull, eller för att de inte klarade av att sitta stilla hemma? Försökte de sannerligen att hitta pojken, eller gjorde de det bara för att dämpa sin egen själanöd? Estrid trodde nog mest på att för var och en av människorna som hon serverade den dagen, så utgjordes deras anledning för närvaron av en blandning av bägge. Det var både för Hilmer, och för dem själva.

Estrid fann det fascinerande att få bevittna andra änden av ett försvinnande, än det hon själv varit med om. Att både bli bortförd och få vara med i sökandet, var väl få förunnat. Det var kanske inte en erfarenhet hon skulle skriva med i sitt curriculum vitae för att imponera på framtida arbetsgivare, men det var ändock någonting som gjorde henne unik.

Istället för att låta sinnet fastna i djupet av jordkällaren, bland blodet, kedjorna och de dansande rosbladen, så använde hon sitt medvetande för att registrera omgivningen. Det var någonting som brukade lugna henne när mardrömmarna blev för verkliga. Hon ägnade tiden åt att iaktta folket omkring henne. Att diskret analysera deras ansiktsuttryck och deras kroppsrörelser, att lyssna på deras konversationer och försöka gissa sig till vad de kände. Koncentrationen det krävde upptog all hennes uppmärksamhet, vilket var förhoppningen, men det fördunklade också hennes direkta närvaro. Detta resulterade i att när Frej uppenbarade sig bland människorna i ledet som hon serverade, så lade hon inte ens märkte till honom förrän han ljudade första stavelsen på hennes namn. När hon till slut återfördes till det tumultartade nuet så hoppade hon till och drog sig instinktivt undan från den unga mannen på andra sidan bordet. Ett ögonblick såg han ut som om han tänkte säga något, men när han förblev tyst så slevade bara Estrid upp soppan på hans djupa tallrik och blickade ner i den stora kastrullen som hölls varm av ett spritkök. Sekunden därefter förväntade hon sig att han skulle ha gått vidare i ledet, förbi henne. Men när hon återigen tittade upp från soppan, så stod han kvar och såg in i hennes ögon med dyster, utmattad blick. För första gången försökte han inte ens dölja det. Det oroade Estrid mer än hon ville erkänna, och när han svagt gestikulerade åt henne att följa efter honom när han till slut lämnade ledet, så var hennes första infall att stanna kvar. Inte förrän han efter att ha tagit några steg blickade tillbaka på henne, så gav hon upp sin ståndaktighet och överlämnade soppsleven till en äldre man som kom och frågade om han kunde hjälpa till.

I samma stund som hon tog ett initialt steg åt sidan så tycktes kylan nå ända in i själen. Estrid hade knappt ens märkt av de kalla tårna och de stelfrusna fingrarna, men så fort hon började röra på sig så blev smärtan intensiv. Med stela rörelser banade hon väg genom folkmassan och letade sig fram till Frej, som hade ställt sig en bit därifrån bakom ett par skåpbilar. Hon stannade en meter framför honom och sade:

"Hur är det?" Frej såg sig ängsligt omkring och verkade nästan överraskad över att hon faktiskt hade uppfattat hans invit, och därtill även valt att godta den. Efter en stunds spänd tystnad så yttrade han till slut orden:

"Jag vet inte vad jag ska göra… jag antar att jag bara ville tacka dig. Jag är så korkad! Allt det här är mitt fel! Om jag bara hade sett honom försvinna… om jag bara hade haft uppmärksamheten på honom… då… då kanske det här aldrig hade hänt." Estrid såg lika mycket vrede som hon såg sorg i hans ögon, men det bästa hon hade att erbjuda som tröst var:

"Jo, men det vet du väl ändå inte. Han kanske hade försvunnit ändå." Under ett ögonblick så trodde Estrid att han skulle explodera i ett raserianfall, men istället tycket modet sjunka ytterligare, och han mötte Estrids blick med ett djup som fick henne att känna sig obekväm. Han sade lågmält:

"Om du inte hade funnits där…" Estrid avbröt honom när han suckade och drog efter andan:

"Då hade det här troligtvis ändå hänt. Det här är inte ditt fel."

"Alla säger det, men jag vet att det är en lögn… fan! *Du* vet att det är en lögn! Jag kunde ha förhindrat det här! *Jag* hade ansvaret för honom! Det var *mitt* jobb att hålla honom trygg! Det här borde aldrig ha skett!" Frej brast i gråt vars ljudliga snyftningar dränktes av det konstanta sorlet från horden av människor. Han gjorde en tydlig antydan om att vilja bli omfamnad, men istället för att skänka honom den närhet han så desperat krävde, så backade Estrid istället ett par steg och försökte låta vänlig när hon sade:

"Ingen vet vad som har hänt än, ta det lite lugnt. Han mår nog bra." Frej ignorerade henne.

"Han är död! Och allt är mitt fel!" Frej slog näven i luften i ett tafatt försök att uttrycka sina känslor på något annat vis än med ord, och när det inte var tillfredställande så bara han lutade pannan mot den ena skåpbilens bakdörr och grät våldsamt. *"Jisses"*, tänkte Estrid när hon betraktade honom. *"Det är verkligen inte särskilt trevligt på den här änden av ett försvinnande heller, uppenbarligen."* Hon skulle helst ha gått därifrån, men pliktkänslan hon bar inom sig av medmänsklighet, beordrade henne att stanna. Efter en stund så lade hon varsamt sin ena hand på hans axel och höll den där i ett par sekunder som högst. Hon sade torrt:

"Så, så… det ordnar sig nog."

Estrid var den allra sista av alla de människor som hade samlats där på parkeringen den dagen som trodde att allting faktiskt skulle ordna sig. Så vitt hon förmådde gissa sig till, så skulle Hilmer med största sannolikhet påträffas död, om han någonsin ens blev återfunnen. Det bar henne emot att ljuga för någon som Frej, som så uppenbart hatade lögner, men vad annars skulle hon ha sagt?

Hon stannade hos Frej i några minuter, men när han bara fortsatte gråta så hade hon slutligen smugit därifrån och bryskt styrt stegen hemåt. Det fick vara nog med så kallat volontärarbete för dagen.

Trots allt, så hade hon redan tillräckligt med erfarenhet av bortrövande för att räcka henne resten av livet.

24

Hedda gick med tunga steg fram genom den täta skogen. Himlen ovan hennes huvud var som den alltid tycktes vara; Lika ljus och oskyldig som den knastrande snön under hennes kängor. Det var den dittills kallaste dagen hon upplevt under årets vinter, och varenda utandning uppgav ett moln av ånga. Trots den stränga kylan kände Hedda sig frisk och livskraftig. Bakom sig släpade hon en yllefilt med två av de trädstamstumpar som Adina sågat upp för att frisätta rådjuren, och det mödosamma arbetet fyllde henne med en innerlig, oförklarlig glädje. Det var som aktiv meditation att dra hem det som skulle värma hennes bo och koka hennes grytor. Hon släpade fram det med hjälp av två rep som satt fast i filten, som hon lagt mot vardera axeln som stöd, och sedan höll fast med sina händer. För att orka dra fram sin last tvingades hon ibland gå framåtlutad med blicken i den frusna marken, men det besvärade henne inte. Solen stod i zenit och det var inte längre än en kilometer kvar tills hon skulle vara hemma. Därför var det bara att fortsätta gå. Fortsätta streta. Fortsätta kämpa. Fortsätta andas djupt. Fortsätta leva.

För att underlätta för sig själv så hade hon tagit sig ut till närmsta stig, och den följde hon hela vägen tillbaka till paradiset. Den korta vandringen gick långsamt och tärde på all energi som fanns inom henne, men hon behövde inte mer än vända blicken upp mot grantopparna för att känna själen återfyllas av kraft. Då och då tvingades hon stanna och svälja en näve snö för att släcka törsten. Sedan noppade hon av några granbarr för att tugga på, och stoppade in dem i munnen innan hon trugade vidare. Sävligt tog hon sig framåt. Steg för steg, bland det tysta och det förglömda vilda. I den ljuvligaste av ensamhet och fridfullhet förde hon sin livförsäkring hem. Över snöbegravda kvistar och småstenar. Det enda sällskap hon välsignades med, var en ädel duvhök som vakade över henne från trädtopparnas höjd.

Det dröjde en liten del av hennes livstid innan hon slutligen var hemma, men vad betydde tidsåtgång för någon som Hedda, i ett liv som hennes? Ingenting, var det enda ärliga svaret. Tiden betydde ingenting. Tröttheten i musklerna nådde henne som mest när hon äntligen fick syn på det gamla vedförrådet byggt av timmer från skogen. Yttertaket bestod av en blandning av mossa och gräs, och Hedda visste att det skulle bli hög tid att plantera om det när sommaren anlände. Ett stenkast därifrån låg den lilla stugan gjort av stenblock och lera, och trots dess säregna utseende med den ljusblåa dörren, det överväxta grästaket och de dubbla skorstenarna, så besatt det fortfarande, efter så många års existens, förmågan att förgylla och omhulda varenda dag i Heddas liv.

Hedda släpade fram bördan till vedförrådets ingång där hon sedan med stor lättnad lät de tjocka dragrepen falla till marken. Hon räckte upp händerna så långt hon förmådde mot himlen och lät sig känna omfattningen av värken i kroppen efter arbetet när hon sträckte ut sig i sin fulla längd. Pustande och flåsande sjönk hon sedan ned och lade sig på rygg i snön. Där låg hon kvar och vilade med slutna ögon tills andningen hade saktat ned och hon fann ork att resa sig igen. Sedan gick hon på stela ben in i sitt bo, klev ur kängorna och i de fodrade tofflorna, hängde av sig ytterkappan och styrde med vana stegen mot järnspisen. Den hade blivit hennes ständiga första mål efter hemkomst. En svag glödbädd fanns kvar i askan och kolbitarna efter morgonens brasa, men den var inte stark nog för att orka ta sig i vedträn. Så Hedda tände en ny brasa, både i köket likväl som i vardagsrummet, på samma vis som hon gjorde minst två gånger om dagen. Skulle elden hållas levande under hela dagen, krävdes det att hon var inne och lade på ved åtminstone varannan timme.

De kommande två timmarna ägnade hon åt återhämtning. Hon lagade en enkel måltid åt sig själv, bestående av kokt potatis och bondbönor i svagt kryddad såg, tillredd på havregrädde och potatismjöl. Efter att magen blivit fylld somnade hon under ett täcke i soffan framför brasans värmande sken. När hon vaknade en stund senare, så gällde det att ge föda åt eldhärdarna innan hon gick ut för att lätta sig. Därefter pockade rastlösheten på hennes uppmärksamhet, så trots att mörkret snart skulle belägra sig i omgivningen, beslutade hon sig för att påbörja arbetet med att klyva trädstumparna till ved. Allt hon hade att tillgå som verktyg för sin uppgift var en yxa som var över trettio år gammal, men ändå skulle det bli gjort. Det var länge sedan hon senast höll i en yxa, men ändå kändes det naturligt för henne att greppa tag om skaftet och svinga den högt upp i luften. Hon lät känslan av att ha den i sina händer uppfylla allt utrymme i hennes sinne, och sedan lät hon den falla ned på trädstumpen. Inget mer hände än att hon skapade en liten spricka där eggen träffat en åldersådra i träet. Hon lät sig inte kuvas av ett första misslyckande. Eller ett andra... eller ett tredje... eller ett fjärde...eller ett sjunde... eller ens sitt fjortonde misslyckande. Ibland fastnade hon med yxan så det tog henne en hel minut att få loss den, andra gånger missade hon träffytan helt och hållet. Men hon lät sig inte bli besviken och hon gav aldrig upp. Efter en timmes försök att träffa rätt så pulserade mjölksyra genom armarna och nacken, och dessutom hade en slöja av kvällens mörker sänkt sig kring henne. Det klokaste hade nog varit att avsluta för dagen och gå in för att vila igen, men det ständiga misslyckandet fick den okuvliga envisheten inom henne att spira och frodas. Därför gick hon inte in för att natta sig, utan för att hämta en lykta. Hon tände eld på veken och hängde upp den på samma långa, rostiga spik vid vedförrådets ingång där lyktan hängt oräkneliga många gånger förr. I dess svaga sken fortsatte hon sedan sitt slit med yxan och trädstumpen hon aldrig tycktes kunna träffa rätt i.

Hedda fortsatte misslyckas, men så plötsligt svingade hon ned yxan och hörde det underbara ljudet av träfiber som särades. När hon tittade ned insåg hon att hon äntligen hade lyckats klyva hela runda träbiten på mitten, så två stora halvmånar hade bildats på vardera sidan om yxan. Instinktivt lät hon ljuda ett gällt glädjeskri och hon flängde upp de utmattade, värkande händerna mot de blänkande stjärnorna. Hon sjöng en ordlös melodi av genuin triumf och skuttade runt likt ett överlyckligt barn i den nedtrampade snön medan hon utförde sin stolthetsdans. En gång för alla hade hon bevisat för tvivlet inom sig, att det hade haft fel. Hon skulle visst överleva. Hon levde för sin egen skull och var ämnad att finna frid i ödsligheten. Det här var hennes liv, och det var det enda liv hon någonsin skulle leva. Ingen skulle få ta det ifrån henne nu. Hon var äntligen fri och förälskad. Den enda sanna kärleken var vildmarken, och hon var redo att förlova sig med den. För alltid.

"Hedda." Yttrandet av hennes namn nådde hennes sinne först som om det färdats över havet med vindens susande stämma, sedan nådde insikten henne om att det inte var vinden. Det var heller inte farmoderns ande som viskat hennes namn genom världarnas fönster. Inte heller var det Adina eller Sigurd. Det var inte heller Estrid, detta visste hon med hela sitt hjärtas godhet. Sättet han hade yttrat hennes namn… Det var på ett sådant vis som ingen annan yttrade det. I de fem bokstävernas ljud rymdes all hans kärlek och all hans rädsla i ett och samma andetag. Hur kunde det vara sant? Inte kunde det väl stämma?

Hedda frös till is och blev ett med vinterkylan. Hon hade hört hans röst så tydligt, alldeles bakom sig, men ändå förmådde hon inte tro på det. Hon stod som förstenad med blicken riktad in i lyktans låga tills han nämnde hennes namn igen, ännu försiktigare denna gången. Det var knappt mer än en viskning:

"Hedda..."

Någonting som slumrat vaknade till liv inom henne, men det var ovilligt som hon tillkännagav dess uppvaknande. Så långsamt att jordens rotation tycktes ha stannat, betraktade hon, som om det vore en dröm, hur hennes högra hand greppade tag om lyktans handtag och hur hon sakta hängde av den från spiken. Hon höll lyktan framför sig som ett vägledande ljus i den mörka kvällen, sedan vände hon tveksamt runt så hon istället stod vänd mot uppfarten. Där, flera meter bort, skymtade hon två gestalter. Allt annat än konturerna av deras kroppar var ännu dolt av skymningens svärta. Ena gestalten var reslig, den andra stod strax bredvid honom och nådde honom bara till höften. Ett dovt morrande ljöd ifrån den mindre gestalten, men inget hyschande hördes. Det betydde att han lät henne morra.

Sakta, sakta smög Hedda närmare de två fördunklade gestalterna, och för vartenda steg hon tog så avslöjades mer och mer av deras kroppar. Vid den långa gestaltens högra sida syntes en stor väska. På hans vänstra sida drog den stora hunden framåt, men mannen höll henne tillbaka. När Hedda stod på knappt fem meters avstånd sänkte hon lyktan och belyste hundens mörka ansikte. Hon såg in i de gyllene ögonen som varit så bekanta en gång i tiden, och genast upphörde morrandet. Hedda kände igen henne trots att Hedda ännu inte såg mycket mer än en nos och två skimrande ögon. Trots att hon inte förstod varför de var där, så blev det allt svårare för henne att förneka deras närvaro.

Hedda fortsatte att ta några långsamma steg framåt, och lät lyktans sken belysa mannens ben. Ännu vågade hon inte höja ljuset till hans ansikte, då skulle det inte finnas någon återvändo. Detta visste hon i sitt hjärta.

Till slut hade hon kommit så nära honom att hon kunde sträcka ut sin vänsterarm och känna hans solida existens. Med fingrarna berörde hon hans axel och hörde i den annars så totala tystnaden, hur tyget på hans jacka frasade under hennes hud. Hela hennes väsen skakade och vibrerade när hon ytterst varsamt lät fingertopparna färdas uppför hans hals. Hon kupade handen runt hans kind och kände att han var slätrakad, som alltid. Fortfarande hade hon inte höjt lyktan så hon kunde se hans ansikte. Då hon stod ute i det vilda, utanför sitt ödsliga paradis med mannen hon svurit sig själv att inte älska, och hon kände hans hud mot sin handflata, så upplevde hon något som var så oerhört intimt.

Efter vad som tycktes vara en evighet så lät hon lyktans sken falla över hans ansikte. Nio tårar rann nedför hans kinder. Hedda räknade varenda en. Kärleken välte omkull hennes inre likt ett hårt slag mot bröstet.

Hon log mot honom. En sådan simpel gest, ändå betydde den så mycket. Hon viskade ett enda ord, precis som han. Ty det var det enda som fanns att säga.

"Zaafir..." Sedan drog hon in honom i sin famn och höll honom hårdare än någonsin tidigare.

25

Zaafir hade rest halva dagen för att träffa henne. Det hade tagit honom flera timmar att färdas dit, varav åtminstone en timme hade ägnats uteslutande åt att försöka hitta rätt väg i det mörka, snöiga skogslandskapet. Han hade kört så långt som det var möjligt, men till slut hade han fått inse att det inte skulle gå att ta bilen uppför den oplogade, branta vägen som slingrade sig uppför klippan. Så han hade lämnat bilen utmed vägkanten och bett en stilla bön om att ingen skulle stjäla den under nattens gång. Det enda han hade med sig var Skrållan och en väska med det nödvändigaste nedpackat, och bägge hade han tagit ut ur bilen innan han påbörjade sin vandring. Han hade inte haft en enda aning om det verkligen varit rätt väg eller om han skulle gå vilse. Då batteriet i mobilen kändes för dyrbart för att slösa på, så hade han navigerat sig utan någon form att ljus. Den vita snön hjälpte till viss del honom att inte tappa bort sig alltför mycket, och efter ett tag hade ögonen vant sig vid mörkret tillräckligt mycket för att han skulle kunna se trädens konturer omkring sig. Sakta och med stor tacksamhet över sin fyrbente kompanjon hade Zaafir tagit sig hela vägen upp till slutet av vägen. Utöver den vidsträckta skogen fanns där inget mer än två stora stenar på vardera sidan om honom, samt en svag ljuskälla som spred sin värme en bit längre fram. Då det inte funnits mycket annat att välja på, så hade han tvingats svälja sin rädsla och fortsätta framåt, närmare ljuskällan. Utan att ha den minsta aning om vart han befann sig, och vart han skulle hamna, så hade han satt ena foten framför den andra och försökt att inte tänka på hemska scenarion. Han hade kommit så pass långt, att han vägrade vända.

Zaafir hade inte behövt ta många steg innan han sett Heddas siluett avteckna sig i lyktans sken. Han såg henne dansa omkring med all den frihet och lycklighet som han aldrig förmådde ge henne. Först då, när han betraktade all hennes vildsinthet i dess mest vackra form, kunde han börja förstå varför hon hade stuckit. Han behövde inte mer än vila blicken på henne när hon ylade med ansiktet mot stjärnorna och lät skogen omfamna hennes själ, för att veta att hon äntligen hade funnit sitt hem. Trots att det inte var mycket han förmådde se, så visste han att hon var förändrad. Hedda var densamma, men ändå så olik den kvinna han tidigare hade känt. Inte bara därför att hon verkade lycklig, utan för att glädjen tycktes ha gjort henne mjukare på något vis. Det sände rysningar genom hela hans kropp vid insikten att han stod framför hennes paradis, och skulle kanske rasera det. Blotta tanken fick honom att vilja vända om. Hon var fri, vild och blomstrande, hur skulle han förmå sig att ta allt det ifrån henne?

Medan han iakttog henne från sin plats i det fördolda, så for tankarna genom hans sinne likt fåglar som satte av mot skyn i flykt från något skrämmande. Den lilla förhoppning han hade burit med sig hela resan om att hon skulle ångra sitt beslut att lämna honom, och därmed vilja följa med honom tillbaka, gick i kras så fort han såg henne. Hon skulle aldrig lämna skogen, ty skogen var hennes hem, och det skulle den för evigt att förbli.

Till slut kunde Zaafir inte hålla tillbaka sin längtan efter henne. Han lät yttra hennes namn och såg hur hon frös till is. Det var ödesbestämt att han skulle resa till henne, detta var han övertygad om. Kärleken till Hedda slog omkull hela hans inre och tvingade hjärtat att ge vika för tyngden av förälskelsen.

Zaafir viskade Heddas namn igen, och såg hur hon långsamt vände sig om mot honom. Han kunde inte avgöra om hon var rädd, arg, förvånad, eller allt på samma gång. När Skrållan tog ett steg fram och började morra så lät han henne hållas, givetvis var det skrämmande även för henne. Så sakta att tiden tycktes stå still kom Hedda allt närmare dem. Hon höll lyktan lågt och belyste Skrållan först. Ännu hade hon inte yttrat en enda stavelse, och för var sekund av tystnaden, så trodde Zaafir att hans själ skulle undfly rädslan över att hon kanske skulle köra bort honom igen.

Till slut stod hon ända framme vid honom och lät det varma skenet falla över hans ansikte. Han lät tårarna falla och visste att hon räknade dem. Äntligen kunde han se hela henne, och blicken föll genast på Heddas mörka, ljuvliga ögon. Han hörde henne viska hans namn, och sedan kände han hur hon drog in honom i sin famn. Känslan av att ha hennes kropp mot sin, trots att det fanns flera lager av tyg mellan dem, var lika tröstande som det var fullständigt förgörande. Hur skulle han någonsin kunna släppa taget om henne nu?

De stod med armarna tätt om varandra så länge att fötterna blev frusna och Skrållan börjande vanka av och an. Ingen utav dem ville dra sig ifrån den andre. De lät sina huvuden vila mot varandras axlar och Zaafirs tårar fortsatte att falla. Sorgen över att han kanske skulle förlora henne var lika överväldigande som kärleken och lyckan var över att få hålla om henne igen. Efter en utdragen och underbar, men ändå alltför kort stund, så lättade Hedda sitt grepp om hans liv. Hon tog ett steg bakåt och höll upp lyktan emellan dem igen. Ett leende olikt någonting han någonsin sett falla över hennes läppar bredde ut sig i hennes ansikte. Ögonen gnistrade likt snön när hon såg på honom. Vad hade egentligen skett med henne härute? Varför var hon så oförklarligt fridfull?

Zaafir var nästan på väg att låta sin undran förvandlas till riktiga ord, men innan han ens hann dra in luft i lungorna igen så vände Hedda sig om och började gå iväg mot stugan. Med ryggen vänd mot honom sade hon:

"Kom nu, så går vi in. Annars kommer vi alla att förfrysa." Hennes ton var så lättsam, så obekymrad. Var det verkligen samma Hedda? Utan att säga något tog Zaafir med sig väskan och lät Skrållan trava före honom. Hon tycktes i alla fall inte vara oroad över Heddas drastiska förändring. Desto närmare stugan han kom, desto större blev hans beundran för Heddas hem. Han betraktade de stora stenblocken i fasaden och de två skorstenarna. Vad i hela friden var det för slags stuga som behövde två skorstenar? Mycket besynnerligt. Taket var förvisso täckt av snö, men här och där skymtades ändå konturen av några grästuvor. Hela stället såg i mörkret ut som något som lika gärna kunde ha uppstått av sig självt från mossan. Runtomkring låg den täta skogen och endast ett par stigar lämnade fri sikt mellan grenarna. Att vara där gjorde någonting underligt med själen. Det var både häpnadsväckande och skräckinjagande på samma gång.

Hedda öppnade den smala, ljusblåa trädörren åt honom och lät Skrållan gå in först. Hon tog av henne selen innan Zaafir hann protestera, och snart hade tiken travat runt i hela lilla stugan på sin upptäcktsfärd. Efter att ha stängt dörren och klivit i sina tofflor så försvann Hedda iväg i riktning mot vad Zaafir antog var köket. Det var förvånansvärt varmt i stugan. Det var en slags märkligt omhuldande värme som endast eld kunde generera, och när han tagit av sig ytterkläderna och vågade ta några tveksamma steg in i stugan, såg han att Skrållan funnit sin plats i en gammal soffa framför en brasa. Lika omsorgsfullt som en mor hade stoppat om sitt barn, så nästintill svävade Hedda fram över det mörka trägolvet och lade varsamt ned en filtpläd över den stora hunden. Hon strök Skrållans panna, varpå tiken svarade med ett par trötta svansviftningar. Sedan lade Hedda in mer eld i brasan innan hon vände sig mot Zaafir. Ur en liten korg under krokarna vid ytterdörren plockade Hedda fram ett par stora yllesockor som hon

räckte fram åt honom. Han tog tveksamt emot dem när hon tryckte
ned dem i hans händer. Hon sade:

"Ta på dig de här, annars får du ont."

"Men jag fryser inte…" Zaafirs svar var så lågmält att han inte
var säker på om Hedda ens hade hört honom, men hon svarade
bryskt:

"Nej, men du kommer att få ont till slut. Golven är dragiga. Gör
som jag säger nu. Och kom in och sätt dig ner för all del." Zaafir
trädde lydigt sockorna ovanpå sina andra strumpor och fortsatte
sedan att sakta gå längre in i allrummet. Att se sig omkring var som
att ta en rundtur i Heddas inre. Vart än han lät blicken falla fanns
väggar med vitmålad panel där penseldragen fortfarande var
synliga i träet. Rakt fram hängde en stor drömfångare som såg så
sliten ut att den tycktes ha överlevt i flera decennier. Till höger
fanns det något som skulle likna en vardagsrumshörna, med soffan,
brasan och givetvis; Gungstolen. Det var förvånansvärt prydligt och
rent, även om det visserligen låg gamla böcker här och där och
golvbrädorna framför den öppna spisen blivit beströdda av små
barkbitar och askflagor. Till höger, rakt fram fanns också en
dörröppning till vad som såg ut att vara ett sovrum, men Zaafir
vågade inte kliva närmare för att se. Till vänster fanns ett litet
matbord med fyra stolar, en järnspis, samt en lång köksbänk med
skåp och tygskynken nedtill och hyllor ovantill. De synliga
hyllorna var belamrade med förpackningar och glasburkar
innehållande gryn, ris, pasta, kex, färdigsoppor, konserverade

bönor och allt annat som en människa skulle kunna tänka sig att lagra. Det fanns bara två fönster i allrummet, ett på vardera kortsidan, och eftersom de inte släppte in något ljus utifrån, så betraktade Zaafir hur Hedda gick från värmeljus till oljelampa och en efter en tände de små lågorna som skänkte sitt rogivande sken. Inom kort var hela stugan belyst och draperad i det lugn som elden hade förmåga att införa.

Zaafir stod som förstenad i mitten av rummet, mellan kök och vardagsrum, och förmådde inte att röra sig därifrån. Hans blick vilade på Heddas graciösa former under den långa, fint stickade koftan. Den var mörkgrå och nådde henne ända ned till anklarna. Hon hade svept den om sig och höll den på plats med hjälp av ett vackert utsirat skärp. Det var inte bara hennes sinne som tycktes ha förändrats, även utsidan hade anpassat sig efter livet i vildmarken. Trots de tjocka kläderna hon bar så var det ändå uppenbart att musklerna var i behåll, men den magra skarpheten som tidigare funnits där, var försvunnen. Istället fanns en gudomlig mjukhet vart än han såg, och han ville inget hellre än att återigen få känna den mot sig.

Efter att ha fastnat med sina tankar ståendes i mitten av rummet så fattade Hedda till slut tag om hans hand och drog honom till bordet. Där satte han sig ned på ena stolen medan hon sade, nästan som om hans besök varit väntat:

”Gick resan hit bra?” Zaafir svalde hårt. Varför var han så nervös? Han sade lågmält:

"Ja, men jag fick ställa bilen därnere. Det var så mycket snö."
Hedda rörde sig vant mellan de olika hyllorna och skåpen i köket,
och inom kort stod två tallrikar på bordet och doften av mat nådde
Zaafirs luktsinne. Utan att se på honom så svarade hon:

"Jag antog det. Hade du svårt att hitta i mörkret?"

"Nej, jag hade ju Skrållan, som tur var." Hedda yttrade ett
sorlande skratt, som i Zaafirs öron föreföll som det allra ljuvligaste
av alla ljud. Han undrade om det var dags att säga det han kommit
för, men någonting inom honom hindrade orden från att lämna hans
tunga. Modet tycktes helt ha försvunnit, och för varenda sekund
som han lät blicken vila på Hedda, desto svagare blev han. För ett
ögonblick trodde han nästan att han skulle svimma när hon började
nynna på en visa han aldrig hört förr. Sedan när nynnade Hedda?

Efter bara ett par minuter fanns det uppvärmd soppa i tallrikarna
som Zaafir glupskt slevade i sig.

"Hungrig?", frågade Hedda och log roat åt honom. Han bara
nickade. De åt i tystnad, men till Zaafirs förvåning så kändes det
inte ansträngt. På något vis var det bara så... naturligt? Att återigen
få sitta vid ett bord, mitt emot Hedda, kändes så hemvant och
fridfullt att det var som om all den där tiden som de varit åtskilda,
aldrig ens hade existerat. Givetvis behövde han dock aldrig göra
mer än betrakta Heddas ansikte för att veta att det inte var sant.
Utan deras tid ifrån varandra, skulle hon aldrig ha förändrats.

När de ätit upp och tallrikarna låg i blöt i en balja, så försökte
Zaafir återsamla kraften han behövde för att tala om för henne hur

han kände. Han trängde undan paniken som ville göra honom stum, tog ett djupt andetag och började försiktigt med att säga:

"Hedda, jag… Du undrar säkert varför jag är här, och jag vill få förklara det. De senaste månaderna, när du försvann ur mitt liv…" Zaafir ville så gärna avsluta meningen, men rösten svek honom. Han lät blicken falla ner på händerna och suckade uppgivet. Hur svårt kunde det vara?

Hedda gick ljudlöst fram till honom och fattade varsamt tag om hans huvud. När han höjde blicken igen och såg in i hennes ögon så fanns där inget annat än kärlek, och det gjorde Zaafir lika lycklig som det gjorde honom förvirrad. Hon sade:

"Du behöver inte säga något. Vi har redan pratat sönder allting en gång, låt oss inte göra det igen." Med smidiga rörelser satte hon sig gränsle över honom och kysste honom. Först överrumplade kyssen honom, men hans kropp var klokare än hans sinne, och den gav vika för värmen som spred sig. När deras läppar särades igen, försökte Zaafir bromsa förloppet. Det fick inte ta slut för fort. Han lutade sin panna mot hennes och lät tveksamt händerna omsluta hennes rygg. Att få hålla om henne var en underbar känsla. Han viskade:

"Är det här verkligen vad du vill?" Som svar tryckte Hedda sig mot honom och kysste honom som om hon ville sluka honom levande. De stannade där på stolen, utan brådska, tills Hedda till slut klev av honom, tog hans hand och ledde in honom i sovrummet. Därinne kunde han inte förmå sig att se något annat än

Hedda. Allt annat omkring honom försvann när hon tog av sig sina kläder och slängde dem på en koffert framför sängen. Omedvetet speglade han hennes handlingar tills han själv var lika naken som dagen då han föddes. I några sekunder stod de alldeles stilla och lät insikten av vad som skulle ske nästla sig in i deras sinnen. Sedan sökte de sig trevande fram till varandra och tillät alla begränsningar att upphöra. Med utsvultna hjärtan tog de del av den andres kropp och lärde känna varenda vrå. Likt en dans kom de allt närmare sängkanten tills Zaafir snubblade på trasmattan och drog med sig Hedda ner i fallet. Hon slängde huvudet bakåt och skrattade ohämmat. Aldrig förr hade han sett henne så fri. Det var med stigande lust som han drog henne till sig i sängen och delade ut sugande kyssar till varenda centimeter av hennes överkropp. Hon fnittrade och stönade alltmer desto längre ner han nådde, och lycksaligheten över att se henne på det sättet gjorde honom yr. Hon strök honom utmed armarna och över ryggen. När han hittade helighetens ljuva blomknopp grävde hon ner naglarna i hans skinn och krökte ryggen. Hon höjde bäckenet och tryckte sig mot honom. Hela hennes kropp manade honom att fortsätta, och snart drog hon upp honom och lät sina händer omfamna hans bak. När de slutligen blev till en och samma, och crescendot av deras älskog ekade mellan sovrummets väggar, så flödade kärleken för första gången obehindrat mellan dem.

Ingen kunde veta vad som väntade i framtiden, men nuet var deras gyllene stund. För där och då, fanns det ingen tvekan. De ville ha varandra för alltid, så som det borde vara.

26

Hedda stod insvept i sin långa kofta ute i trädgården och andades in havsdoften. Endast några meter bakom henne, innanför glasdörrarna, vilade Zaafir fortfarande i sängen. Morgonen var ännu färsk och solen stod lågt i horisonten. Ett rådjursbröl och vågornas sorl var det enda som bröt tystnaden. Hon trodde att det skulle ha känts annorlunda att ha Zaafir hos sig, men det visade sig, att hon redan varit hel. Det borde ha funnits en saknad och en längtan, någonting som fick hans närhet att få själen att vibrera av lycka, istället kände hon sig precis likadant som dagen dessförinnan; Fridfull. Kanske var han ingen pusselbit som skulle passa in i hennes liv. Kanske var han inte den andra halvan av henne. Kanske var han inte den som förgyllde hennes tillvaro. Kanske var han bara Zaafir, en man hon älskade, och kanske var det tillräckligt.

Hedda hade redan bevisat för sig själv att hon kunde frodas utan honom. Att lyckan inte hängde på en skör tråd, utan att den kunde vara evig, så länge hon fick vara fri. Hon behövde inte honom, ändå ville hon att han skulle stanna. Enbart därför att det var trevligt. Det fanns inget tomrum inom henne som var tvunget att fyllas av en annan människa. Hon var inte desperat och kärlekstörstande, men hon hörde samman med honom på något underligt vis. De förstod varandra bättre nu, och för första gången var Hedda inte rädd för att visa sin kärlek för honom, för hon visste att han hade gett upp alla försök att förändra henne. Det fanns ingen lojalitet utan ärlighet, och Hedda tänkte inte ljuga längre.

Hon andades in och fyllde lungorna med kraftgivande, iskall luft innan hon sakta återvände in igen. Dörrarnas gångjärn gnisslade när hon släppte in sig själv och drog Zaafirs uppmärksamhet till sig. Att se honom ligga i det som en gång varit farmoderns säng framkallade en svag olustkänsla hos Hedda, men hon lät den bero, och inom kort hade den lämnat henne. Zaafir sträckte med sömnig blick ut sin ena hand åt henne, varpå Hedda slöt sina fingrar om hans, och lät honom dra ned henne under täcket.

”Du är ju iskall, kom här”, sade Zaafir med ett stolt leende på läpparna när han omfamnade hela henne med sin kropp. Han förde hennes frusna fingrar upp till munnen och kysste dem varma. Det dröjde inte länge därefter innan Skrållan tog ett enda långt skutt upp i sängen och kurade ihop sig vid deras ben. Hedda skrattade lågmält och viskade:

”Jag måste tända brasorna, du kan inte hålla mig här för evigt.” Zaafir nästlade in huvudet i hennes utsläppta hår och viskade tillbaka:

”Jo, nu släpper jag dig aldrig. Flicka-mi.”

”Inte kan du kalla mig det, jag är ju en vuxen kvinna”, sade Hedda och njöt av värmen hans kropp avgav.

”Mm, men du min flicka, nu och för alltid.” Hedda tänkte inte säga emot honom. Hon var färdig med att inte låta honom älska henne. Det fick lov att stanna i det förflutna. Så istället tryckte hon sig närmare honom och slöt ögonen.

En stund senare, när elden sprakade i ugnarna och gröten puttrade i en gjutjärnsgryta på spisen, så lyckade Hedda äntligen övertala Zaafir om att resa sig ur sängen. Han gick ut för att rasta sig själv och Skrållan, och när de kommit in igen huttrade han och svor åt kylan. Både husse och hund skyndade från dörren till soffan framför brasan och lät värmen tina upp dem.

"Fy fan! Är det alltid så här kallt på mornarna här? Hur står du ut, Hedda?", utbrast Zaafir medan han vände rumpan åt elden för att värma skinkorna. Hedda skrattade och svepte filtar om bägge två medan hon roat sade:

"Det är nog ungefär tio grader härinne på morgonen, innan elden tar sig ordentligt. Därute är det minusgrader, ändå överlever djuren vintrarna. Du kanske inte borde klaga, min vän. Dessutom börjar det ju bli riktigt behagligt härinne nu." Zaafir fnyste.

"Nej, det är nästan frost härinne. När jag fryser ihjäl så kan du väl begrava mig under någon fin gran, och lova mig att du tar hand om Skrållan!" Zaafir försökte låta allvarlig, men med klapprande tänder var det så gott som omöjligt. Hedda bara fortsatte le förnöjsamt åt honom och kramade honom.

"Seså, inte ska du väl förfrysa? Kom och ät lite frukost nu så kommer det kännas bättre snart. Om det inte hjälper så tyckte jag att du verkade ganska varm igår kväll, så vi vet vad vi måste göra för att få dig het." Som svar kysste Zaafir henne intensivt och slingrade sin tunga kring hennes. Sedan följde han efter henne och satte sig ned vid matbordet. Även Skrållan fick sitt vanliga torrfoder utspätt med lite gröt och uppvärmt vatten, allt för att hjälpa henne anpassa sig till klimatet i den dragiga stugan på klippan.

När Zaafir hade fått ned några skedar gröt i magen, så iakttog han den svarta järnspisen och sade:

”Säg mig, varför har en så liten stuga två skorstenar? Varför byggdes inte de två eldstäderna på samma ställe, som vanligt?”

”Jag vet inte”, svarade Hedda milt och ryckte på axlarna innan hon fortsatte:

”Den här stugan byggdes för så länge sedan, och har renoverats flera gånger om på upphov av kvinnorna som generation efter generation tog sig an hushållet som om det vore deras hjärtebarn. Jag har för mig att farmor någon gång berättade hur det hela började med en grov missuppfattning mellan blivande man och hustru, när stugan skulle byggas. Fästmön ville ha två ugnar, en som var öppen, och en ny, modern spis att laga mat på. Fästmannen lovade sin kärlek att han skulle följa hennes vartenda önskemål om deras boende, men då hela konversationen ägde rum brevledes, så måste två ugnar på något vis blivit till två helt separata rökgångar. Därifrån förvandlades det sedan till att ugnarna var tvungna att vara i olika delar av huset, när fästmön endast menade att hon ville ha dem i olika rum. Så därav fanns inte mycket annat till val för den stackars hopplöst förälskade karln att göra det han trodde hon önskade, och därmed bygga två skorstenar. När de slutligen gifte sig och hemmet stod färdigt, så blev hustrun givetvis förvånad, men som tur var så har jag aldrig hört något annat slut på historien än att hon var så förblindad av kärlek, att allt hon gjorde var att skratta åt misstaget. Om det var riktigt så det gick till vet jag inte, för det var inte förrän efter det nämnda parets bortgång som min gammelfarfar köpte stugan. Sedan dess har detta ljuvliga hem varit i min familjs ägo, och ingen har velat ändra rökgångarna. Det är lite säreget, men jag finner det charmigt."

Zaafir förmådde inte svara. Även hennes röst lät annorlunda nu, och den var det mest underbara han hört. I brist på ord så bara han log med hela ansiktet och fortsatte sedan att sleva i sig sin frukost.

Under tiden som måltiden varade så berättade Hedda vidare om stugans förflutna; Hon förklarade hur fiskeverksamheten hade kommit till och hur hennes farfar hade vuxit upp jämsides den; Om hur nästan alla de möbler som fortfarande stod på sina givna platser, var levande bevis på gammelfarfaderns hantverk; Om hur stenblocken hade fraktats dit och om hur länge grästaket skulle överleva innan det behövde planteras om; Om trädgården, odlingarna, och veden från skogen; Om det stora förrådet som inte längre stod kvar, där fiskar som blåvitling, lyrtorsk, bergtunga, kolja, kummel, långa, majfisk, rödspätta, skrubbskädda, öring och många fler hade torkats och förvarats innan försäljning och leverans. Hedda berättade om sin farmor och sina föräldrar, och om friden hon funnit uppe på klippan.

Genom sin röst lät hon Zaafir kliva in i och ta del av allt det som var hennes liv, och trots att hon till slut hade pratat i tre timmar, så ville han inte att det någonsin skulle ta slut.

När mer ved lagts på glödbäddarna begav de sig ut på promenad, och Skrållan fick till sitt stora nöje springa lös bland träden. De vandrade på snötäckta stigar och genom den ödsligaste skog Zaafir någonsin stött på. För att inte gå vilse följde han tätt i Heddas fotspår, så som det var ämnat. Hon tycktes likt alltid veta precis vart hon skulle gå.

Ibland gick de i tystnad, ibland delade de med sig av historier från månaderna de spenderat ifrån varandra. Ibland överraskade Hedda honom genom att plötsligt trycka upp honom mot en trädstam för att hångla. Alltid med ett ljuvligt fnitter när det hela var över.

När de kom tillbaka till stugan så hjälptes de åt att hämta vatten att koka på spisen, och medan potatisen långsamt mjuknade inuti grytan, så stod de omfamnade i mitten av allrummet och svajade i takt till eldens knaster. Skrållan övergav inte sin plats i soffan för något annat än mat eller promenad, så hon låg med huvudet vilande på armstödet och betraktade människorna med lugna ögon.

Efter att de ätit sig mätta återvände Hedda och Zaafir ut, där Hedda gjorde sitt bästa för att lära Zaafir hur han skulle klyva ved med en yxa. Det var underhållande för henne att se honom träffa med yxan överallt utom i träbiten, men till slut lät hon honom ge upp och tog själv över. Medan han satt och pustade ut på en vedhög i förrådet, så högg Hedda isär de två bitarna hon haft med sig dagen innan. Sedan tog Zaafir med sig Skrållan, och följde efter Hedda nedför en brant stig. Bakom dem tornade skogen upp sig i all dess stolthet, och framför låg inget mindre än det vidsträckta, vildsinta havet. De gick i snäva svängar mellan övervintrade snårbuskar och väderbitna, kortvuxna träd. Desto närmare havskanten de kom, desto mindre snö låg kvar på den steniga marken. Det mesta hade blåst eller sköljts bort, och resten blev till livsfarliga isfläckar på kantiga stenbumlingar. Som alltid, så kunde Zaafir inte förstå varför Hedda ville visa honom en sådan plats, men ändå höll han tyst och gjorde sitt bästa för att inte halka.

Slutligen stannade Hedda och satte sig ned, endast några få centimeter framför brynet där vågorna ankom. Hon knäppte händerna om sina ben och stirrade ut över havet. För Zaafir var det inget mer än en gråblå ansamling av saltvatten, men han visste att det betydde så mycket mer för Hedda. Sakta sjönk han ned bredvid henne, och kände hur hon genast lutade sitt huvud mot hans axel. Han suckade djupt av lättnaden över att äntligen få ha henne nära sig, mer än för några enstaka sekunder åt gången. För ett ögonblick så övervägde han att återigen försöka berätta för henne att han älskade henne, men när hon inte verkade vilja återspegla hans blick, så förblev han stum. Utan att vända uppmärksamheten från horisonten, sade Hedda:

"Jag kommer aldrig att lämna det här. Det vill jag att du förstår."

”Jag vet”, svarade Zaafir med sin mildaste röst och pausade
innan han fortsatte:

”Och jag kommer att åka tillbaka för mitt arbete imorgon, men
jag vill inte att det här ska ta slut.”

”Inte jag heller.”

”Så då låter vi det inte ta slut.” Det var mer ämnat som en fråga
än ett påstående, men Hedda hade inte mycket annat till svar än en
nickning. En stark kastvind grep tag i dem och slet i deras kläder.
Som följd började Zaafir frysa och klappra tänder, medan Hedda
endast slöt sina ögon och tycktes njuta. Hon sade lågmält:

”Det här är mitt hem. Vinden är min vän, skogen är min mor,
djuren är mina syskon, stugan är min farmor, klippan är min själ,
havet är min frihet och elden är min värme. Men det är inte ditt
hem, hur ska vi kunna fortsätta när våra hem är så vitt skilda?”
Zaafir blev tyst en stund innan han svarade. Något som var sällsynt,
med tanke på att han kanske skulle förlora henne.

”Vi behöver inte ses varenda dag. Jag kan åka hit på mina lediga
dagar och du kan väl ibland åka med mig hem.”

”Det vill jag inte, inget utav det. Vi skulle bara bli slitna och
bittra, tills ingen kärlek kvarstod.” Zaafir önskade att han kunde bli
arg på henne, som han brukade, men det var verkligen omöjligt att
bli förargad när han satt framför något så vördnadskrävande som
havet.

”Så vad vill du då? Jag tänker inte förlora dig.”

”Jag vet inte än, men du måste ge oss tid.”

"Så länge du blir min till slut, så kan jag vänta en evighet."

De satt kvar på den steniga stranden tills kylan blev outhärdlig, då reste sig Hedda och fattade tag om Zaafirs hand. Sedan ledde hon honom hela vägen uppför klippan igen, genom snåret och skogen och in i stugan. Utan att släppa taget om honom mer än när det var absolut nödvändigt, så ledsagade hon honom hela vägen ned under täcket igen. När deras nakna kroppar slingrade sig runt varandra så viskade han orden hon redan visste han skulle säga:

"Jag älskar dig." Till sin egen förvåning, viskade hon det tillbaka.

27

Lille Hilmer satt med rödgråtna ögon på ena köksstolen och åt stillsamt en ostsmörgås. Tuggorna han tog var knappt mer än myggbett, men ändå kände sig Torgny stolt. Äntligen hade tårarna slutat rinna nedför pojkens runda kinder och för första gången sedan Hilmer hade anlänt, så kunde de vistas i samma rum utan att någon grät. Det hade tagit fruktansvärt lång tid bara att få ut honom ur sovrummet, och att sedan få honom att sitta still vid bordet, utan att få panik, hade varit ännu svårare. Men till slut hade Torgny listat ut att tystnad var det som fungerade bäst, så all hantering av Hilmer skedde med hårda tag om hans kropp och inga ord. Barnet hade suttit och stirrat på smörgåsen i en halvtimme innan hungern tycktes ha tagit överhanden, och Torgny hade med stor glädje bevittnat hur Hilmer långsamt plockade upp brödbiten och började gnaga den i ena kanten. Den avgörande faktorn till deras nyfunna fridfullhet hade utan tvekan varit de tre glasen med chokladmjölk som Torgny serverat pojken, men han valde att se det som en bekräftelse på att han var en fantastisk förälder.

När nästan halva smörgåsen var uppäten, och Hilmers ansikte återfick lite färg, så vågade Torgny yttra några få ord igen:

"Min pojk, vet du om att tidningen landar i brevlådan idag?" Hilmer lyfte inte blicken från bordsskivan, men han skakade ändå på huvudet som svar.

”Jo, du förstår, idag kommer nyheterna i dess finaste form, och efter vi har ätit så tänkte jag gå hela vägen dit ner för att hämta posten.” Torgny pausade för att försöka få ögonkontakt med barnet, men när Hilmer bara fortsatte att plågsamt sakta tugga i sig det enda han fått att äta på alldeles för länge, så fortsatte Torgny med att säga:

”Nu när du har varit en sådan duktig grabb, så vore det väldigt fint om du ville hänga med mig dit. Det är bara nedför klippan, vad sägs?” Hilmer höjde tveksamt blicken och lät ett minimalt leende dra i mungiporna, sedan föll ansiktet i vånda igen och han ryckte oberört på axlarna. Även en så ung varelse förmåddc se hur omöjligt det skulle vara att fly. Torgny drämde ihop händerna och sade:

”Då, så. Stoppa i dig den där mackan nu så vi kommer iväg.” Visst fanns det en del av honom som var orolig över huruvida allmänheten, polisen och försvaret fortfarande letade efter Hilmer. Men pojken behövde få lite frisk luft och vem skulle kunna se dem gå genom skogen på väg till brevlådan? Självaste anledningen till att de tre brevlådorna fanns så långt bort från de boende var just på grund av att ingen annan vågade sig uppför klippan. Torgnys del av världen var en separat plats, undangömt för så gott som alla andra. Ingen skulle få veta att det var han som tagit med sig Hilmer, även om de så tog en liten promenad. Han hade ingenting att oroa sig över, äntligen fick han erfara faderskapet som en välsignelse, och inte en förbannelse.

Fyrtiofem minuter senare var Hilmer iförd sina vinterkläder och höll pliktskyldigt Torgnys grova hand där de gick på en bred stig som slingrade sig mellan granarna och tallarna med tunga snötäcken på grenverken. Pojken hade inte gjort minsta antydan till motstånd sedan smörgåsen, och han hade låtit sig bli påklädd utan att ens ljuda så mycket som ett djupt andetag, än mindre en suck. Torgny fortsatte att tolka det som ett gott tecken på att han började anpassa sig, men det dröjde inte länge förrän den sanna orsaken till Hilmers medgörlighet började visa sig. Efter endast ett par hundra meter började han slacka efter, och slöheten i hans blick blev oundviklig. Utmattning, sorg och hunger tog allesammans ut sin rätt på femåringens kropp, och det gjorde honom orkeslös. Torgny drog honom framåt utan att ägna en tanke åt varför Hilmer släpade med fötterna i snön. Han avskrev det som lathet, och för var gång som han ryckte tag i pojkens arm, så stegrades irritationen.

"Men rör på fötterna nu! Kom igen! Du blir inte starkare av att lata dig!", väste Torgny mellan sammanbitna tänder. Hilmer svarade inte.

När de inte hade långt kvar till brevlådorna fick Torgny syn på bilen som stod parkerad på vägen. Han kände inte igen den och ville helst ta Hilmer och sig själv därifrån. Samtidigt ville han åt tidningen, så han stannade och såg sig omkring tre gånger åt alla riktningar innan han slet med sig Hilmer och sprang fram till sin brevlåda. Det enda som låg däri var den lokala tidningen, och på förstasidan var en stor bild av den avspärrade lekplatsen. Huvudrubriken löd: *Huvudmisstänkt barnarövare identifierad.*

En stark obehagskänsla for genom Torgny när han med glupsk blick även läste bildtexten: *Polisen har genom dörrknackning nått ett nytt genombrott i utredningen om försvunna Hilmer. En äldre man har identifierats som trolig gärningsman. Enligt polisens presstalesman, Ros-Hilde Fritiofsson, så inväntas domstolsbeslut om husrannsakan och mannen kommer att kallas in till förhör. Läs mer sid. 4.*

Inte kunde det väl vara honom de misstänkte, han hade inte gjort något fel. Allt Torgny hade gjort var att återta det som tillhörde honom; Sin son. Det borde inte vara så, men när tanken väl hade slingrat sig in i hans sinne så fanns det inte mycket till återvändo. Han kunde inte hamna i fängelse, i hans ålder var även ett par år en livstidsdom.

Tankarna hopade sig i skallen på honom tills han inte förmådde höra en enda utav dem. Hjärtat började slå så hastigt att det värkte i bröstet på honom, och i samma sekund som han försökte vända sig om för att bege sig därifrån, så kollapsade Hilmer. Pojken segnade ned till marken och blev liggande på snön. Torgny plockade genast upp honom igen och bar honom i sin famn. Det kändes ovant och klumpigt att ha barnet i famnen, trots att han var så liten, var han ändå så tung. Andningen var svag och svår att märka, ögonen var halvt slutna och huden i ansiktet var alldeles för blek. Torgny föll in i sin rådvillhet och släppte först ned Hilmer igen med en hård duns i backen. En del av honom ville inget hellre än att lämna honom där. Någon, kanske till och med ägaren till den främmande bilen skulle så småningom upptäcka pojken och rädda honom. Då skulle ingen kunna klandra Torgny längre. Alla skulle tro att han bara hade irrat iväg på eget bevåg och gått vilse. Det vore den allra enklaste och bästa lösningen, men pojken var ändå Torgnys son. Inte kunde han väl bara överge honom på det viset?

Den gamle mannen försökte att ta några steg därifrån, i hopp om att skulden över att lämna Hilmer inte skulle ta överhanden. Dessvärre för honom, lyckades han inte. Efter en minut skopade han upp pojken i sin famn igen och gick med tunga steg uppför klippan. Det tog honom outhärdligt lång tid att komma hem, och Hilmer kvicknade inte till för ens en sekund. När de till slut var inne i bostaden igen lade Torgny varsamt ned barnet i sängen igen, fullt påklädd i overall, stövlar, mössa och vantar. Han klappade bryskt bägge kinderna och försökte få honom att vakna, men Hilmer orkade inte göra mer än rulla ögonen åt än det ena, än det andra hållet. Då han inte reagerade på varken beröring eller tilltal, så marscherade Torgny ut ur sovrummet och klädde hastigt av sig ytterkläderna innan han rusade vidare in i köket. Han slet upp kylskåpsdörren och grep tag om en kanna med hallonsaft i. Sedan hällde han saften i en mugg som han värmde i mikron, och därefter tog han med sig den värmda drycken in i sovrummet. Där satte han sig på sängkanten och försökte på alla vis han kunde hitta på att få Hilmer att dricka, när inget utav det fungerade önskade han att han hade lämnat pojken. Efter att ha yttrat en lång lista av svordomar och förbannelser så provade han att doppa ena fingret i saften, och sedan hålla det mot

Hilmers läppar. Torgny jublade högljutt när droppen försvann ned i munnen. Proceduren upprepades i över en timme, och slutligen började Hilmer återfå sitt fulla medvetande. Torgny var givetvis lättad över att han skulle överleva, för om de hittade honom död skulle straffet bli ännu längre, men han var långt ifrån lugn.

För första gången sedan han fört hem pojken, så lät han tvivlet ljudas oavbrutet inom sig, och vetskapen om hur dålig idén verkligen hade varit, började ta plats i sinnet. Han blickade ned på den trötta, lilla individen som vilade i hans stora säng, och kände hjärtat sakna allt det som kunde ha blivit. Ånger steg inom honom likt en raket som sköts ut i rymden, men ändå förstod han fortfarande varför han hade gjort det. Allt han ville var att få någon att älska, hur skulle han kunnat förutspå att det skulle sluta så illa?

Det fanns ingen återvändo längre. Om polisen kom till hans hem skulle Torgny inte veta hur han skulle dölja Hilmer. Att försöka fly vore både dumdristigt och omöjligt. Detta insåg även någon som var så irrationell och kärlekstörstande som Torgny.

Hoppet var ute för honom. Det enda som fanns kvar att göra var att finna tillit i att någon annan måste kunna förstå hans ensamhet. Att någon var tvungen att hjälpa honom ur knipan. Någon som skulle se att han inte var en ondskefull människa som förtjänade att bli inspärrad, utan endast hade agerat impulsivt och i tron om att det varit det enda rätta. Någon som visste hur gärna han önskade sig ett barn, att det varit otänkbart att han skulle ha kunnat stå emot frestelsen.

Men vem skulle någonsin förstå?

28

Hedda låg vänd mot Zaafir i sängen och lät honom varsamt följa linjerna i hennes ansikte med pekfingret. Han försökte memorera varenda liten detalj, då han visste att de inte skulle träffas igen på alltför lång tid. Utanför glasdörrarna skulle morgonsolen snart ha rest sig över trädtopparna. En ny dag nalkades, men varken Hedda eller Zaafir ville veta om den. Detta var dagen då Zaafir skulle återvända hem och lämna henne åt sin älskade ödslighet igen. Allra helst skulle de ha försvunnit ned under täcket och låtsats som om verkliga livet inte existerade, och i den bästa av världar, skulle det ha blivit sanning.

Zaafir suckade och lät ett leende spela över läpparna. Hans blick var fylld av lika mycket vånda som lycka, och när han talade rann en tår nedför kinden.

"Jag vill aldrig att det här tar slut. Hur ska jag kunna åka tillbaka utan att veta när jag får se dig igen?" Hedda försökte se tröstande ut, men var säker på att hon misslyckades.

"Du kan alltid ringa mig när du behöver få höra min röst." Zaafir såg förvånad ut och sade:

"Som om du har en telefon, du har ju inte ens ett element."

"Jo, det har jag visst. Det måste jag ha för att Estrid ska kunna hålla kontakten med mig. Jag trodde att du hade varit inne i det lilla sovrummet och sett den." Av någon anledning tycktes Zaafir inte tro henne. Han hånlog åt henne och svarade:

"Och hur laddar du den i så fall? Lägger du upp den i ett träd när det blixtrar?"

"Nej, men däremot så har jag ett solcellsdrivet batteri med eluttag."

"På riktigt?"

"Ja, varför skulle jag ljuga om det?" Ett stort leende spred sig i hela hans ansikte innan han drog henne närmare sig och kysste henne. Sedan utbrast han:

"Det förenklar allting! Varför sade du inte det från hela början, innan du ens flyttade?"

"Jag sade faktiskt aldrig att jag skulle leva helt utan elektronik, men jag ville inte påminna dig om det, eftersom jag trodde du skulle gå vidare och glömma mig. Du vet, som en normal människa hade gjort."

"Vilken tur att jag inte är normal då."

"Dessutom så var det bra för mig att få vara ifred. Jag var tvungen att få landa i vem jag var och ta reda på vad jag behöver för att må bra. Det är därför jag inte är så orolig inför att ta farväl igen. Nu vet vi att vi klarar av att vara ifrån varandra några månader, det förändrar ingenting för oss."

"Men det var nästan outhärdligt för mig, jag vet inte om jag skulle stå ut i flera månader till."

"Jo, men nu kommer du inte att behöva oroa dig på samma sätt. Jag finns alltid här på klippan och väntar på dig. Jag kommer inte sluta älska dig." Zaafir slöt ögonen och fattade tag om hennes händer. Han förde dem till munnen och kysste varsamt varenda fingertopp.

"Lova att jag inte kommer förlora dig", viskade han. Hedda tog loss ena handen ur hans grepp så hon kunde stryka hans kind.

"Du vet att jag aldrig lovar någonting, så du måste lita på mig."

"Jag ska försöka. Hur lång tid vill du att jag håller mig undan?"

"Du behöver inte hålla dig borta för min skull, men kanske vore det bäst för oss båda om vi inte sågs igen tills du har långledigt."

"Men det är inte förrän i juni!"

"Då får du väl komma tidigare då. Oavsett vad, så finns jag här."

Återstoden av dagen, eller åtminstone tills eftermiddagen inträdde och det var dags för Zaafir att ge sig av, så ägnade de tiden åt varandra. Timmarna gick förbi alldeles för hastigt, och när de skulle ta farväl, så stod de som fastfrusna i en omfamning i en halvtimme. Hedda hade följt Zaafir hela vägen ned till bilen, utan att någonsin släppa taget om hans arm. Det var en så besynnerlig känsla, det där med att inte vilja se någon lämna henne. Hon var ödslighetens drottning, så varför värkte hjärtat redan av saknad? Ödet ämnade henne att leva i ensamhet och vara tillfreds med det, så varför kändes det så svårt att känna hans fingrar dra sig ur hennes grepp? En lång stund stod de med pannorna mot varandra och andades in den kyliga luften utan att ljuda ett endaste ord. Allting skulle ordna sig. Det visste de båda, för motsatsen var otänkbar. Framtiden var deras och nuet skulle vara för evigt.

Deras liv drog dem i olika riktningar, ifrån varandra. Kärleken drog dem mot varandra. Så hur skulle de gå vidare utan att förlora tilliten i den andre? Hur skulle de finna en väg bland fällorna som hotade att såra på dem? Hur skulle de kunna ta farväl nu, med hoppet om att en dag få återse varandra? Det fanns inga garantier för deras relation. Inget sätt att veta hur kärleken skulle växa och spira. Det enda som tycktes säkert i stunden var att den inte förmådde förruttna längre. De hade planterat ett frö i bördig jord, och trots att väntan på att det skulle gro var outhärdlig, så var de tvungna att ha tålamod. Ty inget fick kärleken att froda så som tid.

När snöflingor började falla från himlen igen sade Zaafir med sprucken röst:

"Jag tror inte jag klarar av att se dig gå." Tårar han blivit alltför välbekant med föll från de mörka ögonen igen, men Heddas kinder var torra. Varför var hon alltid den som var stark? Hon log tröstande och kupade handen kring hans kind innan hon kysste honom lidelsefullt. Sedan viskade hon i hans ena öra:

"Blunda." Hon drog sig försiktigt undan och försäkrade sig om att hans ögon var slutna innan hon började backa därifrån. Han måste ha hört hennes knastrande steg i snön, men till hennes lättnad så fortsatte han att blunda. Till slut vände hon sig om med en klump i halsen och ökade farten. Inom kort var hon ur hans synhåll, och inte många sekunder därefter hörde hon ljudet av bilens motor. Överväldigad av känslor hon helst inte skulle ha vetat om, sjönk hon ned mot en av tallarnas massiva trädstam och kröp ihop vid dess djupa rötter. Hon omfamnade sig själv och lät blicken vandra upp emot himlen. Bland allt det gråa skimrade olika nyanser av rosa, det innebar att våren snart skulle vara där. Endast några veckor till, sedan skulle snön smälta bort. Tanken var lika sorgsen som den var trösterik. I gryningen väntade ett helt nytt kapitel, och dess handling låg bortom hennes vildaste fantasi.

Hedda förblev sittande vid trädet tills kroppen var som förfrusen. Därefter vandrande hon långsamt åter till sin stuga av frihet. När eldarna väl börjat sprida sin värme och hon hade druckit två koppar med té, så sköljde tröttheten över henne likt en tidvattenvåg. I samma stund som hon sjönk ned i soffan med en filt om sig, redo att låta alla tankar forsa fritt inom henne, så hördes en bestämd knackning på ytterdörren. Givetvis kunde Zaafir inte lämna henne. Han måste ha återvänt. Varför han skulle göra det var något som Hedda inte begrep sig på, men ändock så var hon tacksam. Hon reste sig och gick fram till dörren, redo att mötas av två mörka, vackra ögon. När hon sedan öppnade den så stod där ingen annan än Torgny och ett barn Hedda aldrig sett. Hedda gissade att pojken inte var äldre än fem år, och han såg så illa däran ut att hon undrande hur han ens förmådde stå på sina egna ben. Blicken var frånvarande, huden blekare än den borde vara, läpparna var torra och det såg ut som att det lösa greppet om Torgnys hand var det enda som höll honom upprätt. Hedda yttrade ett lågmält:

"God kväll", och blickade återigen upp på Torgny, som trampade otåligt och vars ansikte bar ett blandat uttryck av ångest, vånda, skam och skuld. Han vägrade se henne i ögonen när han muttrade något ohörbart. En sekund senare tycktes han försöka dra med sig barnet därifrån igen, men Hedda stoppade honom genom att säga:

"Vänta, vad var det du ville?" Torgny vände sig sakta mot dörröppningen igen och suckade djupt innan han sade:

"Jag har gjort något förfärligt, och nu vet jag inte vad jag ska ta mig till." Hedda övervägde alternativet att tvinga bort honom, men sedan tog hon sitt beslut och böjde sig ned mot pojken. Hon sträckte fram armarna mot honom och när han med slappa rörelser tog ett par steg närmare henne, så lyfte hon varsamt upp honom och placerade honom på höften. Hilmer nästlade sig närmare henne och tryckte ansiktet mot hennes hals. Hedda bar in honom i stugan och sade samtidigt till Torgny:

"Kom in och sätt dig ned i köket, men stäng dörren först och ta av dig skorna. Låt mig höra hela sanningen."

29

Estrid var vid sitt skåp i en av skolans långa, kalla korridorer och gjorde sig osynlig för alla som utan ursäkter knuffade till henne när de skulle passera från ena änden till den andra. Ett virrvarr av färgglada kläder och väskor, högljudda nonsenskonversationer, alltför starka deodoranter och parfymer, skratt, tjut och skrik fyllde hela korridoren. Ljuden ekade mellan tegelväggarna och stengolvet, och fick alla som inte deltog i paraden att önska att de vore döva. Rasten skulle vara över om tio fruktansvärt långa minuter, så Estrid tog de böcker hon behövde och satte sig sedan på bänken vid ett tomt bord i ett hörn. Hon tryckte in de små hörlurarna i öronen och lät hög musik dränka det mesta av kaoset medan hon började läsa igenom de kapitel i biologiboken som hon antog att lektionen skulle handla om. En halv sida var allt hon hann läsa innan Frej uppenbarade sig på andra sidan bordet. Han hade lyckats sätta sig ned mitt emot henne obemärkt, tills han nu lade vänsterhanden på Estrids bok för att uppmärksamma henne på hans närvaro. De hade inte talat med varandra sedan Estrid lämnat honom gråtande på parkeringen, och allt hon ville var att han skulle försvinna. Hon drog ur bägge hörlurarna och hörde honom yttra en ordföljd hon hatade:

”Jag behöver få prata med dig.”

”Okej, om vadå?”, hörde hon sig själv säga med vass ton.

”Jag vet inte… jag… Det finns ingen annan som jag känner, som var där när han försvann. Ingen annan kan förstå.”

”Jag tror inte jag förstår mer än någon annan bara för att jag var där… men du måste sluta skuldbelägga dig själv. Det gör inte saken bättre.” Estrid lät rösten mjukna något, men budskapet tycktes inte nå fram.

”Tänk om han är död och aldrig hittas? Eller tänk om han är död och han hittas men de aldrig får tag i den som gjorde det? Eller om han lever men aldrig hittas? Vet du hur många barn som försvinner vartenda år i världen? Som inte återfinns förrän flera år senare, när de vuxit upp och lyckas fly från sina förövare.”

”Försök att ta det lugnt nu, du vet ingenting just nu. Eller hur?”

”Nej, det är ju det som är problemet! Jag vet ingenting, och ändå är allting mitt fel! Pappa har helt slutat prata med mig, och mamma orkar inte ens laga mat åt mig. Allt de gör är att jobba och leta. Jag är helt ensam!”

”Det hade kunnat vara värre…” Estrid hade inte kommit på något annat att säga, men i samma ögonblick som hon bevittnade hur sårad Frej blev, så ångrade hon sina ord. Han utbrast:

”Hur kan du ens säga så? Mitt liv är ett helvete! Hela min familj hatar mig.”

”Det är inte sant…”

”Inte? Vem tror du att du är? Du vet ingenting om mig och min familj!” Estrid såg sig omkring och var för första gången tacksam över att bråk i korridorerna var så vanliga att så länge ingen vuxen var i närheten, så var det ingen alls som brydde sig om det. Estrid var fortfarande lika osynlig för alla utom Frej. Hon kastade en blick på klockan. Snart var rasten över. Endast några få minuter till behövde hon uthärda. Hon sade lågmält:

"Varför blir du så arg på mig? Det var du som kom och satte dig här."

"Ja, alla dessa tankar går runt och runt i huvudet på mig och det gör mig galen! Jag var tvungen att få prata med någon om det."

"Och då valde du mig? Det var osedvanligt korkat gjort." Fanns det ett litet leende som drog i Frejs mungipor? Estrid var inte säker, men det såg ut som det. När han svarade henne igen så var hans ton nästan vänlig.

"Jag vet."

30

Torgny vred obekvämt på sig där han satt på en av Heddas köksstolar och med fördunklad blick iakttog hur hon serverade Hilmer en bit sockerkaka och en kopp varm saft. Pojken satt fortfarande i alla sina ytterkläder och tycktes knappt ens vara vid medvetande. Då Hedda lade märke till att barnet inte gjorde någon ansats att själv ta för sig av kakan, så satte hon sig bredvid honom och matade honom. Hilmer öppnade munnen, tuggade och svalde, men hans blick förblev fastetsad i bordet.

"Hur länge sedan var det han åt?", frågade Hedda med lågmäld röst. Torgny ryckte på axlarna och muttrade:

"Jag minns inte, några timmar sedan kanske…" Han suckade djupt och lät sedan eldens knaster och ljudet av vinden fylla rummet. Allt var förlorat nu.

"Hur känner du det här barnet?", sade Hedda medan hon strök fingrarna utmed Hilmers kinder för att försöka avgöra om han hade feber.

"Det är en fasligt lång historia..."

"Ljug inte för mig", avbröt Hedda honom med barsk ton. Hon fortsatte:

"Är ni på något enda vis släkt med varandra?"

"Nej, men han är ändå som min son." Torgny kände en klump växa i halsen. Det hade varit en dålig idé att söka sig till Hedda, men nu var det försent att fly därifrån. Kanske skulle hon förstå, men att tro på det var som att hoppas på att himmelriket existerade.

"Det är fel tidpunkt att vara fåordig. Jag kanske kan hjälpa dig, men då måste du vara ärlig mot mig." Heddas vassa ton mjuknade något när hon gav Hilmer ännu en sked med kaka.

"Jo, du förstår…" Torgny flackade med blicken och talade så lågmält att hans ord knappt var hörbara.

"Jag har varit så ensam, så förfärligt ensam. Du kan inte förstå hur ensam jag har varit. Hela mitt liv har jag trott att jag skulle tåla att möta ålderdomen utan någon vid min sida, men för några år sedan så blev ödsligheten överväldigande. Sedan dess har jag önskat mig en chans att göra om mitt liv på nytt, så jag finge möjligheten att träffa någon att förälska mig i och skaffa barn med. Någon som kunde ge mig en familj och ett arv. Nu är det alldeles för sent, men jag har ändå funnit tröst i att ta mig ner till lekplatsen i friluftsområdet och bekanta mig med barnen där. Jag vet inte vad som for i mig den där dagen… Det var inte alls likt mig att göra så, men du måste åtminstone försöka förstå hur desperat jag var. Det är nog att göra en man galen om han bor ensam för länge, och dessa röster inom mig. De fick mig tro att det var det enda rätta. Det är som om Hilmer här vore min riktiga son, och inte kunde jag väl lämna kvar honom där? Jag vet hur tokigt det måste verka, men det kändes inte som att jag hade något val. Jag har försökt få det att fungera, det har jag verkligen. Först ville han inte sluta gråta, sedan vägrade han äta, sedan blev han så trött att han inte förmådde gå. Nu är han så här!

Blek och svag och stum, som en liten docka. Jag ville bara visa honom alla djuren jag har på väggarna, de är ju så vackra en del av dem. Men han bara skrek och grät när han fick se dem, jag förstår mig inte på honom! Jag vet hur illa det här är! Hur ska jag kunna ta mig helskinnad ur den här röran? Jag är en gammal gubbe, jag skulle inte överleva i fängelse."

Den sista meningen var inte mer än en viskning, och Torgny försökte i det dolda avläsa Heddas ansiktsuttryck i väntan på ett vredesutbrott som aldrig kom. Hedda satt i sin stilla ro och matade Hilmer, som till hennes lättnad äntligen hade börjat återfå färgen i ansiktet. Förr hade hon säkerligen exploderat utan att ens överväga om det var värt det, men istället så behöll hon sitt lugn och ställde en enda fråga:

"Försöker du berätta för mig att den här pojken, Hilmer sade du väl att han hette... att han är barnet som försvann från lekplatsen några dagar sedan?" Torgny nickade uppgivet.

"Förstår du att du har begått ett allvarligt brott, och att det endast kommer att förvärras för dig själv, om du försöker dölja det?"

"Jo, visst vet jag det... men hur ska jag göra för att alla ska förstå, så de inte blir arga på mig?"

"Du kan inte undfly konsekvenserna av ditt agerande, Torgny. Det enda du kan göra nu är att söka botgöring genom att återförena Hilmer med hans familj, och uppriktigt be om förlåtelse."

"Då kommer jag att förlora honom för alltid." Torgny vågade till slut möta Heddas blick. Han såg på henne med vädjan och sorg, utan att beslöja några av sina känslor. Ett glimrande skimmer av tårar syntes i hans grumliga ögon, och till hans förvåning möttes han inte av något mer än empati från Hedda.

”Det är sant, men livet kan inte levas utan smärta. Utan den skulle vi inte veta vad lycka är. Allting kommer att ordna sig. Ta en bit sockerkaka och en kopp te, så ska vi lösa det här. Jag ska bara ringa ett samtal, så återkommer jag snart.” Hedda fattade varsamt tag om Torgnys hand och kramade om den. Ett betryggande leende spelade på hennes läppar innan hon släppte taget om honom och reste sig från sin stol.

”Kom här”, sade hon medan hon lyfte upp Hilmer i sin famn igen och bar med sig honom in i det lilla sovrummet, där telefonen fanns. Hon vågade inte lämna kvar honom hos Torgny. Medan signalerna ljöd i luren i väntan på att någon på larmcentralen skulle svara, så tryckte Hedda barnet närmare sig och bad en stilla bön till en gud hon aldrig trott på, att Torgny inte skulle skada dem innan hjälpen var framme. Hjärtat slog mot revbenen likt en trumma under hela samtalet med larmoperatören, och så fort hon lagt på uppenbarade sig Torgny i dörröppningen med ett förfallet, besviket ansiktsuttryck.

”Jag vet vad du har gjort, och jag förstår varför du gjorde det… men jag skulle aldrig ha skadat honom. Jag älskar honom.”

”Jag tror inte du vet vad kärlek innebär”, var allt Hedda förmådde säga medan hon stålsatte sig inför hans reaktion.

”Du har förstört mitt liv. Du sade att du skulle hjälpa mig, men så gör du så här… Jag kan inte stanna här. Ge mig honom!” Torgny tog några steg in i rummet och sträckte fram sin ena hand mot Hilmer. När Hedda inte genast släppte taget om pojken, så förvreds den gamle mannens sorg till ett skräckinjagande lugn. Hedda trodde han skulle vråla eller kasta sig mot dem, men allt han gjorde var att gå hela vägen fram till dem, och greppa tag om Hilmers späda kropp. Hedda sade så sansat hon förmådde:

"Snälla, låt honom vara med mig. Om du lämnar honom här, så kommer jag inte hindra dig från att gå."

"Han är min son. Han hör hemma hos mig. Släpp honom!" Torgny började dra i Hilmer, vars kinder blev våta av tårar.

"Lyssna på mig… Jag lovar att ta hand om honom tills de anländer, jag ska hålla honom trygg, men jag kan inte göra det om du inte lämnar kvar honom här."

"Han är min! Ge hit honom!", utbrast Torgny med sprucken röst och slet i Hilmers ben så han började skrika. Hedda lyckades med stor möda hålla kvar honom i sin famn, men det blev allt svårare, desto mer Torgny tog i.

"Jag ska inte göra honom illa! Jag vill bara att han ska vara med mig! Jag vill inte vara ensam längre." Han bytte grepp och tog istället tag om Hilmers bål. Han sade:

"Kom nu, Hilmer. Det är dags för oss att gå."

"Jag vill inte! Sluta!" Hilmer tjöt och snyftade så Heddas hjärta gick i tusen bitar om och om igen. Hon vädjade till Torgny med desperat tonfall:

”Förstår du inte att du gör illa honom just nu? Du sårar honom mer om du tar honom med dig, än du gör om du lämnar honom. Han vill inte vara med dig.”

”Du vet inte vad du pratar om! Håll käft!” Torgny slet så hårt i Hilmer att han till slut tappade balansen och föll bakåt. I fallet råkade han slå handen i barnets huvud. Det var en olycka, men Hilmer gallskrek ögonblickligen av smärta och en rännil av blod bildades under hans vänstra ögonbryn.

”Ser du”, vrålade Hedda.

”Det här är vad som kommer ske om han är i din omsorg! Han har en familj som älskar honom och kan ta hand om honom. Hilmer hör hemma hos dem. Du är inte hans far!”

”Förlåt! Det var inte med mening! Förlåt!” Torgny blev sittande på golvet nedanför sängen och klappade Hilmers ben samtidigt som han oavbrutet bad om förlåtelse. Han tycktes inte ha hört Hedda tala. Inte förrän Hilmer slutade skrika i två sekunder och försökte putta undan Torgnys smekande händer, så upphörde mannens vädjan om förlåtelse. Hilmer utbrast:

”Föjsvinn!” Han såg på Torgny med rödgråtna ögon och en blodtäckt kind. Ögonkontakten varade inte i mer än några sekunder, innan Hilmer vände ansiktet mot Heddas byst igen och gråtandet återupptogs, men den var mer än nog. Slutligen förstod Torgny. Han lät sina händer falla ner i knäet och iakttog Hilmer i tystnad. Efter en stund reste han sig och viskade:

"Jag vill inte vara ensam…" sedan lämnade han rummet, tog på sig sina ytterkläder och försvann ut i skogen.

Hedda förblev sittande i sängen med Hilmer i sin famn tills han inte längre skrek, utan endast grät i tysthet. Då bar hon honom tillbaka till köket där hon ytterst varsamt torkade av blodet och tårarna från hans kinder och händer. Långsamt sinade flödet av hans tårar och efter några minuter hade han nästan slutat snyfta. Hedda bredde apelsinmarmelad på en brödskiva som han sakta tuggade i sig medan hon höll om honom och gjorde vad hon kunde för att fylla tomrummet. När han blivit varm nog tog hon av honom overallen och svepte istället in honom i en filt och satte honom i soffan framför brasan. Efter hon lagt mer ved på elden och tänt alla ljus, så satte hon sig bredvid honom och läste ur en gammal barnbok hon grävt fram i ena bokhyllan. Han lyssnade i stillhet och nästlade sig så nära henne som möjligt.

De satt så tills ambulanssjukvårdarna och poliserna lyckades finna vägen uppför klippan och knackade på Heddas dörr. Strax därefter rusade Hilmers föräldrar in i stugan och kastade sig om både sitt barn och om kvinnan som räddat honom. Hilmer började gråta igen och när han klättrade över från Heddas famn till sin mors famn, så kvarlämnade han en saknad hos Hedda som hon önskade inte hade funnits där.

Efter en lång utläggning om vad som hade skett, så lämnade allesammans Heddas hem, och hon kunde återgå till sitt ödsliga paradis. Men paradiset var inte detsamma efter de hade åkt. Kroppen kändes tung, även om hon lade sig ned i sängen för att vila, och saknaden efter Zaafir intensifierades med sådan kraft att den nästan blev outhärdlig. Tystnaden hon brukade uppskatta så innerligt, väckte marorna i hennes fantasi till liv och fick henne att längta efter dagsljuset.

31

Hur leva ifrån henne, även om det så endast var för några veckor eller månader?

Denna fråga cirkulerade i Zaafirs sinne likt planeterna kretsade kring solen. Det var orättvist av honom att sukta efter hennes närhet, när han visste att det kunde ha varit så mycket värre. Ändock var han inte tacksam över att äntligen få ha mottagit hennes kärlek, ty vad betydde kärleken, om den inte fick blomstra? Vad var annorlunda från tiden då hon inte ville ha honom där? Hon hade förändrats och blivit lycklig, medan han var densamme som han alltid hade varit. Han ville inte vara ifrån henne, men samtidigt tycktes en gemensam framtid så avlägsen att den vore omöjlig att finna. De älskade varandra, ingen tvekan fanns i frågan, men de var så olika att en innerlig relation verkade oundvikligt dödsdömd.

Det fanns inte mycket hopp att alstra ur ett farväl, även om det så endast var tillfälligt. Hedda tycktes vara så tillfreds med allting, att det fick Zaafir att undra om hon ens brydde sig om huruvida de var tillsammans eller inte. Hon borde väl åtminstone vara lite olycklig? Alla andra var lite dystra hela tiden, så varför var hon så förbannat jovial? Hennes gladlynthet var ologisk och mystisk på ett vis Zaafir inte förstod sig på. Ingen borde uppleva sådan fägnad enbart av att leva ensam i en dragig stuga uppe på en klippa mitt i mörka skogen. Säkerligen skulle hon en dag tröttna på ödsligheten, och vilja åtfölja honom tillbaka in i verkliga livet. Så var det tvunget att bli. Mycket av hennes galenskap var en skär fröjd att få ta del av, men att bo på en sådan plats, var helt enkelt för knasigt, även för Zaafir.

32

Det visade sig att med morgonsolens bjärta ljus, så var det mesta i sin ordning igen i stugan på klippan. Hedda hade inte alls behövt rädas att hennes paradis vore förstört, för allt som krävdes var några timmars sömn och en rask promenad till klippans kant i soluppgången, så var de flesta bekymmer som bortblåsta. Havsvindarna svepte dem med sig ut över vågorna och ned i djupet där de dränktes. Hedda slog sig ned på en filt bredvid sin korg med frukost och lät benen dingla över kanten. Det var nästan lika farligt som det var härligt. Medan små saltvattendroppar emellertid stänkte upp i hennes ansikte, så intog hon dagens första måltid med vördnad för utsikten framför henne.

När väl chocken och tröttheten lagt sig, så återvände med klarhet insikten om att hon fortfarande var samma envisa och märkliga varelse som hon varit då hon flyttat dit. Hon kunde fortfarande reda sig själv, och oavsett vilka som skulle komma att bli en del av hennes framtid, så visste hon att hon skulle förbli lycklig.

Efter Hedda återvänt till stugan fann hon Adina sitta framför brasan och peta in små pinnar i glödhärden. Hedda tog av sig sina skor och satte sig sedan bredvid henne utan ett ljud. En kort stund förflöt i tystnad, tills Adina sade med sammetslen stämma:

"De har återfunnit pojken som försvann."

"Jag vet", svarade Hedda uppgivet. "Torgny förde hit honom."
Hon förväntade sig någon slags förvånad reaktion, men Adina bara
nickade stillsamt och sade:

"Jaså, var det stackars Torgny som tog honom? Han måste ha känt
sig förfärligt ensam för att göra något så hemskt. Vad heter barnet?"

"Han heter Hilmer. Torgny flydde härifrån, jag vet inte om de har
hittat honom ännu." Hur kunde Adina förstå varför Torgny tagit
Hilmer? Det tycktes omöjligt.

"Först försvinner offret och sedan dess förövare. Måtte han fly
långt för att nå sin frihet."

"Inte menar du att han borde förbli ostraffad?"

"Jo, visst. Vem vore jag att tycka si och så om hur en varelse
tordes straffas. Det ligger inte i mina händer."

"Förvisso, men…", började Hedda tveksamt, men Adina avbröt
henne innan hon kunde fortsätta.

"Du undrar säkert varför jag sitter här… Det är inte enbart för att
jag är ditt enda nyhetsbud, om det var det du trodde." Adina log med
en retsam glimt i ögat, och Hedda återspeglade leendet. Det var
faktiskt riktigt trevligt med sällskap ibland, så länge inte sällskapet
närvarade för ofta och för långvarigt.

"Jag börjar vänja mig vid att du smyger ut från skogen då och då,
så jag blev inte särskilt förvånad." Bägge skrattade lågmält och
hjärtligt. Ljuva minnen från svunna tider värmde deras inre.

"Jo, du förstår… min käraste, lilla Hedda, att nu har det skett. Jag
börjar bli gammal." Adinas blick försjönk i glödhärden återigen.

"Jaså, kom du på det först nu? Käraste, lilla tant Adina. Du har allt varit gammal lika länge som jag har varit ung, men aldrig förr har jag märkt att det bekymrat dig. Vad står på?"

"För var dag som passerar så känner jag mig närmare min sista stund i livet. Det finns dagar då jag inte ens orkar ta mig ut och blåsa i hornet, då tyar jag icke mer än sköta om de arma djuren och min stackars gubbe. Sedan ligger jag bara i min säng med en handfull mossa eller en grankvist vid kudden och vilar. Vissa dagar är jag som förr, livskraftig och outtröttlig, men för det mesta känner jag kraften sippra ur mig som om jag vore ett trasigt dryckeskärl."

"Det kallas att åldras, min fina Adina. Det är lika naturligt som att födas."

"Åh, nog vet jag att det är naturligt. Jag trodde alltid att jag skulle möta ålderdomen med värdighet och finess, men nu vet jag inte längre… Jag är så förgrymmad på denna ständiga försämring och nedbrytning av min redan skröpliga kropp."

"Inte ska du vara upprörd över något så oundvikligt. Förstår du inte att du har kommit undan lindrigt? De flesta kvinnor i din ålder rör sig inte ens ur soffan på dagarna." Adina fnös avskyfullt och svarade ovanligt barskt:

"Det har de sig själva att skylla för. Aldrig att jag tänker bli *så* gammal! Då tar jag hellre ett kliv ut från klipptoppen så jag kan ägna mina sista sekunder åt att flyga med falken." Hon tog ett djupt andetag och återfick sitt lugn, sedan fortsatte hon:

"Förlåt mig, jag kom inte hit för att klaga över en gummas krämpor. Det jag ville tala med dig om, var faktiskt vår vackra gård. Jag ser den sakta förfalla framför mina ögon. Fälten står i träda, byggnaderna är vindpinade och slitna. En del av marken har vi avsiktligt låtit förvildas, för att försöka ge tillbaka lite av det vi förstörde. Den del av ägorna som är ett kulturarv har vi låtit korna hålla öppna, men det är inte länge till de kommer vara i livet. Varken jag eller Sigurd vill sälja gården. Den har varit vårt hem i så många år nu att den blivit en del av oss. Vi älskar den lika mycket som vi älskar varandra, och det tär något fruktansvärt på våra hjärtan att se den försummas och falla i glömska. Vår enda dröm är att vi får se den återupplivas innan vi tar våra sista andetag. Väldigt länge tycktes det vara hopplöst, men sedan anlände du, vår rara jänta."

Adina såg slutligen upp från elden och mötte Heddas blick. Adina kunde tyda förvåning och förhoppning i hennes ögon, samt något mer som hon inte förstod sig på.

"Vad är det du säger?", sade Hedda med svag röst. En framtid bättre än något hon skulle ha kunnat föreställa sig vecklades plötsligt ut likt en karta framför hennes inre öga.

"Jo, det är som så att jag och Sigurd har ett förslag till dig. Men du behöver inte svara direkt, utan jag vill att du tar ett par dagar på dig att fundera. När du är säker på ditt beslut kan du ta en promenad hem till oss och ge oss ditt besked. Okej?" Hedda nickade och hennes ögon tindrade av exaltation när Adina sade:

"Skulle du, med vår styrning och vårt stöd, vilja ta över gården? Om du skulle välja att göra det, så får du odla vad du vill, så länge det duger till försäljning. Vi har fyra krav. Det första är att det ska finnas tamboskap på betena under sommarhalvåret, men det gör ingen skillnad för oss om det är andras djur eller dina egna. Staketet och byggnaderna ska hållas i gott skick året runt. Det tredje kravet är att så länge jag lever, så låter du mig vara en del av arbetet och alla beslut. Sigurd får hjälpa till så gott han kan, men han är nöjd så länge han får sitta med sina hönor. Det fjärde kravet är att gården förblir vår tills dagen då vi dör. Efter vi är borta, så blir den din att sörja för. Gården får inte säljas så länge du kan ta hand om den, är det förstått? Jo, och så finns det väl ett femte och sjätte krav egentligen... Du får inte bruka metoder som skadar jorden, insekterna, luften eller viltet. Vad det betyder kan vi diskutera mer ingående om det skulle bli aktuellt. Ingen form av kommersiell djuruppfödning får ske, och skulle det finnas djur på gården, så ska de behandlas med ytterst möjliga respekt, vänlighet och omtanke."

Så fort Adina blev tyst så svarade Hedda:

"Jag behöver inte två dagar på mig att fundera. Det är självklart att jag vill hjälpa er restaurera gården till dess forna glans. När kan jag börja?" Adina log milt och klappade Hedda på kinden.

"Seså, stilla dig. Det vore alldeles underbart om du ville ta över gården, men jag vill ändå att du låter tanken gro ett litet tag. Därför lämnar jag dig nu, så ses vi om ett par dagar."

"Om du så vill, så okej, då. Jag lovar att tänka igenom det noggrant. Vill du att jag följer dig en bit på vägen?"

"Ja, visst. Det vore vänligt av dig."

Samma tid på förmiddagen, två dagar senare stod Hedda i farstun hos Adina och Sigurd och berättade den goda nyheten, att hon visst tänkte göra allt som stod i hennes makt för att bli traktens främsta producent av frukt och grönt. Det gamla paret drog en suck av lättnad och höll om Hedda lika länge och innerligt som om hon vore en i deras familj. De åt nygräddade kanelbullar och pratade länge och väl om vad det framtida samarbetet skulle innebära.

När Hedda skulle återvända hem till sig sade Adina en sanning som var mer vidsträckt och omfattande än hon själv visste om:

"Det var lyckans öde och livets tur att du återvände hem i rättan tid, mitt kära barn."

Den kvällen ljöd hornets toner mellan träden och över vågorna för första gången på alltför länge, och dess sång var vackrare än någonsin förr. Ty kvinnan som höll det i sina händer, lät hjärtats oro trängas undan för evigt. Äntligen var tiden kommen, då ålderdomen blev en välsignelse, inte en förbannelse.

Det hade inte funnits mycket till val för den som sökte frihet. Torgny hade försvunnit ut i mörkret, och med valet att undfly de som ville ruinera honom, så följde oundvikligen kravet att förbli i det dolda. Samma kväll hade han packat ned de få saker han behövde i en ryggsäck och sedan begett sig ut på vad som skulle bli hans livs sista vandring. Utan något annat mål än överlevnad, så hade han satt ena foten framför den andra och inte stannat förrän kroppen tvingat honom till det. Tre veckor senare hade han blivit återfunnen, livlös och nedsjunken i en snödriva. Friheten nådde honom först i liemannens grepp.

Vackra våren hägrade, med all dess löfte om pånyttfödelse och ljuva syner av hoppfulla blomsterknoppar. Hedda sörjde dagligen förlusten av vintern, då hennes älskade tystnad sakteligen ersattes av fågelkvitter, och den bistra kylan som höll henne lugn, blev besegrad av vårsolens värmande strålar. Dock fann hon tröst i att söka efter tecken på liv i skogen. Djuren blev alltmer aktiva för varenda snödroppe och vintergäck som reste sig ur gräset. Morkullorna, skogsduvorna, ormvråkarna, rödhakarna och många fler återvände till nordliga breddgrader. Så småningom fick Hedda hälsa tussilagor, gullvivor och blåsippor välkomna upp från myllan, och inom några veckor, tycktes hela hennes omvärld stå i blom. De kala björkarna, asparna, lönnarna och alarna fann hon ha blivit beströdda med nya små knoppar varenda morgon. Utmed den steniga stranden vid havet väcktes det arma, vilande gräset till liv igen, och när vindarna var starka, vajade de höga stråna på det mest underbara sätt.

Dagsljuset dröjde sig kvar allt längre innan månskenet tilläts träda in i dess plats, och Hedda fann stort nöje i att då och då ta med sig några vedträn och kvistar upp till klippan, där hon lät gårdagen dö ut till tonerna av glödens knaster. Då häggen i Heddas trädgård började blomma, var tiden äntligen kommen för de första fröna att få komma ner i jorden. Sedan tjälen släppt hade Hedda gjort vad hon kunnat för att förbereda jorden inför odlingen. Orden i farmoderns böcker fanns där för att stötta henne i vartenda beslut. När det slutligen blev dags att fullända paradiset, så förmådde Hedda inte hålla tillbaka tårarna. Med solen i ryggen, ett leende på läpparna och fingrarna i jorden, så kände hon närvaron av någon som inte längre fanns där. För vartenda litet frö som hon lät gro, så fanns farmodern hos henne, i hjärtats djupaste avgrund.

Varannan dag tog Hedda en promenad till Adina och Sigurds hem, och hjälpte dem återställa gården till dess forna glans, ett litet steg i taget. Det gick förfärligt långsamt och var utmattande på det bästa vis. Därav passade det Hedda alldeles utmärkt. Dessutom höll arbetet hennes sinne upptaget, så längtan efter Zaafir blev hanterbar.

De talades vid över telefon sånär som dagligen, men i jämförelse med att ses ansikte mot ansikte, så var samtalen föga tröstande. Det skulle inte dröja länge förrän Zaafir kunde återvända till henne, men varenda sekund ifrån varandra var en plåga. Saknaden hade under veckorna växt till en molande smärta i bägges hjärtan, och den stundande återföreningen tycktes nästan vara livsavgörande. Trots att de inte hade kommit mycket längre i sin planering av framtiden än att de visste att de på något vis var tvungna att finna ett sätt att leva tillsammans, så fanns där ingen brådska. De fick så gott nöja sig med tilltron i att allting skulle ordna sig, för något annat alternativ fanns inte. Det blev många stunder då tårarna rann nedför deras kinder, utan någon möjlighet för dem att hålla om varandra. Men med vetskapen om att det alltid hade kunnat vara värre, så torkades kinderna och ny kraft utvanns från själens kärleksdjup.

När Hedda hörde de underbara orden från Zaafir i telefonen, som meddelade henne om hans ankomst, så krävde det allt motstånd hon besatt för att hon inte skulle börja yla och tjuta av lycka. Han ringde henne på morgonen en disig dag i maj, sekunderna innan han satte sig i bilen för att köra mot stugan på klippan. Rösten brast nästan för honom av skär exaltation, och trots att de skulle ha kunnat samtalat hela vägen fram till hennes hem, så blev det ingen lång konversation. Hon beordrade honom att köra försiktigt och lovade att ha mat färdig till honom, sedan skiljdes deras röster åt en sista gång.

Under tiden som Hedda inväntade Zaafir så förmådde hon knappast sitta still. Hon stökade och städade och skurade bara för att hålla händerna upptagna. När hon till sin milda förtret insåg att det som kunde göras inomhus var färdigt på tre och en halv timme, så klev hon i sina gummistövlar och tog istället ut sin rastlöshet på odlingsbäddarna. Då och då gick hon in för att se till grytan på spisen och gratängen i ugnen, men annars förblev hon ute i sin härliga trädgård. Det var en kylig förmiddag, men ändå nådde solskenet fram till hennes små plantor genom svaga punkter i den täta dimman. Ungefär två tredjedelar av allt hon planterat hade grott och fått skott, resten hoppades hon bara skulle behöva lite mer värme och solljus för att ta sig. Enligt hennes farmoder var knepet för att inte bli besviken, att så mångfaldigt fler frön än grödor hon skulle kunna äta upp, så att skörden inte skulle kännas skral, oavsett hur dålig tillväxten blev. Hedda hade alltid ansett att det var ett ganska motsägelsefullt knep, men hur det än var med den saken, så följde hon likväl farmoderns råd.

Omgiven av späda mangoldblad, polkabetor, morötter, potatisblast, palsternackor, brysselkål, bondbönor, sockerärtor och kryddörter som oregano, basilika, citronmeliss, pepparmynta, rosmarin, timjan, persilja, dragon och många andra bebisväxter som fått hjälpa Hedda att tämja den förvildade och försummade trädgården, så var det lätt för henne att tappa all tidsuppfattning. För en kort stund, glömde hon till och med bort att Zaafir skulle komma, och lät sig till fullo vara en del av naturen som skulle livnära henne.

35

Det var inte mycket som hade förändrats under veckorna sedan den försvunne pojken återfunnits. All uppståndelse och engagemanget från samhället hade lagt sig lika snabbt som det börjat. Vardagarnas ensidiga tristess sökte sig tillbaka till familjerna i den lilla kuststaden, som belåtet välkomnade den in i sina hem. När den misstänkte gärningsmannen väl hittades omintetgjord av sin egen död i en snödriva, var det som om hela händelsen förföll i glömska hos alla utom de som varit nära att mista sin son eller bror. Sakteligen återvände barnen och deras föräldrar till lekplatsen vid friluftsområdet, och all rädsla tycktes vara ett minne blott.

Även Estrid fann en dag att hon längtade åter till promenadstråken under de höga tallarna och granarna, så hon lät fötterna färdas dit hon svurit att aldrig återgå. Bortsett från att vårens intåg gjorde hennes omvärld livlig och färggrann igen, så fanns det endast en sak som skiljde hennes tidigare promenader från de som hon begav sig ut på under de följande veckorna, och det var sällskapet. Visserligen hade hon ibland haft Hedda med sig under vinterns gång, men nu fanns det någon som ständigt sökte hennes närhet. En ljuv lördagsförmiddag hade Frej, till synes utan anledning suttit på en bänk och väntat på henne i parken hon alltid gick genom för att nå friluftsområdet. De hade knappt ens hälsat på varandra, men ändå hade han rest sig och åtföljt henne i tystnad hela vägen tillbaka till gatan hon bodde på. Estrid tyckte det var irriterande de första fem gångerna han gjorde så, ändå hade hon inte hjärta att be honom gå därifrån. Därför lät hon det bero. Så småningom började Frej inleda kortfattade konversationer om det mest oväsentliga i livet, och med tiden växte dessa små samtal till ett sätt att lära känna varandra. Estrid föll inte för honom på något romantiskt sätt, mer än det faller snö i juni, men i honom fann hon dock en vän som stod henne närmare än någon annan jämnårig någonsin hade gjort. Tack vare honom blev timmarna som spenderades i skolan lite lättare att uthärda, och en strimma av hopp om att hennes framtid inte skulle bringa ensamhet och utsatthet, tändes likt en låga i mörkret.

En sen majkväll satt hon på en stubbe vid stranden och blickade ut över det vidsträckta havet med Frej i gräset bredvid henne. Hon hade ännu inte berättat för honom varför hon velat ses den kvällen, och hon visste att hon heller aldrig skulle behöva göra det heller. När hon slickade sig om läpparna kände hon smaken av tårarnas sälta samtidigt som hon drog ännu en suck av lättnad. I andanom mindes hon hur hon två timmar tidigare hade kommit hem från en av sina promenader, och hur hon i hallen hade mötts av sin mosters dystra uppsyn. Hon hade fattat tag om Estrids händer och sagt:

"Min älskling, jag vet inte hur jag ska säga det här... Det är så tråkigt och hemskt, men du måste få veta..." Bakom henne hade en främmande kvinna klivit ut från vardagsrummet med sammanbitet ansiktsuttryck. Mostern hade hastigt vänt sig om och mött hennes blick, innan hon återigen riktat sin uppmärksamhet åt Estrid och fortsatt:

"Det där är Amina, hon kommer från socialtjänsten. Du förstår, Amina ringde mig tidigare idag, för att berätta att din pappa äntligen har blivit hittad. Han… är inte längre vid liv. Ylva säger att han hittades av en ryttare som var ute i skogen och red, och han var i så förfärligt skick att han måste ha legat där i flera månader. Han var bara en mil ifrån ert gamla hem. Åh, käraste lilla vän. Låt mig hålla om dig." Estrid hade motvilligt blivit inföst i mosterns famn och varit fasthållen där i minst en hel minut, vilket hade varit till Estrids fördel, då hon inte förmått hindra ett sinistert leende som spritt sig i hela ansiktet. Men med huvudet tryckt mot mosterns axel hade hon åtminstone lyckats dölja leendet för de som tyckt att hon borde varit i upplösningstillstånd.

"Men du ska inte oroa dig, mitt hjärta! Nu kommer du att få stanna här hos mig så länge du vill, och allting kommer att ordna sig." Dessa ord hade varit mer än tillräckliga för Estrid, men ändå blev hon sittande i köket med Amina och sin moster i en och en halv timme för att reda ut alla oklarheter som egentligen inte existerade. Hon svarade antingen ja eller nej på alla frågor hon blev bombarderad med tills hon slutligen fått tillåtelse att gå därifrån, varpå hon med fjäderlätta steg sprungit raka vägen till stranden och skickat ett meddelande till Frej om att möta henne där.

Det hade inte varit förrän hon blivit alldeles stilla och ensam, som känslorna svallat över och en slags glädjeblandad sorg överväldigat henne. När Frej väl hade anlänt och slagit sig ned i gräset vid hennes sida, så hade tårarna redan skapat en blöt fläck på hennes lår.

Hon hade suttit i tystnad i fem minuter när hon till slut kastade ut armarna åt sidorna och utbrast:

"Gubb-fan är äntligen borta!" Frej skrattade tveksamt och sade:

"Vad menar du?" Estrid hoppade upp på fötterna, vände ansiktet mot skyn och ropade:

"Min pappa är död! Hör ni det? Jag är fri!" Hon studsade runt i cirklar och skrattade ohämmat medan Frej satt kvar på marken och betraktade henne med vaksam, osäker blick.

"Är allt okej?", sade Frej.

"Ha! Nej, det är inte okej. Det är fantastiskt! Kom nu, dansa med mig!"

"Nej, nej… snälla, jag dansar inte." Estrid ignorerade vad han sade och greppade tag om hans händer. Hon drog upp honom från gräset och började genast hoppa omkring igen.

"Du skrämmer mig, vad är det som har hänt egentligen?" Estrid stannade tvärt och skrattade innan hon sade med road ton:

"Idioten till farsa gick och lade sig i skogen, och dog där!"

"Va? Men, Estrid…"

"Oroa dig inte nu! Jag mår bra. Jag lovar!" Estrid försökte låta övertygande, men inom sig tvingades hon erkänna att någonting började ge vika, och det skrämde livet ur henne.

"Jag tror dig inte." Frej såg att det blixtrade till i Estrids ögon, men höll kvar modet och stod stadigt framför henne.

”Men vad vill du att jag ska säga då? Att jag är ledsen att han är borta? För det vore en lögn. Han gjorde mitt liv till ett helvete! Jag är glad att han är död. Jag hatade honom!”

”Och ändå…”, sade Frej lågmält.

”…och ändå fanns det en del av mig som älskade honom. Han var trots allt min pappa. Det känns som om jag inte vrålar och kastar någonting just nu, så kommer jag explodera!” Estrid började studsa på stället och i hennes blick brann en vredeseld.

”Då gör vi väl det då”, sade Frej med ett leende. Han plockade upp två stenar som var ungefär lika stora som hans händer, och gav den ena till Estrid. Sedan vrålade han och slängde stenen så långt han kunde ut i vattnet. Estrid följde hans exempel och lät all kärlek och allt hat hon någonsin känt för sin far, drunkna med stenen.

En ny epok i hennes liv danades, och hon skulle kalla den Frihet.

36

När den slingriga vägen uppför klippan inte längre var begraven under snö, så vågade Zaafir köra sin bil hela vägen fram till Heddas uppfart. Han hade väntat på att få återse henne så länge, att han inte ödslade någon som helst tid efter att han lagt i handbromsen innan han hastigt klev ur bilen och släppte ut Skrållan, som belåtet men utan brådska hoppade ner på marken och började strosa runt för att bekanta sig med dofterna. Zaafir närmade sig stugan med spänst i stegen, och inom kort hörde han ett svagt ljud från trädgården. Han rundade husknuten med de stora stenblocken, och Heddas lågmälda sång framstod allt tydligare för hans öron. Efter ytterligare några få steg fick han äntligen syn på sin älskade, och åsynen av henne orsakade hans hjärta att hoppa över ett slag. Hon tycktes ännu inte ha märkt honom, så han blev stående vid häggen och betraktade henne förnöjt. Dimman som vilade omkring henne fick henne att framstå som sagolik, och de tunna solstrimmorna bildade en slags gloria kring det korpsvarta, långa håret. Aldrig förr hade han sett henne bära en klänning eller ens en kjol, men ändå böljade en mintgrön klänning över hennes ben där hon satt något böjd över en pallkrage. Hon såg lika tillfreds och lycklig ut som hon gjort i vintras, och Zaafir undrade fortfarande vad det egentligen var med den där stugan uppe på klippan, som gjorde henne så fulländad och nöjd. Det tedde sig nästan vara magiskt.

Hedda slutade tvärt att sjunga och hoppade till när Skrållan plötsligt dök upp vid hennes sida och stoppade ner nosen i jorden där hennes händer försökte rädda en ömtålig jordgubbsplanta. Ett stort leende spred sig över hennes läppar och hon omfamnade genast den stora hunden då hon överöste Hedda med blöta pussar. Då Skrållan vände sig mot sin husse några meter bort, gjorde Hedda detsamma och reste sig upp. Likt en kärlekskrank flickunge sprang hon mot Zaafir med utsträckta armar och kastade sig i hans famn. Han lyfte upp henne och svingade runt henne tre varv innan han böjde sig ner och kysste henne länge och lidelsefullt. Det vore omöjligt att ta igen all förlorad tid i en enda omfamning, men han skulle åtminstone försöka. När deras läppar slutligen särades från varandra sade Hedda med tårglimtar i ögonvrån:

"Jag har saknat dig så oerhört mycket. Jag älskar dig mer än du förstår, och mer än jag kan beskriva."

"Jag älskar dig med, mer än vad som borde vara möjligt. Jag vill aldrig någonsin lämna dig igen, de här veckorna har varit ett rent helvete utan dig. Snälla, låt mig vara med dig för alltid.", svarade Zaafir.

"Självklart, min älskling. Livet är vårt nu. Kom här, följ med mig in." Hedda tog hans hand i sin och ledde honom hela vägen igenom pardörrarna, in i sovrummet och ned under täcket.

Efter en stund, då de bägge var utmattade från älskogen, serverade Hedda lunchen i sängen där de åt i otvungen tystnad. Skrållan låg vid fotänden och tuggade på ett litet horn hon hittat i skogen, och från grenarna i träden utanför de öppna dörrarna, ljöd fågelkvitter och vindrasslet av bladverk. Dimman lättade allteftersom dagen förflöt från morgon till kväll, och under alla timmar låg Hedda och Zaafir kvar i bädden. De ville inget hellre än att vara nära varandra, och trots att de inte gjorde mycket mer än vilade, så var de lika euforiska bägge tu. Skrållan gick in och ut som hon behagade, men var klok nog att aldrig vara utom synhåll längre än några minuter i taget. För det mesta höll hon sig i sovrummet med sina människor, där hon trivdes allra bäst.

Fram emot den sena kvällen, då solnedgångens skära ljus målade himlavalvet rosarött och orange, nåddes Zaafir av en insikt som var mäktig nog att förändra hans liv. Då han strök sin hand över Heddas hår, där hon låg draperad över hans kropp med huvudet tungt mot hans bringa, insåg han att han skulle göra vad som helst för att få spendera en evighet vid hennes sida. Varsamt krånglade han sig loss från henne och när hon undrade vart han skulle, sade han med sin mjukaste stämma:

"Jag ska bara gå ut en kort stund, men jag kommer snart tillbaka."

"Vill du att jag följer med?"

"Nej, då. Stanna här, mitt hjärta. Jag blir inte borta länge." Hedda nickade och lade sig sedan tillrätta i sängen igen. Zaafir klädde på sig sina kläder och smög ut i trädgården med Skrållan tätt bakom sig. Han letade sig fram till de längsta grässtråna han kunde finna bland odlingarna, och flätade så omsorgsfullt han förmådde ihop några strån till en liten ring. Sedan återvände han tillbaka till stugan, satte sig på sängkanten bredvid sin älskade, och höll fram ringen. Hedda fäste först blicken vid Zaafir, sedan vid ringen och sedan vid Zaafir igen, innan hon satte sig upp med ryggen mot sänggaveln och sade med ett litet leende som drog i ena mungipan:

"Men, min älskling, vad är det här?"

"Detta är ett tecken på min kärlek. Jag vet att det inte är mycket jag har att komma med, men om du vill, så skulle jag gärna spendera resten av mitt liv med dig. Min älskade, underbara, Hedda."

Hedda lade huvudet på sned och kupade sin hand runt hans kind.

"Äh, Zaafir… Du vet att jag inte kan lova dig något av allt som du söker i livet. Jag kan inte lova dig barn och evig lycka och stabilitet och…" Zaafir avbröt henne så hon inte fick fortsätta:

"… och jag behöver ingenting av det, så länge jag har dig. Den här fula gräsringen symboliserar inget avtal mellan dig och mig. Den symboliserar inte ens några löften. Vi behöver inte ens gifta oss om du inte verkligen vill det. Det enda jag ämnar låta denna ring betyda, är att jag vill att du ska bli min, och att jag får bli din, så länge vi vill vara med varandra. Vare sig det är tills dagen då någon av oss dör, eller om det så bara är i några få år, spelar ingen roll. Jag älskar dig, och jag tänker fan inte se dig försvinna ur mitt liv en gång till."

"Men hur ska vi kunna vara tillsammans, när vi bor så långt ifrån varandra? Du sa det själv, de senaste veckorna har varit ett helvete, ändå är det inte så att någon utav oss är villig att flytta. Jag har mitt paradis här och du har ditt jobb och din familj där."

”Varför skulle jag i så fall ha ansökt ett jobb på polisstationen här, om jag inte var beredd att flytta för din skull?”

”Menar du allvar?” Zaafir nickade som svar och Hedda utbrast:

”Det kan jag inte låta dig göra! Du har hela din familj där borta och du kommer bli så bitter om du tog ett så stort beslut bara på grund av mig.”

”*Bara* på grund av dig? Utan dig vore jag ingenting! Jag vet att det inte är sant, men det är så det känns. Du gör mig så otroligt lycklig! Överlåt vad jag kommer eller inte kommer känna till mig, tack. Och oroa dig mer över dina egna känslor. Vill du verkligen ha en man här som går och skräpar?”

”Så länge den mannen är du, så vill jag inget hellre än det.” Hedda sträckte sig framåt och kysste honom. Zaafir såg lättad ut och sade lågmält:

”Nå? Vad säger du då? Vill du, din envisa, fantastiska kvinna, ge det här ett försök? Vi satsar på en evighet, och sedan får vi väl se hur det slutar?” Hedda skrattade. Det var fortfarande det vackraste ljud Zaafir någonsin hade hört. Hon var tyst några få sekunder, som om hon medvetet försökte göra honom nervös, sedan sade hon med en lurig glimt i ögat:

”Ja. Mitt svar är ja. Ska vi slå vad om hur länge det håller?”

Fem år senare

Epilog

"A-mam-ma-ma-amam!"

Det lilla barnet på tio månader ljudade de stavelser han tyckte lät rätt för att få sin mors uppmärksamhet. På skulten hade han lockar av korpsvart hår, och de små händerna med olivfärgad hud höll ett hårt grepp om moderns långa kjol för att hålla balansen. Sommarsolen strålade in genom det gamla köksfönstret och värmde hans kropp. Utöver blöjan stod han alldeles näck med de bara fötterna på trägolvet. Den ruffiga ytan kittlade honom under fötterna så härligt att han alltjämt fnittrade så mycket att han trillade på rumpan. Då drog han sig upp med hjälp av kjoltyget igen som om det hade varit ett klätterrep, och såg så rolig och fokuserad ut att det gav modern ett gott skratt. När hans mor endast fortsatte knåda bröddegen trots hans läten, så tog han i ända från tårna och utbrast:

"Ma-am-am-amm!"

"Men, jösses! Älskade lilla Akito…Vad är det du vill med mamma?" Med mjöliga händer svingade Hedda upp barnet i famnen och satte honom på höften. Han jollrade belåtet och stoppade händerna i den mjuka degen. Hon lät sonen hållas i några minuter, eftersom det tycktes vara så fascinerande för honom med känslan av deg mellan fingrarna. Under tiden njöt hon av att andas in doften från hans nacke, medan svalkande havsbrisar sökte sig in i stugans lilla kök genom de vidöppna pardörrarna. Efter en stund lirkade hon varsamt loss Akitos händer från degen, och satte mot hans vilja ned honom på golvet igen. Sedan knådade hon ihop degen till en rund massa som hon lade en kökshandduk över. Barnet jämrade sig missnöjt medan hon gjorde det, men tjöt snart av lycka när en nybadad och blöt, stor hund kom intravande från trädgården och försiktigt slickade rent hans mjöliga kropp. Skrållan var nästan alldeles grå i ansiktet och åren hade skänkt henne en aura av visdom och lugn. Den mörka, tigrerade pälsen hade blivit tjockare och sträv, och överallt syntes små, ljusa pälsstrån som inte brukade finnas där. Trots sin stigande ålder var Skrållan sig lik på de allra flesta sätt, och hon hade blivit en lika naturlig del av Heddas paradis som skogen och klippan var. Hon strövade fritt mellan den steniga stranden nere vid den skymda havsviken, och hela vägen till Adina och Sigurds gård. Det var tydligt att hemmet var den lilla stugan där familjen fanns, men hela skogen var hennes rastgård.

"Har du varit och simmat i havet, kära Skrållan?" sade Hedda och satte sig ned på huk för att klia hundens nacke.

"Säg, var har du gjort av husse och de andra då? Visa mig." Skrållan vände sig om och med pendlande svans tassade hon ut i trädgården igen. Hedda plockade upp Akito i famnen igen och följde efter henne. Det hade krävts mycket omsorg, men till slut hade Heddas odlingar utanför stugan blivit lika prunkande och ståtliga som hon önskat. Trots att skörden inte räckte att leva på året om, så var de rikliga och omfattande. Värda stolthet och tacksamhet, för alla de som fick ta del av växtlighetens saliga rikedomar. Var gång Hedda passerade genom sin trädgård, fylldes hon av vördnad. Inte bara för naturen, utan också för kvinnan som ursprungligen givit upphov till dess opulens och fägring, nämligen hennes älskade farmor, Tyra.

Under häggen som fortfarande blommade år efter år, stod hammocken där tre bekanta gestalter invirade i handdukar slagit sig ned och gungade stillsamt med fötterna i gräset. Lutad mot trädstammen, stod även en fjärde varelse, som på sin dotters benådning funnit en plats i en familj han inte förtjänade. Nämligen hennes gamla far, Arvid.

Då hans katt vandrat vidare in i dödens dal för fyra år sedan, hade han svurit sig själv att göra allt som stod i hans makt för att få sin dotters förtroende och förlåtelse. Det hade inte varit lätt, utan snarare omöjligt, men han hade börjat varsamt med att ringa henne en gång varannan vecka för att höra hur det var med henne och allt som berörde henne. Efter ett par månader slutade hon lägga på lika snabbt som hon svarade, och med tiden deltog hon i konversationerna, om än med milt intresse. Inom ett år hade han sålt sin stora gård för en ansenlig summa pengar. Hälften av vinsten använde han för att flytta in i ett litet övergivet torp en kort bit uppför klippan. Där hade han fått spendera tre hela veckor åt att tömma stället på uppstoppade djur, gamla kläder, matrester och allt annat som blivit kvarlämnat, till synes i all hast. Hedda hade inte uppskattat hans inflyttning under det första halvåret. Hon kallade hans hem vidrigt och olycksbådande, och beordrade honom att riva ned det och flytta någon annanstans. Men med tiden minskade givetvis hennes avsky gentemot hans närvaro, och när han hade bott där i ett år, så bjöd hon till slut in honom på middag hos sig. Då erbjöd han henne andra hälften av sin vinst, vilket hon motvilligt tog emot, enbart eftersom det skulle vara till stor hjälp med restaureringen av Adinas och Sigurds gård.

Sedan dess hade en ömsesidig tillgivenhet vuxit fram mellan dem, och då Akito föddes, blev Arvid bygdens stoltaste morfar. Han trädde fortfarande varsamt fram i alla angelägenheter som gällde sin dotter, då han var livrädd att förlora henne igen. Alltför ofta tackade han henne för att han lät henne vara en del av hennes liv. Trots att han var medveten om hur tjatigt det blev, så gjorde han det ändå. I gengäld fick han hennes förlåtelse, tre år senare, och det var det enda som betydde någonting för honom.

"Jaså, det var här ni hamnade", sade Hedda och log älskligt mot sin familj. Vid åsynen av Zaafir började Akito vrida sig i sin mors grepp och sträckte fram armarna mot sin far.

"Ab-pa!" utbrast det lilla barnet glädjefyllt när Hedda satte ned honom i Zaafirs knä. Han skrattade hjärtligt och kittlade sin son under fötterna, sedan sade han:

"Ja, vi kände oss för att sätta oss här en liten stund. Det var jätteskönt i vattnet, älskling. Du borde gå ner dit idag, tycker jag."

"Vad härligt! Kanske senare, mitt hjärta. Tyckte även ni det var skönt i havet?" Hedda riktade sin uppmärksamhet åt de unga tu som satt så tätt intill varandra som var fysiskt möjligt och kisade mot solen. Estrid hade inte växt mycket på längden, men desto mer i sinnet. Den olyckliga flickan hon en gång varit, fanns inte längre kvar. I hennes plats hade en ung kvinna klivit in, med en mognad som sträckte sig vida bortom hennes egna levnadsår, och en värme i själen som kunde tina de mest förfrusna hjärtan. Bortsett från det bleka ärret på halsen, så var hon inte samma människa, som Hedda räddat från dödens klor. Estrid hade kärlek i sitt liv och oändligt hopp om framtiden. Kanske viktigast av allt, var mannen som ständigt vandrade bredvid henne. Så långsamt att de knappt ens märkt det själva, hade vänskapen mellan Frej och Estrid omvandlats till förälskelse, och sedan sann kärlek. En enda blick sinsemellan dem var nog för att vem som helst skulle förstå att de sannerligen hörde samman.

Även Frej hade lämnat barndomsåren bakom sig och ömsat skinn. Nog var han fortfarande en tanig långskånk som inte såg mycket ut för världen, men inom sig rymde han ett helt universum fullt av mod, förnuft och styrka. Om han så bara fick chansen, så skulle han vara Estrid trogen tills döden skiljde dem åt. Detta blev han allt säkrare på varenda gång han såg henne le.

På helgerna arbetade Estrid och Frej på gården tillsammans med Hedda. Arbetet var rogivande och slitsamt, och alla tre gjorde det gladeligen, trots att de visste att vinsten ännu var knaper. Det var i alla fall en livlig plats återigen, där ätliga grödor växte på fälten, byggnaderna stod ståtliga på gårdsplanen och där de få hönor som än levde kunde strosa fritt vart än de ville. Även om det så innebar att en stackare ibland blev tagen av höken eller räven.

Några få livsmedelsaffärer och ett par restauranger i den lilla kuststaden hade blivit stolta köpare av gårdens varor, och ändock ingen kunde sia vad framtiden bar i sitt sköte, så tycktes de kommande åren bringa välfärd till alla som brydde sig.

Men det fanns ingen dag utan natt. Inget ljus utan mörker. Ingen framgång utan förfall. Ingen födsel och inget liv utan död. Hur lyckliga det än hade gjort Adina och Sigurd att se sin gård räddas och frodas återigen, så kunde ingen lycka i världen hindra dem från att segla till världens ände på ålderdomens skepp. Under den senaste våren hade deras krafter sinat dag efter dag, tills nästan ingenting alls kvarstod. Hedda tog frivilligt sig an uppdraget att bli deras vårdare, men då de inte krävde mycket mer än varandras närhet och en näve mossa att lukta på, så var det ingen tröttsam uppgift. De talade knappt och åt endast lite grann, men ändå tycktes de inte vara sorgsna över att vandra hand i hand med liemannen. Kanske för att de visste, att allt var precis som det skulle. När deras ytterdörr stod öppen, som den oftast gjorde, gick hönorna in i huset och lade sig tillrätta vid sin husse i sängen. Där kunde de vila med sina människor flera timmar i streck, och till slut tvingades Hedda ge upp sina enträgna försök att få dem att spendera natten i hönshuset. Istället fick dörren förbli öppen, så allesammans kunde sova i en enda stor hög.

Efter en stunds samtalande med dem hon höll allra närmast sitt hjärta, återvände Hedda in i stugans kök för att forma degen till en limpa. Hennes tankar färdades djupare in i skogen, till de stigar som lett henne vilse många gånger, då hon sökt enklare sätt att nå fram till sina älskade gamlingar. Hon funderade stillsamt på vilken stig hon skulle välja på eftermiddagen, då det skulle bli dags att titta till dem igen. Det fyllde henne med vemod och glädje på samma gång, men inte kunde hon då förstå, vad som väntade. Intet anade hon, då allting var så ljuvligt, med barnjoller och familj och kär natur som omgav henne, att under dessa lycksaliga timmar hade Adina och Sigurd tagit sina allra sista andetag. De hade funnit en evig viloplats tillsammans, och de hade gladeligen färdats dit för att överlämna gården i de ungas händer. I tryggt förvar, så som de alltid hade velat.